세 현인 이야기

3

Aristoteles

by Jean-Marie Zemb

학문의 정신 **아리스토텔레스**

장 마리 장브 지음 ▌ 김임구 옮김

한길사

세 현인 이야기 3
학문의 정신 아리스토텔레스

지은이 ▪ 장 마리 장브
옮긴이 ▪ 김임구
펴낸이 ▪ 김언호
펴낸곳 ▪ (주)도서출판 한길사

등록 ▪ 1976년 12월 24일 제74호
주소 ▪ 413-832 경기도 파주시 교하읍 문발리 520-11
　　　www.hangilsa.co.kr
　　　E-mail: hangilsa@hangilsa.co.kr
전화 ▪ 031-955-2000~3　　팩스 ▪ 031-955-2005

상무이사 · 박관순 | 영업이사 · 곽명호 | 편집주간 · 강옥순
편집 · 정희경 | 전산 · 한향림
마케팅 및 제작 · 이경호 | 관리 · 이중환 문주상 양미숙 장비연

출력 · DiCS | 인쇄 · 현문인쇄 | 제본 · 성문제책

제1판 제1쇄 2004년 3월 10일

값 12,000원
ISBN 89-356-5535-X 03800

렘브란트가 그린 「호메로스의 흉상 옆에 선 아리스토텔레스」.

플라톤과 함께 그리스 최고의 사상가로 꼽히는 아리스토텔레스는 관념보다는
감각과 경험을 중시했으며, 현실을 파악하는 철학적 인식을 통해 인간 속에 내재한
신적(神的) 정신과 실제 세계가 하나가 될 수 있다는 확신을 가졌다. 또한 물리학·생물학
동물학·심리학·정치학·윤리학 등 모든 학문을 분야별로 정초한 최초의 철학자이도 했다.
그가 발견한 삼단논법은 수백 년 동안 논리학 발전의 토대를 이루었다.

아리스토텔레스의 가르침을 받았던 알렉산드로스 대왕.

아리스토텔레스는 기원전 342년 마케도니아의 필립포스 2세의 초청을 받아
13세의 그의 아들, 알렉산드로스의 가정교사가 된다. 그러나 알렉산드로스 대왕의
초강국 지향 정치와 평등 정책을 달갑게 생각하지 않았다. 분수를 넘는 일체의 사고와 행위는
국가 건설의 좋은 기초가 될 수 없다고 생각했다. 아리스토텔레스는 이때 얻은 경험으로
교육에 대해 깊은 반성과 성찰을 가진다.

아리스토텔레스에게 완전한 지식으로서의 '이해'는 항상 원인, 즉 이유와
연결되어 있다. 돌고래가 배의 닻을 뛰어넘을 정도로 높이 뛰어오르는 것은 물고기를
잡아먹기 위해 물 속 깊이 들어갔다가 숨을 쉬기 위해 뛰어오르기 때문이라고 설명하면서,
그는 무언가를 만드는 것은 만들어지는 것에 대해, 또 변화를 일으키는 것은
변화를 받는 것에 대해 '이유'라고 말했다.

"만약 '최고의 선'(至高善)이 없다면, 상위 목표의 설정은 무한히 계속될 것이며
우리의 추구는 대상을 찾지 못해 무의미하게 될 것이다……. 가장 완전한 자체 목적이란
항상 자체를 위해서일 뿐 결코 다른 어떤 것을 위해 추구되지 않는 것을 말한다.
바로 '행복'이 이런 것에 가장 가깝다고 생각된다."

해부학 강의 시간에 제자들을 가르치고 있는 아리스토텔레스.

아리스토텔레스의 가장 큰 업적은 생리학과 동물학 분류에 대한 공헌에 있다.
그는 가장 완벽한 동물이라는 인간의 특수한 위치를 해부학과 생리학적 데이터를 이용해
강화하고자 하였다. 가능하면 모든 것을 정확히 알고 싶어 지칠 줄 모르고 해부를 했으며,
그림을 그렸고 묘사를 했다. 창조된 모든 것의 최후 목적은 미(美)의 영역에 속하므로
그에게 생명체의 관찰은 저속한 것이 아니었다.

사람은 철학을 하거나 그렇지 않으면 생에 이별을 고하고
떠나가야 한다. 왜냐하면 다른 모든 것은 허무한 장난에 불과하니까.

• 아리스토텔레스

아리스토텔레스를 말한다

글을 썼던 정신 중에서 아리스토텔레스의 정신은 혹시 무미건조할지는 모르나 가장 날카롭고 확실한 정신으로서 다른 정신과는 달랐다. 물론 그의 철학은 우리가 지금 그로부터 물려받은 문헌을 통해 보거나 사람들이 이를 사용하는 방법으로 보건대, 천박한 삶의 현장을 다루는 철학이라기보다는 강단용 철학이었다. 그런 만큼 순수 이성과 학문은 그를 통해 얻은 것이 컸으며, 아리스토텔레스는 이 분야에서 시대의 군주와 같이 군림하고 있다.

• *요한 고트프리트 헤르더, 『인류사 철학의 이념』*

아리스토텔레스는 지금까지 역사에 등장한 가장 풍부하고 심원한 천재 학자 중 한 명이었다. 어느 시대도 그에게 필적할 만한 것을 내놓지 못하였다……

아리스토텔레스는 수백 년간 모든 철학자의 스승이었음에도 불구하고, 그만큼 부당한 대우를 받은 철학자도 없었다. 오늘날까지도 남아 있는 그의 철학에 대한 전통적 이해는 매우 천박하다. 사람들은 아리스토텔레스의 철학이 말하는 것과 정반대 의견을 주장하고 있다. 플라톤이 많이 읽히는 반면, 아리스토텔레스 철학의 보고(寶庫)는 최근에 이르기까지 수백 년 동안 거의 알려지지 않고 있으며, 그에 대한 아주 잘못된 편견이 지배하고 있다. 그의 사변적이며 논리적 저서들을 아는 사람도 거의 없다. 비록 최근 들어 자연사에 관한 그의 저서들이 공정하게 다루어지기는 하였으나, 그의 철학적 견해는 여전히 부당한 취급을 받고 있다.

• 게오르크 프리드리히 빌헬름 헤겔, 『철학사 강의』

아리스토텔레스는 세상에 대해 건축가와 같다. 그는 땅 위에 서 있으니, 땅 위에서 일하고 활동해야 할 것이다. 그는 탄탄한 기초를 찾을 때까지 땅을 조사한다. 플라톤이 방첨탑(方尖塔), 혹은 하늘을 향해 치솟는 날카로운 불꽃같이 하늘을 찾았다면, 아리스토텔레스는 그가 세울 건물을 위해 굉장히 넓은 기초를 다지고, 각곳에서 재료를 구하여 이를 정리하고 쌓아올린다. 그리하여 그는 규칙적으로 쌓아진 피라미드같이 높아져 간다.

• 요한 볼프강 폰 괴테, 『색채론 역사』

우리는 (아리스토텔레스에게) 사변적 정신이 크게 결여되어 있음을 확인하지 않을 수 없다. 물론 내적으로 볼 때 이념이 그를 지배하기는 하였으나(이는 특히 앞뒤가 맞지 않는 그의 글에서 알 수 있다), 이념의 지배는 경험적 사실의 폭력에 의해 제대로 이루어지지 못했다. 아리스토텔레스의 커다란 공적은 자연을 잘 묘사한 것이며, 역사상 최초의 학자라는 점이다. 그의 철학 구도는 논리적 법칙성 때문에 명석하다는 인상을 주기는 하지만, 원리가 공고하지 못할 때 그렇듯이 내적으로는 혼란스럽다. 플라톤의 언어적 아름다움을 거의 인지하지 못한 그의 언어는 단순하고 투박하다. 그의 신조어도 훌륭하지 못하다. 그러므로 이 점에서도 아리스토텔레스의 철학은 퇴보이다.

• 프리드리히 슐라이어마허, 『철학의 역사』

철학의 세계에서 독자성을 확보한 후 아리스토텔레스는 형식과 내용 면에서 세계적이며 일반적인 인간적 인식을 창시하였다. 알렉산드로스 대왕이 그러했듯 아리스토텔레스도 그리스 고유의 한계를 뛰어넘어서 지식의 우주적 제국을 창건하였다. 그가 관찰 대상으로 삼은 것은 자연과 국가, 사고와 시문학의 형식, 감각적인 것과 초감각적인 것 등이었다. 그는 어디서나 경험론자였으며 동시에 사변적 철학자였다.

• 모리츠 카리에레, 『알렉산드로스 대왕과 아리스토텔레스』

아리스토텔레스는 이미 일찍이 정치적·학문적인 적으로부터 강한 중상모략을 받았음에도 불구하고 그의 글에 나타나는 인격은 참으로 고상하다. 그리고 우리에게 이런 인상을 믿지 못하게 하는 그 어떤 행위도 고증적으로 알려진 것이 없다. 그의 학문적 위대성은 의심의 여지가 없다. 그리고 그는 매우 다양한 지식을 독자적 판단, 날카로운 통찰력, 광범한 사변 및 방법론적 연구와 연결시켰는데, 이 점에서 그는 유일무이하다. 아마 이런 점에서 그와 비교될 수 있는 철학자는 라이프니츠 정도일 것이다.

• 에두아르트 첼러, 『그리스 철학사 개요』

아리스토텔레스의 인격이 당해야 했던 모든 중상모략을 가장 효과적으로 반박하는 것은 그의 학문 체계이다. 그의 철학이 지닌 위대한 차원과 사려 깊은 전개는 이것이 오직 진리에 대한 순수한 사랑으로 가득 찬 사람의 삶이 이루어낸 업적일 수밖에 없다는 것을 확신케 한다. 그렇다 할지라도 그의 철학은 불가사의한 업적이다. 왜냐하면 아리스토텔레스의 철학은 그 시대의 모든 지식을 총망라한 체계이기 때문이다. 이와 같이 아리스토텔레스는 완전한 학문 정신이며, 그에게서 인식 욕구의 독립화 과정이 완성된다. 그는 놀라울 정도로 모든 면을 다룬, 그리스 학문의 구체화이며 따라서 2000년 동안 철학자의 전형이 될 수 있었다.

• 빌헬름 빈델반트, 『고대 서양 철학사』

아리스토텔레스는 확실히 위대한 학자였다. 아마도 모든 시대를 통틀어 가장 위대한 학자였을 것이다. 그러나 그는 먼저 심오한 사상가였다. 세계를 감싸는 이념과 철저한 형상력을 갖춘 사람이었다. 그가 무한한 소재를 단순한 사고에 종속시킴으로써 수천 년간 철학의 방향을 미리 지시했다는 것은 그의 위대성의 진수이다.

• 루돌프 오이켄, 『위대한 사상가의 인생관』

아리스토텔레스라는 이름에는 어떤 무인격적이며 무시간적인 인상이 담겨져 있다. 오랜 역사적 시간을 두고 일어나는 추상적 사고를 통한 정신의 세계 지배와 중세 스콜라 철학자들에 의한 우상 숭배적 경배 등은 이런 인상에 속한다. 아리스토텔레스의 이름이 진리와 동일시되던 시대는 지나갔다. 현대적 입장에서 볼 때, 그는 이제 단지 전통의 대변자에 불과할 뿐 우리 자신의 문제점과 창조적이며 자유스러운 인식의 발전을 상징하지 못한다. 아리스토텔레스에 대해 생산적 관계를 얻으려면, 오직 그가 그리스 문화와 철학에서 어떤 의의를 지녔으며, 또한 그가 그 시대에서 해결한 과제가 무엇이었는가에 대한 우회적인 역사 인식을 통해서만 가능하다.

　• 베르너 예거, 『아리스토텔레스』

아리스토텔레스는 유럽인의 가장 위대한 스승이요 교육자였다. 그의 모든 철학 서적은, 호메로스로부터 그의 제자 알렉산드로스 대왕에 이르기까지의 모든 그리스 정신 생활의 발전에서 끄집어낸 결론이다. 이와 같이 그는 한 시대의 결말을 뜻하였으나, 새로운 시대의 시작을 뜻하지는 않았다. 그의 어마어마한 작품은 마치 큰 산맥과도 같이 헬레니즘 시대를 뛰어넘어 우뚝 서 있다. 그러나 바로 이렇게 뛰어난 인상이 그의 불행이 되었다. 아리스토텔레스 사후의 후기 고대는 그에게 필적할 만한 어떤 정신도 산출해내지 못했던 것이다.

　• 빌헬름 네스틀레, 『아리스토텔레스의 주요 저작 입문』

학문의 정신 **아리스토텔레스**

1 연기된 소송 사건

아리스토텔레스 학파란 도대체 무엇을 뜻하는가?
소요학파의 이론, 아니면 방법론 또는 정신을 대변하는 사람?
아리스토텔레스를 변호하는 사람인가, 그의 철학을 발전시키는 사람인가?
기대하지 않았던 곳곳에서 고발자와 변론자가 나타났다.
사람들은 역사상 그 어느 철학자보다도 아리스토텔레스를
많이 읽고, 믿고, 이해하고, 번역하고,
오해하고, 찬탄하고 조롱하였다.

서로 변론하고 있는 아리스토텔레스와 플라톤

아테네로부터의 도주

기원전 323년 6월 11일 바빌로니아를 다스리던 알렉산드로스 대왕이 33세의 젊은 나이에 급성 말라리아에 걸려 죽고 그의 왕국은 후계자에게 상속되었다. 이 놀라운 소식은 며칠 안 되어 피레우스에 전해졌고, 민족주의 성향이 강한 아테네인들은 해방 전쟁을 준비하였다. 그러나 아직은 조심할 필요가 있었다. 약 12년 전 알렉산드로스 대왕이 다뉴브 강 북쪽에서 사망했다는 소문이 돌았을 때, 보이오티아의 테베 시민들이 소문의 진위를 확인하기도 전에 해방을 자축했다가 큰 변을 당한 적이 있었기 때문이었다.

데모스테네스(기원전 384~322년. 고대 그리스의 가장 뛰어난 웅변가로서 아테네에서 마케도니아 왕국에 대항하는 정치 세력을 조직하였다—옮긴이)는 알렉산드로스 대왕을 '마케도니아의 꼬마'라고 비웃었다. 그런데 알렉산드로스 대왕은 자기가 죽었다는 소문이 난 지 2주 만에 테베의 일곱 대문 앞에 당당히 나타나 테베를 완전히 쑥밭으로 만들어버렸다. 그러나 그는 스승 아리스토텔레스로부터 문인들을 공경하라는 교훈을 들었기에 신전과 핀다로스(기원전 518~438. 고대 그리스의 시인. 그의 숭고한 문체는 전 헬레니즘 문화권에서 매우 유명하였다—옮긴이)의 생가는 건드리지 않았다.

테베의 파괴 사건은 아직 그리스인의 뇌리에서 지워지지 않았으나 대부분의 사람들은 이 사건의 책임을 따지려 하지 않았다. 알렉산드로스 대왕은 부족한 전쟁 자금과 4만 명도 채 안 되는 지원병만으로도 절묘한 전략을 구사하며 언제나 원정을 성공리에 이끌었기 때문이었다. 그의 승리는 항상 모든 정적들의 반대를 무산시켰다. 그런 그가 전쟁 수행 시에는 항상 아리스토텔레스의 주해가 들어 있는 『일리아스』를 지니고 다녔다고 한다.

올림포스 이남 지역의 자존심 강한 그리스인들은 북쪽의 마케도니아 지방에서는 쓸 만한 노예 하나 제대로 얻을 수 없다고 멸시하였으나, 이제 마케도니아의 영주를 자기네 상관으로 모셔야 하는 신세가 되었다. 그들은 바빌로니아에 자리잡은 새 주인 알렉산드로스 대왕에게 굴복하여 동방 페르시아 예법을 좇아 정중한 예를 올렸던 것이다. 그에게 굴복하고 신하의 위치를 받아들인 사람들도 적지않았다. 그러나 자유로운 독립국가로서 그리스 세계의 긍지와 품위를 포기하지 않고 이런 문화적 변절과 정치적 변화의 의미를 거부한 그리스인 중에 칼리스테네스라는 사람이 있었다. 그는 아리스토텔레스의 사촌으로 아리스토텔레스의 궁중 대변자이자 역사가로 활동하였으나, 대담한 정치 의식과 행동으로 인해 죽음을 당했다.

성공은 종종 젊은 장군들의 마음을 교만하게 만든다. 알렉산드로스 대왕도 이집트의 오아시스 시와에서 자신이 제우스 신의 아들이라고 선포하였으며, 죽기 일년 전에는 그리스 신 중의 하나가 되었음을 인정하도록 요구하였다. 하지만 자신이 그리스 출신인 것은 부인하지 않았다. 알렉산드로스 대왕은 적군의 코끼리를 200마리나 해치운 인더스 강 전투가 끝난 후(알렉산드로스 대왕은 기원전 327년에 인도 정벌을 시작하였다–옮긴이), 다음과 같이 한숨 섞인 말을 하였다고 한다.

"아, 그리스의 아테네인들이여, 그대들의 칭찬을 얻기 위해 내가 얼마나 더 고생을 해야 한단 말인가!"

아리스토텔레스는 알렉산드로스 대왕의 초강국 지향 정치와 평등 정책을 그리 달갑게 생각하지 않았다. 그는 분수를 넘는 일체의 사고와 행위는 결코 국가 건설의 좋은 기초가 될 수 없다고 생각했다. 그럼에도 불구하고 그는 마케도니아 알렉산드로스 왕가의 총애를 누린 사람이었다. 필립포스 대왕(기원전 382~336년경의 마케도니아의 왕. 알렉산드로스 대왕의 아버지. 마케도니아를 평정하고 왕권을 강화하였으나 나중에 정적에 의해 암살당한다–옮긴이)의 군대가 칼키디케와의 전쟁에서 초토화시켰던, 아리스토텔레스의 고향인 스타기라를 재건한 것은 알렉산드로스 대왕이 아니었던가? 정치적 권리는 하나도 없으면서 그토록 왕가의 총애를 받는 외부 침입자 아리스토텔레스를 시기하던 많은 아테네인들은 결국 그를 상대로 소송을 벌였다. 페리클레스(기원전 495~429년. 아테네 정치가로서 뛰어난 웅변가–옮긴이)의 황금시대 이후 종교문제에 대한 그리스적 관용의 전통이 내외로부터 도전

받고 있다는 위기감으로 모든 반종교적인 계몽운동에 저항하던 아테네의 전통적 시민계층들은 반(反)아리스토텔레스 소송에 동조하였다.

100년 전 아테네에 철학을 전래해 주었던 아낙사고라스(기원전 500~428년경. 그리스의 철학자로서 아테네에서 약 30년 동안 제자들을 가르쳤다. 후일 신성모독죄로 체포된다–옮긴이)는 아테네에서 쫓겨나 귀양을 가야 했다. 한 세대 후 소크라테스 역시 신을 부정한다는 죄목으로 소송을 당했고 결국 독배를 마셔야 했다. 또한 올바른 연설을 주장하던 프로타고라스(기원전 485~415년경. 아테네에서 활동한 그리스 철학자. 자신을 소피스테스, 즉 궤변론자로 불렀으며, 문법과 수사학을 가르쳤다–옮긴이)도 박해를 받았다. "인간이 만물의 척도"라는 말로 시작하는 그의 저서는 법정 판결에 의해 불태워지는 신세가 되었다.

아리스토텔레스는 프로타고라스의 견해에 동조하거나 그의 학설을 선포하지도 않았으며, "신들이 있는지 없는지, 그들이 어떠한지 말할 수 없다"고 주장한 적도 없었다. 그리스에서 가장 심오한 신학자라 할 수 있는 아리스토텔레스가 신의 존재를 부인한다는 비난에 근거를 대기란 쉽지 않았다. 그러나 그가 신을 모독했다는 이유로 소송을 거는 것은 오히려 쉬운 일이었다. 왜냐하면 특히 반대자들이 제시한 증거물에는 정치적으로 트집잡을 만한 점이 발견되었기 때문이었다. 이 증거물이란 수년 전 아리스토텔레스가 페르시아 제국의 총독 멘토르에 의해 십자가형을 당한 자신의 독지가이며 친구인 헤르미아스(Hermias)의 은덕을 칭송하

오늘날의 아테네

기 위해 지은 찬가였다.

헤르미아스는 알렉산드로스 대왕의 아버지이자 마케도니아 왕 필립포스 2세의 정치적 요구를 적극적으로 지지하였다. 아테네인 들은 이전에 그리스의 다른 도시들과 경쟁할 때 종종 그러했듯, 말이 안 되는 논리로 소아시아에 있는 그리스 식민지와 마케도니 아 왕국의 정적(政敵)인, 그러니까 적의 적인 오코의 아르타크세 르크세스 3세를 아테네의 위대한 친구로 찬양하였다. 하지만 그 들은 아리스토텔레스의 첫째부인이었던 피티아스의 삼촌이며 의

주니온 산이 보이는 그리스의 한 해변

붓아버지인 헤르미아스는 이적자와 배반자로 몰아붙였던 것이다. 헤르미아스는 비참하게 처형을 당하기 전, 친구들에게 "나는 철학에 대해 부끄럽거나 품위를 손상할 만한 일을 한 적이 없다"고 말했다고 한다. 아리스토텔레스는 총명하고 고상한 인격을 가진 헤르미아스를 위해 다음과 같은 시로 영원한 문학적 기념비를 세웠다.

> 그대는 인간에게서 만들어내기 쉽지 않은 미덕,
> 삶의 가장 아름다운 목적이오!
> 아름다운 처녀와 같은 당신, 그대 위해
> 죽음과 끊임없는 고통을 감내한다면,
> 이는 헬라의 땅에서 맞이할 수 있는 고귀한 천명이라오.

그대는 정신을 위해 영원히 썩지 않을 열매를 바쳤으니,

그 열매는 황금보다 귀하고

귀족보다도 그리고 부드러운 잠보다도 더욱 귀하다오.

그대를 위하여 헤라클레스도 많은 고생을 참아내었으며

제우스에게서 태어난 레다의 아들들도 그리 하였다오. 그들은

영웅적인 업적을 완성하면서 당신의 힘을 얻고자 애썼다오.

아킬레우스와 아이아스도 당신을 그리워한 나머지 지옥의 집

까지도 갔다 왔다오.

당신의 아름다운 자태를 사모하여 아타르네우스의 후손마저

태양의 빛을 떠났다오.

그러므로 노래로 헤르미아스의 영웅적 위업을 찬양하고 뮤즈

는 그를 영원불변하다고 찬양할지어다.

므네모시네의 딸들은 떠도는 자의 피난처인 제우스를 경외할

것을 찬송하며 진실된 우정을 경배하네.[1]

아리스토텔레스는 연구자와 스승으로서 여론의 보호를 받았
다. 아테네인들은 날씬하고 잘 차려입은 60세의 철학자 아리스토
텔레스의 모습에 아주 익숙하였다. 그들은 아리스토텔레스가 수
공업자·농부 그리고 어부들의 삶에 밀착되어 있으면서도 고도
의 정신적 방법으로 질문을 던지는 것을 아주 좋아하였다. 비록
사냥꾼을 그리 신뢰하지는 않았으나, 그럼에도 불구하고 그의 조
소적이고 신랄한 말투는 사람들에게 결코 오만한 인상을 주지 않
았다.

그러나 아리스토텔레스는 자신의 인기를 과대평가하지 않았다. 그는 정치적 위상의 변화가 사람들에게 어떻게 질투나 비굴한 태도를 촉발하는지를 알고 있었다. 그에게 경종을 울려주는 사건들 역시 없지 않았다. 델포이 시는 이전에 그에게 수여했던 명예를 박탈하였다. 그는 이 사건을 담담하게 받아들였으나 사건의 추이는 예의 주시하였다. 그리고 신성모독 혐의로 소송을 당할 즈음에 다가올 위험을 피하여 도주하였다. 그 이유는, "아테네인들이 다시금 철학에 대해 죄를 지을 기회를 주지 않기 위해서"[2]였다.

유언장

아리스토텔레스는 예전에 한 번 아테네를 떠난 적이 있었다. 그 당시 그는 37세였으며, 플라톤의 학술원에서 이미 20년째 학업을 닦고 있었다. 그러나 그는 플라톤의 후계자로 지명되지 않았고 대신 몇몇 친구들과 함께 소아시아의 에올리아 해변에 정착하여 스스로 철학자로서 명성을 떨칠 기반을 만들었다. 이번에 그는 에게 해 이편에 아티케와 함께 이오니아에 속한 에보이아 섬에 머물렀다.

아리스토텔레스의 어머니는 보이오티아 앞바다의 큰 섬에 땅을 가지고 있었다. 바람이 잘 불 경우 피레우스에서 뱃길로 하루 정도 걸리는 이곳에서 그는 가족들과 살 수 있었다. 실제로 신성모독 혐의로 인한 소송은 제기되지 않았다. 비록 갑자기 망명을 떠나는 바람에 출세길이 막히기는 하였으나, 그는 자기의 원칙을 저버리지 않았다. 그는 이미 철학이란 "행복한 시절에는 아름다운 장식에 불과하나, 불행한 시기에는 피난처가 된다"고 말하지 않았던가?

몇 달이 지나지 않아 그는 위병에 걸려 사망하게 된다. 그의 고향 스타기라는 그의 주검 앞에 영웅에 상응하는 깊은 존경을 표하는 한편 한 광장에 그의 이름을 붙이기도 하였다. 소요학파(아리스토텔레스의 제자와 추종자들. 산책을 하면서 철학적 사변을 하였다 해서 붙여진 명칭—옮긴이)의 거두로서 그의 친구이며 후계자였던 테오프라스토스는 리케이온의 뮤즈 신성소에 아리스토텔레스의 동상을 세우도록 하였다. 칼키스에서 작성된 아리스토텔레스의 유언장을 보면 그의 고상한 마음을 읽을 수 있다. 모제즈마이모니데스와 그의 영향을 받은 스콜라 학자들에 의해 '철학의제왕'이라고 명명된 아리스토텔레스의 인간적 면모를 이 유언장보다 더 생생하게 보여주는 문헌은 아마 없을 것이다.

"모든 것이 최선으로 끝나기를 바라지만 나 아리스토텔레스는 만사에 대비하기 위해 다음과 같이 최후의 의지 표명을 한다. 유언의 집행은 어떤 경우에든 반드시 안티파터가 해야 한다. 니카노르가 유산을 상속하기 전까지 자녀들과 헤르필리스와 유고(遺稿)에 대한 관리 책임은 아리스토메네스 · 티마르코스 · 디오텔레스 그리고—만약 그가 원할 뿐만 아니라 그럴 처지가 된다면—테오프라스토스에게 맡긴다. 만약 피티아스의 딸이 결혼 적령기가 되면, 그녀를 니카노르의 아내로 주어야 한다. 만약 결혼 전이나 결혼 후, 또는 아직 자녀들이 생기기 전에 그녀에게 무슨 일이 일어난다면(일어나지를 않기를 바라며 그러지도 않겠지만), 니카노르는 아들과 다른 모든 것에 대해 그와 우리에게 적당한 방식으로 명령하고 결정할 권리를 가진다. 그 외에 니카노르는 니코마코스의 딸과 아들을 아버지와 형제처럼 그들의 이익에 합당하도록 돌봐주어야 한다.

그러나 그 전에, 즉 결혼 전이나 결혼 후 또는 자녀들이 생기기 전에 니카노르에게 무슨 일이 일어난다면(일어나지 않기를 바라지만), 니카노르 가의 결정이 우선권을 갖는다. 그래서 테오프라스토스가 그녀를 아내로 맞이하려 한다면, 이 경우에도 니카노르의 경우에 내려진 결정 사항이 유효하다. 그렇지 않을 경우 내가 위에서 명명한 후견인들은 안티파터와 합의하여 처녀와 아들의 문제를 적절하게 해결해야 한다.

이상의 후견인들과 안티파터는 나를 생각하여 나에게 생전에 선행을 베풀어준 헤르필리스도 돌봐주어야 한다. 특히 그녀가 남편을 얻고자 하면, 그녀와 신분이 어울리지 않는 부적격한 남자와 맺어지지 않도록 주의해야 한다. 또한 후견인과 안티파터는 내가 이전에 그녀에게 준 선물뿐만 아니라 그녀가 원하면 나의 유산 중에서 은 1탈란트와 세 명의 여종을 주고, 그녀가 지금 데리고 있는 어린 소녀와 피하이오스도 시종으로 준다. 그 외에도 그녀가 칼키스에서 계속 살기를 원한다면 정원에 있는 손님용 저택을 내어주고, 만약 그렇지 않고 오히려 스타기라에서 살기를 원한다면 내 부친의 집을 준다. 후견인들은 두 집 중에서 그녀가 살고 싶어하는 집에 그녀의 마음에 들 만한 좋은 가구를 비치해야 할 것이다. 또한 니카노르는 나이어린 미르멕스를 돌봐주고, 우리의 명예에 합당하게 그가 가진 모든 것과 함께 그를 자기 식구들에게 돌려보내도록 배려해야 할 것이다. 암브라스키는 노예 신분에서 풀어주고, 만약 피티아스와 결혼하면 암브라스키에게 500드라크마를 신부 지참금으로 줄 것이며, 지금 가지고 있는 시종도 그에게 그대로 남겨두어야 한다.

탈레에게는 돈 주고 산 지금 있는 시종 소녀 외에 1,000드라크멘과 또 다른 하녀를 주도록 할지니라. 시몬에게는 이전에 남종을 사라고 주었던 돈 외에 남종 한 명을 더 사주든지 그에 상응하는 금액을 주도록 하라. 내 딸이 결혼하거든 튀콘은 자유의 몸이 되도록 하라. 또한 필론, 올림피오스와 그 자식도 그렇게 되도록 하라. 나를 섬겼던 사람들 중에는 아무도 노예로 팔려서는 안 되며 모두 집에 계속 있도록 하라. 그들이 정해진 나이에 도달하거든 업적에 따라서 자유의 몸이 되게 할지니라. 또한 그릴리온에게 작업을 맡긴 인물 동상이 완성되거든 제헌물로 세우도록 하라. 그리고 내가 아직 제작을 주문하려고 생각하고 있는 니카노르와 프록세노스의 동상과 또 니카노르 모친의 동상도 그렇게 하라. 자녀를 남기지 못한 아림네토스의 동상도 그를 기념하여 봉헌하라. 내 어머니의 동상은 데메트리우스 여신에게 바치는 헌물로서, 네메아나 혹은 어떤 다른 곳에라도 세워주기 바란다. 내가 묻히는 곳에 피티아스의 유해도 옮겨 그녀가 직접 지시한 방식대로 그곳에 매장하도록 하라. 니카노르가 살아서 귀환하거든 내가 그를 위해 한 서약을 지키기 위해 4엘렌 높이의 석상을 스타기라의 구원자이신 제우스와 아테네에게 감사의 제물로 바칠지니라."[1]

이 유언서를 설명하기 위해서는 몇 명의 중요한 이름만으로도 충분할 것이다. 아리스토텔레스가 유언 집행자로 지정한 안티파

마케도니아 왕 알렉산드로스 3세, 기원전 300년경
아테네에서 만들어진 테트라드라크몬 주화

터는 말하자면 소요학파의 스폰서이며 동시에 그리스의 통치자였
다. 알렉산드로스는 그를 제국 총독 및 상부 군 통수자로서 포괄
적 권한을 위임하였다. 안티파터는 아타르네우스 출신의 헤르미
아스와는 달리 학문적 욕심이 없었다. 그와 아리스토텔레스 사이
의 끈이 되었던 충직한 우정은, 정치적 관점만 제외한다면 공동의
관심에 기초한 것이 아니라 상호간의 존경심에 의한 것이었다. 알
렉산드로스의 서거 이전에 이미 안티파터는 권력을 많이 상실하
였다. 알렉산드로스는 그를 궁전으로 불러들여 그리스를 더 효과
적으로 통치할 계획을 세웠던 것이다. 아리스토텔레스가 아테네
로부터 도주하던 그때 안티파터는 소아시아를 통해 알렉산드로스
에게 가는 중이었다.

　일찍 돌아가신 부모님과 계부인 프록세노스를 기념하기 위해

아리스토텔레스는 감사한 마음으로 동상을 세우도록 한 것이다. 그는 프록세노스의 아들을 미래에 사위로 삼고자 입양하였다. 그는 다름 아닌 알렉산드로스의 구대에서 신임받는 자리를 차지한 니카노르였다. 니카노르는 그 당시 축제를 하기 위해 올림포스에 모인 그리스인들에게 자기의 군대 역시 그리스의 판테온 신전에 들어갈 만한 공로가 있다는 전언을 하는 임무를 맡았다. 이처럼 아리스토텔레스는 그의 무사 귀환을 위해 서약을 할 만한 충분한 이유가 있었던 것이다. 아리스토텔레스가 니카노르를 위해 생각해 두었던 딸 피티아스는 헤르미아의 집에서 알게 되었던 첫 부인의 이름을 이어받았다. 첫 부인이 죽은 후 아내로 맞은 헤르필리스는 그에게 아들을 낳아주었는데 그 이름이 니코마코스였다. 후손을 남기지 못하고 죽은 아림네스토스는 아리스토텔레스의 유일한 형제였다.

상속자들

아테네인들의 소송은 폐기되었다. 그 대신 천문학자와 물리학자 · 윤리학자 · 철학자 그리고 신학자들이 수백 년 동안 아리스토텔레스에 대해 풀기 어려운 소송을 제기하고 있다. 물론 일반적으로 인정될 만한 결론이 날 전망은 없어 보인다. 오늘날 아리스토텔레스 연구는 오히려 문헌학자와 역사가에 의해 이루어지고 있다. 아리스토텔레스는 그 어떤 심판자들보다 명이 길고, 그의 이름을 빌려 쓰는 어떤 학파들보다 역동적이다.

아리스토텔레스 학파란 도대체 무엇을 뜻하는가? 소요학파의 이론, 아니면 방법론, 또는 정신을 대변하는 사람을 뜻하는가? 아리스토텔레스를 변호하는 사람인가? 그의 철학을 발전시키는 사람인가? 기대하지 않았던 곳곳에서 고발자와 변론자가 나타났다. 아리스토텔레스의 제자들은 수정주의자들에 대해서 아리스토텔레스의 권위를 내세웠다. 반면 수정주의자들은 그런 권위주의적 변호가 오히려 아리스토텔레스 철학을 망친다고 주장하면서 플라톤 철학으로부터 해방을 이룩한 아리스토텔레스의 자유정신을 지적한다. 사람들은 역사상 그 어느 철학자보다도 아리스토텔레스를 더 많이 읽고, 믿고, 이해하고, 번역하고, 오해하고, 찬탄하고 조롱하였다.

아리스토텔레스를 배척한 예로 독일의 종교개혁자 마르틴 루터를 들 수 있다. 그는 그리스도교를 믿는 독일 귀족들에게 다음과 같은 요구를 하였다.

"(제25번째 요구) 대학교 역시 훌륭하고 강력한 개혁을 필요로 합니다. ……이에 대한 나의 제안은, 지금까지 최고의 서적으로 간주돼온 아리스토텔레스의 『자연학』, 『형이상학』, 『영혼론』을 아주 없애버리자는 것입니다. 그뿐만 아니라 자연의 사물을 다루는 서적 역시 모두 없애야 합니다. 왜냐하면 그의 책에서는 자연 현상에 대해서든 초자연적 정신 현상에 대해서든 배울 것이 하나도 없기 때문입니다. 그뿐 아니라 아리스토텔레스의 견해를 제대로 이해한 사람이 아직까지 하나도 없으니까 말입니다. 그러므로 고상한 사람들의 귀중한 시간과 노력과 비용이 쓸모없는 학업에 낭비되었습니다. 나는 흙으로 그릇을 만드는 옹기장이가 오히려 그런 책에 씌어 있는 것보다 자연 현상을 더 잘 이해한다고 감히 말할 수 있습니다.

저 저주받은, 교만하고 교활한 이방인 아리스토텔레스가 옳지 않은 생각과 글로 많은 훌륭한 기독교도를 유혹하고 조롱한 것을 생각하면 내 가슴은 몹시도 아픕니다. 하느님은 우리 죄 때문에 우리에게 그를 보내서 괴롭힌 것입니다. ……아무도 내가 말이 많다고 추궁하거나 뭣 모르고 떠든다고 비난할 수는 없을 것입니다. 친구들이여, 나는 내 말을 잘 알고 있습니다. 나는 그대나 그

아우구스티누스 교단 승려복을 입은 루터, 1520년

대와 같은 어떤 이들 못지않게 아리스토텔레스를 잘 알고 있습니다. 나 역시 아리스토텔레스를 읽고 들었기에 성자 토마스 아퀴나스나 스코투스(Johannes Scotus Erigena, 815~877년경. 최초로 중세의 대철학 체계를 만든 아일랜드 출신의 학자─옮긴이) 못지않게 이해하고 있습니다. 나는 이런 사실을 교만한 마음 없이 자랑할 수 있으며, 필요하다면 증명할 수도 있습니다. 나는 수백 년 동안 수많은 석학들이 아리스토텔레스를 이해하기 위해 수고했다는 것을 중요하게 생각하지 않습니다.

이런 나의 태도는 이미 자주 제기된 반론들에 의해서도 절대 흔들리지 않을 것입니다. 그것은 아리스토텔레스로 인해 수백 년 동안 세상과 대학에 진리보다 오류가 더 많이 남게 되었다는 것

성 아우구스티누스, 프레스코 벽화, 6세기

이 너무도 명백하기 때문입니다."

아우구스티누스 종파에 속한 루터가 이런 요구를 하기 약 천년 전에 성 아우구스티누스는 『프로트레프티코스』의 단편에 수록된 초기 아리스토텔레스의 사고를 재현한 키케로의 『호르텐시우스』 대화편을 읽었다. 그리고 나서 그는 『고백록』에서 다음과 같이 썼다.

"오, 주여, 이 책은 나의 마음을 바꾸었고 나의 기도를 당신에게 향하게 하였나이다. 이 책으로 인해 나의 소원과 갈망은 새로운 방향을 갖게 되었나이다. 나의 허황된 소망은 갑자기 무가치하게 되었으며, 믿을 수 없으리만큼 놀랍게 타오르는 마음의 정열로 나는 불멸의 지혜를 갈망하게 되었으며, 서서히 당신에게 돌아갈 준비를 하게 되었나이다."

가센디(Pierre Gassendi, 1592~1655. 프랑스 철학자 · 수학자 · 자연과학자. 중세 교부철학의 아리스토텔레스주의와 데카르트를 비판하였다. 현대 경험주의 방법론의 시조로서 존 로크와 콩디악에게 영향을 끼쳤다 – 옮긴이)가 4원소론(四元素論)을 부정하자 어떤 '박사'가 그에게 분개하며, 4원소의 원칙을 인정하지 않는 자와는 토론할 수 없다고 대답했다. 가센디는 다른 원칙, 즉 경험이 중요하다는 사실을 지적했으나 통하지 않았다. 현자라고 해도 하늘에서 내려오는 법은 없다는 얘기였다. 그가 죽은 지 23년 후에 소르본 대학은 아리스토텔레스 공리의 이탈 금지령을 갱신했다. 몰리에르는 이런 소요학파적 도그마를 비꼬았다. "어떤 사람의 말도 맞지 않는다. 우리와 우리 친구를 제외하고는." 철학자라면 별로 칭찬하는 일이 없던 볼테르는 자신이 쓴 17세기 역사서에서 데카르트가 자신의 고유한, 그러나 생존 능력이 없는 귀신을 시켜 적어도 아리스토텔레스 귀신만은 영원히 쫓아냈다고 감사를 표했다.

부록의 연보를 읽으면 이런 변화무쌍한 찬반 논쟁에 대해 어느 정도 알 수 있을 것이다. 그러나 중요한 것은 논쟁의 주인공이다. 왜 아리스토텔레스는 항상 잿더미에서 부활하는 불사조처럼 다시 살아나는 것일까? 이것은 아직도 그의 철학을 신학대학 신학 수업을 위한 예비 과정으로 가르치고 있기 때문만은 아닐 것이다. 또한 그의 반대자들이 서로 의견을 통일하지 못했기 때문도 아닐 것이다. 아리스토텔레스는 겨우 '시작'에 불과한 것이다. 철학 세계에서 철학의 시작을 축출해낼 수는 없을 것이다. 그런데 사실 철학자가 세상에 줄 수 있는 것이 하나의 시작 외에 무엇이 있을 것인가? 그가 아리스토텔레스와는 다른 시작을 만들어내려 하든, 연금술사나 명상하는 수도승과 같은 인내로 아리스토텔레스적 시작을 반복하든 간에 말이다.

아리스토텔레스적 시작을 무효화시키기 위한 시도도 적지는 않았다. 최근 들어 일부 철학자는 아리스토텔레스 철학의 발전 단계를 증명해냄으로써 모순점을 안고 있는 일부 사유체계의 불안 요소를 제거할 수 있다고 생각했었다. 그러나 오늘날 베르너 예거의 아리스토텔레스론(Werner Jaeger, *Aristoteles*. Grundlegung einer Geschichte seiner Entwicklung, 2. Auflage, Berlin)은 다시금 아리스토텔레스 사유의 원천성과 자유성을 확증해 주었다. 아리스토텔레스가 20세기 철학자들을 혼란스럽게 한다는 사실은 로방이라는 플라톤 번역가가 다음과 같은 솔로몬적 지혜를 담은 궤변으로 잘 표현했다.

"아리스토텔레스는 철학자라기에는 너무나 뛰어나고 동시에 너무나 부족하였다!"

야누스적 이중 얼굴

아리스토텔레스에 대한 찬반 논쟁은 특이한 문제점을 안고 있다. 그것은 그의 저서가 완벽하게 전해지지 않는다는 사실에 기인한다. 아리스토텔레스의 저작은 모두 400여 권으로 추정되는데, 그 중 143권의 제목만 남아 있다. 이중의 일부는 고대 사람들에게 알려졌으나, 오늘날에는 일련의 단편을 제외하고는 모두 소실되었다. 그 외의 또 다른 저작은 250년 간 묻혀 있다가 발견되었으며, 오늘날 우리가 아리스토텔레스의 사유에 대해 알고 있는 지식은 바로 이 저작에 기초하고 있다. 문제는 바로 이상의 두 군(群)의 저작들이 문체와 내용 면에서 서로 상당한 차이를 보이고 있다는 점이다. 위에서 인용한 루터와 아우구스티누스의 상충되는 발언은 아리스토텔레스 저작이 갖고 있는 상반되는 영향력을 증명해 준다. 이런 차이점을 보여주기 위해서 상이한 성격을 가진 저작군 중에서 특징적인 부분을 인용하여 대비해 보기로 하자.

"사람이 모든 것을 다 소유하고 있다 해도, 이성이 손상을 입거나 병이 들었다면 그의 인생은 더 이상 살 가치가 없을 것이다. 왜냐하면 그 사람은 여타의 어떤 좋은 것도 즐길 수 없기 때문이다. 그러므로 이성적 사고의 맛을 알고 그것을 즐길 줄 아는 사람들은 한결같이 이성에 비교하면 다른 모든 것들은 아무것도 아니라는 의견에 동의한다. 바로 이것이 우리 중 그 어느 누구도 평생토록 술 취하거나 유아 상태로 머물러 있기를 싫어하는 이유이다.

같은 이유에서, 비록 수면은 지극히 유쾌한 상태이기는 하지만 바람직하지 못한 것이다. 사람들은 잠을 자면서 제반의 쾌락을 경험하지만, 잠 속의 상념은 단지 허상일 뿐이요, 오직 깨어 있을 때의 상념만이 현실인 것이다. 잠자는 것과 깨어 있음의 차이는 사람이 깨어 있을 때는 그 정신이 적어도 때때로나마 진실을 포착하지만 잠자는 동안에는 항상 착각에 빠져 있다는 것이다. 꿈의 내용이란 순전히 가상이고 착각이기 때문이다. 또한 사람들이 (잠과 비슷한) 죽음을 꺼려한다는 것은 영혼이 지식을 사랑한다는 증거이다. 왜냐하면 영혼이란 자기가 알지 못하는 어둡고 불확실한 것을 피하며, 밝고 확실하게 알 수 있는 것을 찾는 것이 그 속성이기 때문이다."[1]

위의 인용문과 대비되는 예문을 『분석론』의 도입부에서 찾을 수 있다. 첨언하자면, 비록 마르틴 루터가 아리스토텔레스 철학을 거부하기는 하였으나 아리스토텔레스의 모든 저술을 반대한 것은 아니었다. 루터는 사실 1508년 처음으로 강단에 섰을 때『니코마코스 윤리학』을 강의하였다. 그가 옹호한 아리스토텔레스의 저술들은 주로 방법론에 관한 것이었는데, 여기에는 『분석론』도 포함되어 있다. 루터는 이런 서적들을 대학 강의에 추천한 이유를 이렇게 말하였다.

연구 중에 잠이 든 아리스토텔레스, 축소화, 1507년

"나는 논리학·수사학 그리고 시학에 관한 아리스토텔레스의 책들을 계속 사용하거나, 또는 요약된 형태로 읽는 것은 좋다고 생각합니다. 왜냐하면 청년학도들에게 연설과 설교를 잘 하도록 연습시키기에 유익하기 때문입니다."

다음에 인용할 본문은 아리스토텔레스가 쓴 철학 전문서들이 얼마나 무미건조한 문체로 되어 있는지를 알게 해 줄 것이다.

"우선 이 연구가 무엇에 관한 것이며 누가 행하는가에 대해 말할 것이다. 이 연구는 증명에 관한 것이니, 즉 증명학이란 학문에서 행하는 연구어다. 그 다음으로 규정할 것은, 전제란 무엇이며 삼단논법이란 무엇인가 하는 것이며, 어떤 종류의 삼단논법이 완결된 것이며 혹은 완결되지 못한 것인가 하는 것이다. 그 다음은 '이것이 이것의 모든 전체에 있다' 혹은 '그렇지 않다'는 것이 무슨 뜻인지 밝혀야 할 것이다. 또한 '어느 주장이 모든 경우에 대해 맞다와 전혀 그렇지 않다'는 것이 무슨 뜻인지 밝혀져야 한다.

전제란 어떤 대상에 대해 어떤 특성을 부여하거나 박탈하는 것이다. 전제의 적용 범위는 일반적이거나 부분적이거나 혹은 비확정적이다. ……증명적 전제는 변증법적 전제와는 다르다. 왜냐하면 증명적 전제는 사물의 어떤 한 면을 다른 대안으로 대체하고자 하는 것(증명은 질문을 제기하는 것이 아니라 질문을 받아서 이루어지는 것이다)인 반면, 변증법적 전제는 단지 대안을 토론에 부치는 것이기 때문이다. 그러나 이런 전제의 차이가 결과적으로 삼단논법의 구성의 차이가 되지는 않는다. 왜냐하면 증명자나 변증자나 다같이 어떤 대상에 어떤 특성이 수여되거나 수여되지 않는다고 가정하고서 결론을 도출하려 하기 때문이다.

그러므로 삼단논법적 전제는 어떤 대상에 어떤 특성을 수여하거나 박탈하는 것을 뜻한다. 증명적 전제는 그것이 참이고 초기의 전제조건으로부터 유도될 경우에만 어떤 대상에게 어떤 특성을 수여하거나 박탈할 수 있다. 하지만 변증법적 전제란 토론자에게는 대안을 토론에 부치는 것을 뜻하는 반면, 결론을 도출하는 자에게는——전제론에서 설명한 바대로——설득력 있는 현상을 수용하는 것이다. 이제 전제란 무엇이며 또한 삼단논법적 전제, 증명적 전제 그리고 변증법적 전제가 서로 어떻게 다른지는 후에 더 정확히 기술할 것이다. 현재 우리의 목적을 위해서는 이 정도의 설명이면 충분하리라 생각된다."[2]

우리의 목적을 위해서도 이 정도의 인용문이면 충분할 것이다. 현재 우리의 목적은 아리스토텔레스를 둘러싼 소송 문서(법률적이든 학문적이든)의 이상한 운명을 밝혀내는 것이니까. 그리스인으로서 아프로디시아스 출신의 알렉산드로스라는 사람은 아리스토텔레스 주석가로서 매우 유명했다. 그는 심지어 아리스토텔레스의 진정한 견해는 오직 전문적 철학 강의서에서만 찾아볼 수 있을 뿐, 플라톤을 모방하여 이루어진 대화편처럼 일반대중을 위한 저술에는 대부분 오류가 섞인 제삼자의 의견이 표방되어 있을 뿐이라고 주장하였다. 그의 의견에 따르면, 마치 아리스토텔레스가 일반 대중이 그의 철학 강의에 담겨 있는 진리의 이해능력이 없다고 폄하하기나 한 것 같다. 그래서 마치 아리스토텔레스가 자기 제자들 사이에서나 이해될 법한 어려운 용어를 사용했다고 암시하고 있다. 하지만 이런 의견은 매우 의심스러운 것이다.

그러나 아리스토텔레스에게 중차대한 문제는 용어가 아니라 플라톤이었다. 아리스토텔레스에게는 그의 스승이었던 플라톤에 대한 관계가 우선적으로 해결해야 할 문제였던 것이다. 우리는 연기된 최초의 소송이 어떻게 초대형급 소송 사건으로 변하는지를 보았다. 독일의 유명한 아리스토텔레스 학자인 베르너 예거 교수는 1923년 조금의 과장도 없이 다음과 같이 진술했다.

"아리스토텔레스가 경직되어 있으며 변화 불가능할 뿐만 아니라, 냉정하며 환상도 경험도 빈약하고 운명의 다양한 모습도 모르며 오직 비판적일 뿐이라는 그릇된 통념은 여태까지 인위적으로 억제되어 왔던 사실들의 무게에 의해 여지없이 산산조각난다. 플라톤과 아리스토텔레스 사이에 날카로운 경계선을 긋고 아리스토텔레스의 철학을 가능한 한 명징하게 파악하려 했던 고대의 아리스토텔레스학파 학자들이 아리스토텔레스의 대화편과 관련해서 어쩔 줄 몰라했다는 사실이 정말로 놀라운 일인가? 그들이 가지고 있던 아리스토텔레스의 수많은 저작들은 체계적이기는 하였으나 아직 연대기적으로 정리되지 않았다. 만약 그랬더라면 아리스토텔레스로부터 '발전의 개념'을 도출하여 철학의 역사나 개인의 이력에 적용하여 아리스토텔레스의 인간과 철학을 새로운 시각에서 이해할 수 있었을지 모른다. 그러나 고대의 아리스토텔레스 연구가들에게는 이런 시각이 열려 있지 않았으므로 대화편의 내용들을 비(非)아리스토텔레스적 견해로 낙인찍고 대중적이고도 무가치한 저작으로 폄하하였던 것이다."[3]

물론, 만약에 아리스토텔레스가 출판하려 하지 않았던 탓에 그의 철학 노트들이 오랫동안 묻혀 있지 않았더라면, 위에 인용한 본문들의 형식적·내용적 차이가 크다 하더라도, 어떤 문헌은 인정하고 다른 문헌은 폄하하는 등의 불미스러운 오해는 발생하지 않았을 것이다. 아리스토텔레스의 유고는 리케이온의 후계자인 테오프라스토스가 아테네에 보관하고 있었다. 테오프라스토스가 죽은 이후에는 아소스 학파 출신의 넬레우스가 그 자리를 이어받았다. 그의 유산상속자들은 페르가몬에 도서관을 건립하고 장서를 확장하려는 아탈리덴의 책 중독증을 두려워하였다. 그리하여 아리스토텔레스의 저술들이 지하실에 은닉되기에 이른 것이다.

이 책들은 기원전 100년경이 되어서야 비로소 테오스 출신의 아펠리콘이라는 어느 부유한 애서가에 의해 발견되었다. 그는 소아시아에 보관되어 있던 이 책들을 몽땅 구입해서 다시 아테네로 가지고 왔다. 그로부터 14년 뒤 그 책들은 전리품 신세가 되어 술라에 의해 로마로 운반되었는데, 여기서 한 문법가에 의해 그 가치가 발견되었다. 물론 그 서적들은 이미 상당히 손상되어 있었다. 이 책들을 정돈하여 출간한 사람은 아리스토텔레스의 첫 주석가라고 할 수 있는 로도스 출신의 안드리니코스였다.

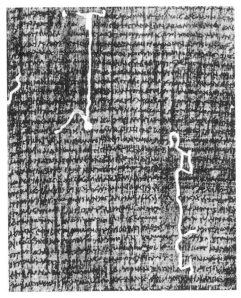

『아테네인들의 국가제도』, 수고(手稿), 런던 대영박물관

기원전 1세기 중반에 첫 아리스토텔레스 전집이 발간되었다. 이 책의 부록에 있는 연보를 보면 아리스토텔레스 저작의 운명이 어떻게 전개되었는가를 알 수 있을 것이다. 문헌 목록에는 아리스토텔레스 저작의 제목이 열거되어 있다. 지난 19세기 말에서야 『아테네인들의 국가제도』가 비로소 발견되었다는 사실을 기억할 필요가 있다. 그리고 아리스토텔레스 연구가 지속적으로 진본과 위본을 구별하고, 각각의 책과 장을 연대순으로 정리하는 데 많은 노력을 기울였다는 사실도 알고 있어야 한다. 아리스토텔레스의 알려지지 않은 저작이 새로이 발견될 가능성은 거의 없다고 할 것이다.

아테네 철학의 정점

아리스토텔레스는 고대 그리스 철학의 정점이자 어떤 의미에서는 종결이라고 할 수 있다. 또 일부의 과격한 주장에 의하면 그의 철학과 함께 그리스 철학이 붕괴된 것이라고도 한다. 알렉산드로스 제국의 그리스 시대는 진정한 의미에서의 철학자보다는 제도권에 편입된 학자가 지적 세계를 지배하였다고 말할 수 있다. 키케로는 아리스토텔레스가 멀지 않은 장래에 철학이 완성될 것이라는 희망을 피력한 적이 있다고 말했다. 아리스토텔레스가 실제로 피타고라스 학파, 엘레아 학파(기원전 500년경 철학자 크세노파네스에 의해 남부 이탈리아 엘레아 지방에 창설된 학교에서 주창한 학설의 대변자들—옮긴이), 궤변론자, 소크라테스 학파 등과 같이 이어지는 이오니아 자연철학자들의 마지막 연결고리라고 할 수 있지 않을까?

그런데 이런 자명한 사실과 그가 미친 역사적 영향력으로 미루어볼 때 아리스토텔레스를 '철학의 시작'이라고 말한다면 이는 무엇을 뜻하는 것일까? 아리스토텔레스에 앙심을 품은 현대철학은 아마도 눈살을 찌푸리며, 그의 철학적 시작은 실제 경험이 뒷받침되지 않은 '형이상학'일 뿐이라고 폄하할 것이다. 이런 주장이 아주 틀린 것은 아닐 것이다. 하지만 주기적으로 철학자들에 의해 사망선고가 내려지는 소위 '형이상학'을 이해하기 위해서는 어길 수 없는 엄연한 법칙을 따라야 한다. 그것은 형이상학적 명제의 언어적 표기(表記, 시니피앙)에서 더 광범위한 의미를 담은 능기(能記, 시니피에)를 읽어낼 수 있어야 한다는 것이다.

불에서 가장 가까운 곳에 위험도 가장 크다는 지적은 철학을 함에 있어 쉽게 돌아갈 수 있는 샛길을 차단할 뿐, 철학의 즐거움과 우아함을 망치지는 못한다. 물론 마치 국회 토론장이나 법정에서 하듯 어느 특정한 철학 문제들을 이유 없다고 기각할 수도 있을 것이다. 예컨대 언어학자들은 인간 언어의 기원에 대한 문제는 비생산적이라고 아예 토론에서 제외하도록 학회 회칙으로 못박아 놓기도 했다. 하지만 일련의 질문들을 금지한다고 해서 철학함의 편치 못한 길을 편하게 만들 수는 없을 것이며 오히려 그런 금지란 애초부터 불가능한 것이다.

이 개괄서는 아리스토텔레스의 생애를 중심으로 서술하지 않는다. 오히려 아리스토텔레스가 제시한 네 개의 철학적 기본 질문들에 대한 답변을 개진해 나가면서 아리스토텔레스의 인간적 · 철학적 초상화를 그려보고자 한다. 아리스토텔레스의 철학은 하나의 통일체를 이룬다. 그것은 그의 철학이 유기적으로 발전되었으며, 형식적으로 다듬어졌으며, 어떠한 대상도 철학의 사유에서 제외시키지 않으며, 무엇보다 자연과 삶의 목적을 추구하는 인간이 중심을 이루고 있기 때문이다. 아리스토텔레스의 저작에 존재하는 이런 모든 긍정적 양상과 아울러 불완전성 · 오류 · 위기 · 불확정

남부 그리스에 위치한 엘리스의 풍경

성과 실험성 등도 있으며, 그의 철학이 갈등과 긴장관계에서 성숙하며 마지막까지도 이런 긴장을 포기하지 않는다는 점 등이 그의 철학을 '시작'이라고 부르는 이유가 될 것이다.

이 책의 구성과 전개 원칙은 항상 질문에서 시작한다는 것이다. 현대적 냄새를 풍기는 이런 주장은 사실 매우 오래된 철학적 전통에서 유래한다. 플라톤은 질문을 제기하는 소크라테스를 소개해 주었고 키케로는 이런 대화술과 관련해서 다음과 같은 말을 하였다. "'좋은' 질문을 만들 줄 아는 사람만이 성공적으로 지식을 습득하고 전수할 수 있다." 이런 질문은 '끊임없이 철학하기'와 모순 관계에 있는 것이 아니라, 오히려 철학하기의 심장이며 신경이다. 즉 철학의 시작이라 할 수 있다.

아리스토텔레스에 대한 우리의 질문은 다음과 같다. 즉 그의 철학의 기초는 어디에서 오는가?(제2부) 어떤 방법을 사용하고 있는가?(제3부) 그 대상은 무엇인가?(제4부) 어떤 목적을 추구하는가?(제5부)

2 철학의 기초

어린아이든 위대한 철학자든 보고 듣고 만질 수 없다면
아무것도 배울 수 없다. 철학의 기초에 대한 질문은 우리로 하여금
곧장 철학적 전통보다 더 근원적인 제2의 기원으로 이끌고 간다.
왜냐하면 감각적 인지 없이는 의견이 이루어지지 않으며
철학적 전통으로부터 지식을 전수받는다 해도 독자적인 실증 작업을
대치할 수는 없기 때문이다. 전통 없이는 철학을 할 수 있어도
경험 없는 철학은 아마 거의 불가능할 것이다.

●아리스토텔레스

철학의 시작은 경탄, 경이 그리고 질문으로 이루어진다.

아니, 혹 재산이 필요할지도 모르겠다. 왜냐하면 철학자는 여가 시간이 많아야 하기 때문이다. 그러나 이런 요소 외에도 아리스토텔레스 철학의 시작은 전통과 경험 그리고 사유라는 세 요소를 가지고 있다.

철학에 사용된 신화·전설·문학

"모든 시대에 성립가능한 예술·학문·철학은 아마도 단지 그 이전 시대의 것을 재발견한 것일는지 모른다. 그리고 재발견된 것들은 또다시 상실된다. 그러므로 관념의 형태인 예술·학문·철학 같은 것들은 일종의 침전물로서 오늘날까지 보존되어 있는 것이다."[1]

"속담이란, 인류의 파국과 함께 멸망한 철학이 남긴 찌꺼기라고 볼 수 있는데, 이는 오직 짧고 간편하게 이해할 수 있기 때문에 보존된 것이다."[2]

"어떤 사물을 어떻게 설명해야 할지 몰라 난처해하는 사람은 자기가 그것을 이해하지 못하고 있다고 믿는다. 이런 면에서 볼 때 신화를 애호하는 사람도 철학자라 할 수 있다. 왜냐하면 신화는 경이스럽고 이해하기 난처한 사건들로 가득 차 있기 때문이다. 만약 사람들이 이런 무지에서 벗어나기 위해 철학을 시작하였다면, 철학이란 지식 자체를 추구하기 위해 생겨난 것이지 어떤 실제적 용도를 위해 탄생한 것이 아니라는 사실이 확실해진다."[3]

청년 시절 아리스토텔레스는 플라톤의 티마이오스의 창조 개념에 대한 자신의 비판적 생각을 표현하기 위해 플라톤의 동굴 비유를 본따 다음과 같은 고전적 형태의 신화를 차용하였다.

"다음과 같이 가정해 봅시다. 옛날 옛적에 늘 땅 밑에서만 살고 있던 사람들이 있었다고 말이지요. 게다가 아주 훌륭하고 호화스러운 집에서 말입니다. 각양의 동상과 그림뿐만 아니라 행복한 사람들이 소유하는 모든 사치스러운 물건이 가득 찬 저택 말이지요. 그런데 그 사람들은 아직 한 번도 땅 위에 나와본 적이 없지요. 그렇지만 신들의 영광과 권세에 대해서는 소문으로 들어 알고 있습니다. 그러던 어느 날 땅이 갈라지게 되었고, 그 사람들은 땅 속에 숨겨진 집으로부터 우리가 살고 있는 땅 위로 올라오게 되었습니다. 이제 땅 속 사람들은 갑자기 지구와 바다 그리고 하늘을 볼 수 있게 되고, 큰 구름과 강한 바람을 느끼며, 태양의 위대함과 아름다움을 보고, 또 태양이 어떻게 온 하늘을 밝게 비추며 날이 밝아오게 하는가 등 태양의 엄청난 작용을 알게 되었다면, 그리고 지상에 어둠이 깔린 밤에 하늘이 얼마나 찬란한 별들로 수놓아지는가를 보게 되었다면, 그리고 뜨고 지는 달의 변화와 영원히 변함 없이 운행하는 별들의 궤도를 보게 되었다면, 그 사람들은 정말 신들이 있다고 믿었을 것이고 이런 자연의 놀라운 작용들이 신들의 작품이라고 믿었을 것입니다."[4]

아리스토텔레스가 신화와 전설을 잘 이해했다는 사실은 그가

천개를 어깨에 짊어진 아틀라스, 나폴리 국립박물관

이에 대한 비판을 가했다는 것을 의미한다. 그에 의하면 시인들은 "어떠한 상황을 막론하고 대개 비극의 기초로 사용되는 전래 신화에서 소재를 취해야 하는 것은 아니다."[5] 더욱이 철학자라면 이런 전통에 얽매여서는 안 된다. 그러나 철학자가 신화에 대해 숙고하여 주관적 의견과 객관적 지식 사이의 경계를 규정하는 것은 필요한 일이다.

"······ 그러므로 하늘이 무너지지 않고 유지될 수 있으려면 하늘을 어깨에 떠받치고 있는 아틀라스라는 신이 필요하다는 식의 옛날 전설을 믿어서는 안 된다. 이 이야기를 꾸며낸 사람은 아마도 후세 사람들이 그러했듯, 모든 천체가 중량을 가지고 있고 흙과 같은 물질로 구성되어 있다고 가정하였으며, 따라서 인간적인 사고 방식대로 하늘을 유지하려면 살아 있는 인물이 필요하다고 믿은 것이다."[6]

그러나 아리스토텔레스는 필요에 따라 도덕적 내용을 담은 전설을 기억해낼 줄도 알았다. 그는 상술과 부의 차이를 설명하면서 돈과 관련해서 다음과 같은 이야기를 했다.

"사람들은 종종 돈이 많은 것이 곧 부라고 생각한다. 왜냐하면 상술이나 상업은 돈과 관련되니까. 그러나 때때로 돈이란 단지 착각 속에 존재하는 가치처럼 보일 때가 있다. 돈이란 그저 법률과 관습에 의한 물건일 뿐, 원래는 아무것도 아니지 않은가. 왜냐하면 사용하는 사람들이 돈을 다른 것으로 바꿔버리면 기존의 돈이란 졸지에 아무 가치도 지니지 못하니까. 그리고 아무 짝에도 쓸모없게 되어버린다. 그러므로 비록 돈이 많더라도 반드시 필요한 양식의 결핍에서 벗어나는 것은 아니다. 풍부하게 소유하고 있으면서도 굶어 죽는다면 그런 소유는 사리에 어긋나는 것이다. 이는 마치 지나친 소유욕으로 인해 차려준 음식을 만지자마자 금으로 변하게 된 미다스(그리스 신화의 인물로서 소아시아 프리지아의 왕. 그는 사티르 실레네를 디오니소스에게 데려다준 보답으로 그의 손으로 만지는 모든 것이 금으로 변하게 되는 소원을 이루게 되었음—옮긴

58

이)의 경우와 다를 바 없는 것이다. 그러므로 부와 화폐 소유가 일치하지 않음을 강조하는 것은 지극히 옳은 일이다."[7]

무미건조한 논술로는 제대로 생각을 표현할 수 없을 때 아리스토텔레스는 때때로 전설의 상징적 표현력을 이용하여 자신의 생각을 진술하기도 하였다. 그는 『오이데모스, 혹은 영혼에 대하여』라는 대화편 서문에서 플라톤 영혼론의 논지를 따라, 병적인 상태나 위기 상황이 오히려 인간에게 예기치 못했던 고상한 인식을 가능케 한다는 생각을 전하기 위해 다음과 같은 이야기를 삽입하였다.

"오이데모스가 마케도니아로 여행하던 중, 당시 폭군 알렉산드로스 대왕의 혹독한 지배 하에 있던 테살리아 왕국 초기에 건설된 도시 페레에 도착하였다. 그런데 이곳에서 오이데모스는 모든 의사들이 포기할 정도로 심한 병에 걸리게 되었다. 그가 병상에 누워 자고 있을 때 아주 뛰어난 용모의 젊은이가 꿈에 나타나 오래지 않아 병에서 회복될 것이라고 예언하였다. 또 그 예언자는 며칠 뒤에 폭군 알렉산드로스 대왕이 전사할 것이나, 오이데모스는 이로부터 5년 후에 고향에 돌아가게 될 것이라는 말도 전해 주었다. 그리고 첫 예언은 실제로 이루어졌다. 즉 오이데모스는 완치되었으며, 폭군은 처남들에 의해 살해되었다. 그러므로 5년이 지난 후 그는 꿈에서 들은 두번째 예언에 따라 타향인 시칠리아에서 고향인 키프로스로 돌아갈 것이라고 생각했다. 그러나 실제로 그는 5년 후 시라쿠사이 근처의 전투에서 전사해 버렸다. 그러니까 그 꿈에서 들은 예언에 대해 단 하나의 올바른 해석은, 오이데모스의 영혼이 육체를 떠났을 때 그의 영혼이 고향으로 돌아간 것이라고 볼 수밖에 없다."[8]

키프로스 출신의 오이데모스는 학술원에서 아리스토텔레스와 친분이 있었고, 기원전 354년 디온의 방어전에서 시라쿠사이 앞에서 최후를 맞았다. 또한 아리스토텔레스의 철학에서 역사와 문학이 갖는 밀접한 관계를 간과할 수 없다. 그는 『시학』에서 이 두 영역을 다음과 같이 비교하고 있다.

"역사 서술이 개별성을 대상으로 하는 반면, 문학은 일반성을 다룬다. ……역사가가 실제 일어난 사건을 기술한다면, 작가는 일어날 수도 있었던 일을 이야기로 꾸민다. 그러므로 문학은 역사 서술보다 좀더 철학적이고 진지한 행위이다."[9]

아리스토텔레스의 글에 나타난 다양하고도 수많은 직·간접적인 문학 인용을 생각하면, 플라톤이 자기 제자 중 제일 유명해진 아리스토텔레스에 대해 그의 변증법적 날카로움뿐만 아니라 독서량이 많다는 것을 즐겨 칭찬했다는 말이 거짓이 아님을 느낄 수 있다. 아리스토텔레스는 많은 시인을 알았는데 그 중에서도 특히 호메로스를 아주 잘 알고 있었고, 자기의 개인지도를 받던 알렉산드로스 대왕마저도 호메로스를 좋아하게 만들었다. 우리는 아리스토텔레스가 스승 플라톤에 대해 가졌던 관계보다도 호메로스에 대해 가졌던 관계를 살펴보면 그가 어떻게 자기 삶을 지지해 주는 권위자를 받아들였는지를 더 자연스럽고 명료하게 이해할 수 있다. 아리스토텔레스의 저서에 나타난 몇몇 구절들은 그가 얼마나 자연스럽고 당당하게 철학적 사유와 호메로스 문학에 대한 탐닉을 연계시켰는지를 알게 해준다. 이런 종류의 구절로는 이미 언급한 바 있는 예감과 그 철학적 정초(定礎)와 관련된 문제를 예로 들 수 있다.

"신에 대한 인간의 개념은 이중적 기원을 갖고 있다. 즉 영혼의 체험과 천체에 대한 관찰이 그것이다. 영혼의 체험이란 특별한 꿈을 꾸고 나서 생기는 열광적이고 예언자적 예감의 상태를 말한다. 왜냐하면 영혼이 잠 속에서 자기만을 위한 시간을 갖게 되면, 자신의 본성을 분리해내어 미래를 예감하며 예언을 한다. 사람이 죽어 영혼이 육체를 떠날 때도 이와 같은 상태가 된다. 이것은 이미 호메로스도 관찰한 바이다. 파트로클로스(아킬레스의 절친한 친구로서 자기 생명같이 아껴주었다-옮긴이)가 죽을 때 그는 헥토르(프리아모스 왕의 아들-옮긴이)가 살해당할 것을, 그리고 헥토르가 죽을 때는 아킬레스의 멸망을 예언했던 것이다."[10]

"인간의 삶에는 많은 불행과 사고가 일어난다. 그래서 프리아모스의 영웅가가 노래하듯 최상의 행복을 누리는 사람이 늙어서 어려운 불행을 만나는 수도 있다"(『일리아스』, 24, 543 이하).[11]

아리스토텔레스는 적시에 호메로스 시가의 구절을 인용할 줄

호메로스, 뮌헨 고대박물관

알았다. 예를 들면 다음과 같다.

"'둘이 함께 간다면', 호메로스가 말하듯, 더 나은 지혜와 행동
을 할 수 있다."

"자녀에 대한 아버지의 지배는 왕의 지배와 비슷하다. 왜냐하면
자식을 낳은 아버지의 지배권은 사랑과 나이에 근거하는 바, 이는
왕권 지배의 형식에 상응한다. 그러므로 호메로스가 제우스를 '인
간과 신들의 아버지'라고 부른 것은 좋은 표현이다."[12]

그런데 아리스토텔레스가 호메로스를 잘못 인용한 경우도 있다. 하지만 이것은 오히려 그가 호메로스에 대한 지식이 넘친다는 것을 보여준다.

"그러므로 이제 덕이란 중용이라는 것, 즉 너무 많음 혹은 너무 적음의 두 가지 잘못들의 중간이라는 사실은 충분히 논증된 바와 같다. ……어떤 경우에든지 그런 중간을 찾아내기란 어려운 작업이다. ……그러므로 황금의 중간점을 찾아내기 위해서는, 마치 칼립소가 오디세이에게 '배를 물보라치고 요동하는 파도 밖으로 몰아내라'고 충고하듯 위험한 두 개의 극단점(즉 너무 많음과 너무 적음)으로부터 멀어지는 것이 중요하다."[13]

여기서 파도가 물보라를 일으키고 요동을 친다 함은 『오디세이아』 12장 219쪽에 나오는, 선박 항해를 위협하는 카리프디스와 스킬라라는 바다 괴물을 뜻하는 것인데, 충고를 준 것은 칼립소 여신이 아니라 키르케 여신이 맞다.

아리스토텔레스의 동물 이야기에는 심지어 다섯 곳에서나 호메로스의 구절이나 표현이 인용되고 있다. 물론 이것은 동물학자로서의 아리스토텔레스가 돼지나 새매, 황소, 사자 내지는 어느 특정한 목 동맥(動脈)을 설명할 때 『일리아스』를 권위서로 인용했다는 뜻은 아니다. 오히려 아리스토텔레스는 교양 있는 그리스인의 한 사람으로서 호메로스나 다른 시인들을 노련하고도 세련되게 자유자재로 인용하였다.

이전의 철학자들

"호메로스와 엠페도클레스(기원전 483~425년경. 그리스 철학자·의사·시인. 시칠리아 섬 태생. 에트나 화산에서 투신자살한 것으로 유명함. 이 모티프는 독일 시인 횔덜린에 의해 형상화되었다—옮긴이)는 시적 운율 외에는 공통점이 없다. 한 사람은 시인이라고 부르는 것이 옳고, 다른 한 사람은 자연 연구가라는 명칭이 더 잘 어울린다."[1]

아리스토텔레스가 자연 연구가와 철학자를 인용하는 방법을 보면, 그가 시인들보다 그들의 진술을 더 진지하게 생각했음을 알 수 있다. 시인들이란 '이야기를 많이 꾸며내는'[2] 사람들이기 때문이다. 그는 철학사를 매우 중요시했다. 플라톤은 자기 시대 이전의 그리스 사상가의 저술들을 학술원의 도서관에 수집하도록 하였는데, 아리스토텔레스는 이보다 일보 진전하여 철학사를 문제별로 정리하려 하였다. 이리하여 그는 소크라테스 이전 철학을 연구하는 그리스 문제 철학사의 창시자가 되었다.

리케이온의 수장으로서 그는 제자들로 하여금 이전 철학을 편찬하여 정리하도록 하였다. 오이데모스는 그리스 수학과 천문학의 역사를 쓰는 과제를, 메논은 그리스 의학을 방법론적으로 편찬하는 과제를 부여받았다. 그리고 테오프라스토스는 물리학자들의 견해를 빠짐없이 정리하여 발간하고자 하였다. 그의 업적은 16권에서 18권으로 이루어진 대작이었으나 유감스럽게도 극히 일부만이 보존되어 내려오고 있다.

아리스토텔레스 자신도 학문적 문제를 다룰 때, 먼저 이전 철학자들의 의견을 논의함으로써 자신의 견해를 피력하려 하였다. 설혹 그가 어떤 문제에 대해 직접적으로 접근할 경우에도 이전의 견해를 되돌아보는 것이 필요하다고 생각하였다. "우리는 자연 철학서에서 제1동인자에 대해 충분히 다루었다. 그럼에도 불구하고 우리는 이전에 세계 연구에 몰두하며 진리에 대해 철학하던 사람들의 견해를 고려하고자 한다."[3]

아리스토텔레스의 저술은 오늘날 소크라테스 이전의 철학사 연구에 중요한 원전이 되었다. 다음에 인용되는 구절들은 철학사를 쓴 아리스토텔레스의 노력이 어떠하였는지를 보여줄 것이다. 동시에 이 인용문들은 플라톤에 대한 아리스토텔레스의 반항 역시 전통의 연속성에서 이루어지고 있음을 보여줄 것이다. 아리스토텔레스는 이 고대 철학의 전통을 완성했다고 믿었다.

시로스 출신의 페레키데스에 대해 "철학사에서 중간적 위치를 차지하며 모든 것을 신화 형식으로 표현하지 않은 옛 신학자들 중 페레키데스나 그 외 몇몇 신학자들은 제 일차적 생성 원인자를 가장 높은 대상으로 설정한다."[4]

아리스토텔레스 이전 그리스인들의 세계관,
지구는 천구의 중앙에 고요히 위치한 접시와 같다, 이 접시 지구는
해와 달 그리고 주위를 도는 별들과 함께 진자운동을 한다

탈레스에 대해 "최초의 철학자들은 대부분 오직 질료적인 근원자만이 있을 뿐이라고 믿었다. 만물의 구성을 이루고 있는 그 어떤 것, 만물을 근원적으로 탄생하게 한 그것, 그리고 만물이 결국은 돌아가야 할 그것 안에는 비록 실체가 존속하기는 하나 이 실체의 상태는 항상 변화하고 있다. 그러므로 원천적인 그 어떤 것이 만물의 요소이며 근원이라고 생각했던 것이다. 이러한 창조적 근원의 수와 종류에 대해서는 물론 모든 철학자의 의견이 같은 것은 아니었다. 예컨대 이런 철학의 창시자로 꼽히는 탈레스는 만물의 근원을 물이라고 천명하였다(그래서 그는 지구가 물 위에 있다고 믿었다). ……그러나 전해 내려오는 이야기에 의하면 탈레스는 영혼을 유동적인 것으로 여긴 것 같다. 그는 자석에 영혼이 있다고

믿었는데 이는 자석이 쇠를 움직이기 때문이다. 그리고 일부 사람들은 우주에 영혼이 혼재하여 있다고 주장하였다. 아마도 탈레스가 만물에는 신이 가득 차 있다고 믿은 것도 이 때문이었을지 모른다."[5]

아낙시만드로스에 대해 "아낙시만드로스의 노장파 중 일부학자들은 지구가 균일하므로 지금의 자리에 고정적으로 머물고 있다고 주장한다. 왜냐하면 중심이 부동(不動)이며 그 둘레에 대해 균일한 방식으로 관계를 맺고 있는 물체는 상하좌우 어느 방향으로든 조금도 움직이지 않기 때문이다."[6]

아낙시만드로스는 만물의 근원은 무한정하며 제한되지 않은 것이라고 상정했다. 그 이유는 무엇일까?

"그래야만 생성이 멈추지 않기 때문이다."[7]

아낙시메네스에 대해 "아낙시메네스는 만약 지구가 속까지 물이 차고 난 후 마르게 되면 균열이 생길 것이며 그 다음 이 균열 속 깊이 흘러내린 흙더미에 의해 큰 진동이 생길 것이라고 주장하였다. 그는 이것이 가뭄 때나 또는 그 반대로 장마 때에 지진이 생기는 이유라고 설명하였다."[8]

아낙시메네스는 공기가 물보다 먼저 생성되었다고 설명하고 있으며 공기가 단순한 물체의 근원이라고 말하고 있다.[9]

피타고라스 노장파에 대해 "메타폰트 출신의 히파소스와 에페소스의 헤라클레이토스는 불을 만물의 근원으로 상정하였다.[10]——이 철학파에 속한 다른 이들은 원칙은 각각 한 쌍으로 이루어져 있으며 그 수는 10쌍이라고 주장하였다. 즉 '제한과 무제한', '짝수와 홀수', '하나와 다수', '왼쪽과 오른쪽', '남성과 여성', '동(動)과 정(靜)', '직선과 곡선', '빛과 어둠', '선과 악', '사각형과 타원형' 등이다. 바로 이런 견해를 크로톤 출신의 알크마이온도 가지고 있는 듯하다. 아마도 이런 견해는 알크마이온이 피타고라스 노장파로부터 전수받았거나 그 반대로 노장파가 알크마이온으로부터 수용했을 수도 있다. 피타고라스가 고령이었을 때, 알크마이온은 아직 젊은 나이였다."[11]

크세노파네스에 대해 "처음으로 단일론(單一論)을 엘레아 학파에 도입한 크세노파네스는(파미네데스는 그의 제자였다고 한다)……우주 전체에 대해 관심을 표명하였으며 단자(單子)야말로 근원적 신성이라고 선언하였다."[12]

헤라클레이토스에 대해 "헤라클레이토스가 주장하듯이 만물은 언젠가 불로 환원될 것이다.[13]——헤라클레이토스가 말하듯이 분노를 잠재우는 것이 어렵다면, 욕망을 잠재우기는 더욱 어렵다.[14]——헤라클레이토스는 서로 상충되는 것이 서로 잘 어울리며, 서로 다른 것에서 가장 아름다운 조화가 생기며, 만물은 서로 다툼을 통해서 생성된다고 하였다."[15]

제논에 대해 "제논은 만약 공간이 그 무엇이라면, 공간은 어디 안에 존재할 것이냐고 물었다. 이 수수께끼 같은 질문을 푸는 것은 어렵지 않다. 즉 제1공간이 다른 공간 안에 있다는 사실을 거스를 만한 반증을 발견할 수 없다. 물론 이것은 한 공간 안에 있는 것과 같지는 않다……."[16]

하지만 제논을 제대로 이해하는 것이 그렇게 쉬운 것만은 아니다.

"제논이 제기한 아포리아는 어느 정도 숙고를 요구한다. 만약 모든 존재자가 공간에 존재한다면, 분명히 공간의 공간도 존재해야 한다. 또 이 공간의 공간도 필요할 것이니 무한히 이어질 것이다."[17]

아리스토텔레스가 집중적으로 연구했던 제논의 유명한 4가지 증명론 중 여기서는 제2증명론만을 인용해보자.

"그것은 소위 '아킬레스'라고 불리는 것이다. 이 증명론의 요체는 가장 느린 존재도 그가 달릴 때는 아무리 빠른 존재라도 결코 추월할 수 없다는 것이다. 왜냐하면 추격자는 우선 도피자(거북이)가 이미 떠난 지점에 도달해야 하기 때문이다. 따라서 속도는 더 늦더라도 도피자는 항상 어느 정도 앞서 있게 마련이다."[18]

엠페도클레스에 대해 "엠페도클레스는 사랑과 불화가 필연적으로 서로 번갈아가면서 사물을 지배하고 움직이도록 하며 때때로는 정지해 있다고 주장하는 것 같다."[19]

아리스토텔레스는 다른 곳에서 엠페도클레스에 대해 호의적이며 고상한 관찰 태도를 보이기도 했다.

"……왜냐하면 그 주제를 숙고한 후 엠페도클레스의 서투른 표현을 도외시하고 오직 그의 기본 생각만을 생각해 본다면, 사랑이 선의 원인이며 불화가 악의 씨앗이라는 것을 이해할 수 있다."[20]

마지막으로 아리스토텔레스가 엠페도클레스를 언급한 다음의 인용문을 보자.

"한때 엠페도클레스는 우리가 볼 수 있는 것은 눈에서 불이 나오기 때문이라고 믿은 적이 있었다. ……때로는 이런 방식으로 우리의 시력을 설명하기도 하였고, 때로는 본 대상에서 흘러나오는 그 어떤 것에 의해 우리가 볼 수 있는 것이라고 설명하기도 하였다."[21]

로이키프와 그의 제자로 알려진 데모크리토스에 대해 "로이키포스와 데모크리토스는 모든 만물은 나뉠 수 없는 물체로 구성되어 있다고 주장한다. 그런데 그들의 주장에 의하면 이런 물체의 수와 형체는 무한하다. 만물간의 차이는 그들을 구성하고 있는 원자들의 위치와 나열의 차이에 의해 생긴다는 것이다."[22]—"항존하는 것에 대해 데모크리토스는 최후의 원인을 찾는 것이 필요하다고 생각지 않았다."[23]—"데모크리토스와 대부분의 생리학자들은 감각적 인지(認知)에 대해 이야기할 때 아주 특이한 생각을 보여준다. 그들에 의하면 모든 인지는 접촉을 통해서 일어난다는 것이다. 물론 그것이 사실이라면, 모든 다른 인지들도 일종의 접촉이라는 것이 확실하다."[24]—"보는 자와 보여진 대상 사이에 공기가 없다면, 하늘에서 심지어 개미 한 마리가 기어가는 것까지 아주 명확하게 볼 수 있다는 데모크리토스의 주장은 옳지 않다."[25]——"그러므로 데모크리토스는 색채의 객관적 현실까지도 부정하고 있다. 그에 따르면 한 색채의 느낌은 오직 원자의 위치로 말미암아 생겨난다는 것이다."[26]

아리스토텔레스는 이오니아 철학자들을 일일이 연구하였다. 그러나 그는 이로써 만족하지 않고 전체 사상사를 종합적으로 파악하고자 하였다. 동시에 그는 사상사의 구체적 연도에도 주의를 기울였다.

"먼저 보통 사람의 사고를 뛰어넘는 기술을 창안한 사람이 누구보다 뭇 사람들에게 칭송을 받는 것은 당연하다. 단지 그가 창안한 기술의 유용성 때문만이 아니라 그가 무엇인가를 이해할 수 있으며 보통 사람과는 다른 뛰어난 인간이라는 점에서 인정을 받아야 한다. 그러나 후에 더 많은 기술이 창안되어 그 중 어떤 기술은 일상생활의 욕구를, 그리고 또 다른 기술은 상위 욕구를 충족시키게 되었을 때, 사람들은 앞선 세대의 발명자들보다는 후세의 발명자들이 더 머리가 좋다고 생각하게 되었다. 이전 세대의 발명품은 이제는 일상생활의 욕구를 더 이상 충족시키지 못하기 때문이다. 여기에서 알 수 있듯이 일상생활의 욕구를 충족시켜주는 기술이 일반화되기까지 선행적으로 발전되는 과학은 일단은 일상생활의 욕구 충족이나 향유와는 거리가 멀다. 이런 발전은 시간을 많이 가진 사람들이 존재하는 나라에서 먼저

오르페우스, 화병에 새겨진 그림, 기원전 440년경

일어난다. 그러므로 수학은 이집트에서 제일 먼저 발생하였다. 왜냐하면 이집트에는 시간을 충분히 가진 사제계급이 존재했기 때문이다."[27]──"이집트 사람들보다 오래된 사람들은 마술사(미트라 사제)들이다. 그들에 따르면 세상에는 두 개의 원칙이 존재한다. 즉 선한 신과 악한 신이 그것이다. 선신(善神)의 이름은 제우스 또는 아후라 마즈다이며, 악신(惡神)의 이름은 하데스 또는 아리만이다."[28]

아리스토텔레스는 전승의 진실성 여부를 중요시하였다. "소위

오르페우스의 시라는 것은 사실 오르페우스의 것이 아니다. 오르페우스로부터 내려온 것은 교설(敎說)에 불과했는데, 오노마크리토스가 이를 시 형태로 풀어 쓴 것이다."[29]

아리스토텔레스는 마술사·신학자 그리고 물리학자 이외에도 궤변론자들에 대해서도 알고 있었는데, 그는 아카데미아에 일반적으로 퍼져 있는 반궤변론적 분위기에 편승하지 않았다. 유명한 프로타고라스와 고르기아스(기원전 약 485~380년경. 그리스 웅변가이자 궤변론자. 그의 철학은 만물은 아무것도 존재하지 않으며 아무것도 인식할 수 없다는 회의로 특징지어진다-옮긴이)로 대변되는 궤변론은 학문적 운동이었다기보다는──베르너 예거에 따르면──학문, 교육, 사회 그리고 정치적 관심이 맞아떨어져 발생하여, 다른 영역으로까지 흘쳐 넘쳐간 '학문의 홍수'라고 할 수 있다. 어떤 면에서는 아리스토텔레스도 플라톤처럼 궤변론자들을 비판하였다. "궤변론이란 사이비 학문이요, 진실된 학문이 아니다. 그리고 궤변론자 역시 진실이 아닌 사이비 학문을 파는 장사꾼이다."[30]

아리스토텔레스는 궤변론에 대해 단호하게 공격할 만한 몇 가지 구체적인 이유가 있었다. 그것은 무엇보다 프로타고라스의 이론이 아리스토텔레스의 모순율을 부정하고 있기 때문이었다. 아리스토텔레스의 반박을 들어보자.

"하나의 같은 건에 대해 서로 모순되는 모든 주장들이 다 참이라면, 만물이란 서로 같은 하나의 사물이라는 것이 확실하다. 만

헬라 시대의 전함을 보여주는 『오디세이아』의 한 장면, 기원전 1세기경, 로마 바티칸 도서관

약 그렇다면 전함(戰艦)이나 성곽이나 인간이 모두 차별 없이 하나의 동일한 사물일 것이기 때문이다. 프로타고라스의 논법을 따르는 자들처럼 어떤 사물에 대해 하나의 명제적 진술을 하고 동시에 이를 부정하는 것이 가능하다면 말이다. 만약 어떤 사람이 주장하기를, 자기 눈에 인간이 전함처럼 보인다고 한다면, 그것을 주장하는 자는 전함이 아닌 것이 확실하다. 만약 모순의 반대도 참이 될 수 있다면, 그런 주장을 하는 자는 동시에 전함이기도 하다."[31]

하지만 아리스토텔레스는 궤변론이 가지고 있는 문화·정치적 의미만은 아주 진지하게 받아들였다. 특히 그들이 주장한 근본적

원리인 자연과 법칙은 윤리 및 정치 철학 저술에서 운동론과 본체론으로 한 차원 높아졌으며, 이로써 아리스토텔레스 법철학의 기본틀을 이루게 되었다. 그러므로 자연법과 실정법 구분에 대한 아리스토텔레스의 철학적 근거를 고려하지 않고 함부로 사용한다면 아리스토텔레스 궤변론 수준 밑으로 떨어지는 것이다.

아리스토텔레스가 인정한 또 하나의 궤변론자들의 공적은 언어에 대한 인식론적 노력이다. 아리스토텔레스 자신도 학술원 시절에는 수사학을 강의하지 않았던가. 아리스토텔레스는 자신이 다루는 주제들이 궤변론자들이 다루는 것과 유사하기 때문에 그들에 대해 항상 예민하게 반응하기는 하였으나, 그렇다고 궤변론을 몹쓸 것으로 배척하지는 않았다. 그는 "7현자들(기원전 7~6세기 그리스에서 적극적으로 학문과 정치에 참여한 7인 비아스·킬론·클레오브로스·페리안드로스·피타고라스·솔론·탈레스 등이 속한다―옮긴이)도 궤변론자"[32]였노라고 적고 있다.

차라투스트라와 플라톤 중간 시대에 살았던 사상가들 중에도 아리스토텔레스에게 철학적인 자극을 준 철학자들이 있었다. 아리스토텔레스가 아소스에 있던 자신의 제자들을 교육하기 위해 저술했던 특이한 대화편 중에는 매우 기이한 문장이 전해 내려온다. 즉 "차라투스트라는 플라톤이 죽기 6천 년 전에 살았다"[33]는 글이다.

여기서 아리스토텔레스가 의미하는 바는 차라투스트라와 플라톤 사이에 철학사의 패러다임이 바뀌었다는 것이다. 또한 이것은 아리스토텔레스가 자신의 철학을 정초하는 기초가 서로 다른 기원을 갖고 있었음을 의미한다. 이 기이한 언급을 제대로 이해하기 위해서는 고대 페르시아의 세계관에서 세계의 역사는 총 1만 2천 년이었다는 사실을 기억해야 한다. 차라투스트라가 세계사의 맨 처음에 있었다면, 이 세계사의 중간에서 살았던 플라톤은 새로운 중간 세계사의 시작을 연 셈이었다.

플라톤

플라톤과 아리스토텔레스의 관계는 아리스토텔레스의 사유 발전사에서 가장 중요하고도 민감한 문제임이 분명하다. 이에 대한 의견들은 서로 상당한 편차를 보이고 있다. 일부 학자들은 아리스토텔레스가 플라톤과 결별한 것을 가장 큰 공적이라고 생각하는 반면, 다른 학자들은 이것이 아주 파렴치한 행위이며 그의 가장 큰 약점이라고 생각한다. 말하자면 자기 어미의 배를 뒷발로 차는 망아지라는 것이다. 또 다른 학자들은 아리스토텔레스의 '형태 철학'이 플라톤의 유산을 완성한 것이라는 점을 높이 평가한다. 플라톤을 극복하려는 많은 시도에도 불구하고 결국은 아리스토텔레스가 플라톤의 개념 세계의 그물망을 벗어나지 못했다고 비난하는 사람들도 이 견해에는 찬동한다.

아리스토텔레스가 위대한 아테네의 스승이었던 플라톤에게 경외심을 지녔을 뿐 아니라 동시에 비판적 태도도 가지고 있었다는 사실은 다음의 두 증언에 의해 증명된다. 그 중 하나는 아테네에서 플라톤을 기리기 위해 우정의 제단을 건립한 오이데모스에게 헌정된 비가의 단편이다.

악한 자는 그분을

칭찬하는 말조차도 입에 담아서는 아니 되는 어느 위인을 기리며.

그분께서는 삶과 가르침의 말씀으로 보이셨나니,

죽을 수밖에 없는 인간들에게 올바름과 행복은 오직 동시에
만 가능할 뿐이라는 것을.

아무도 이런 것을 이전에 가르치지 않았나니, 오늘날 그분과
같이 가르치는 자 없어라.[1]

두번째의 증언은 철학자들 사이에 좌우명이 되었다. 즉 "플라
톤의 친구보다는 진리의 애인이 되어라!" "최상의 선이 보편적 존
재자로 인정되는 한, 최상의 선을 관찰하고 분석하는 것이 (플라
톤을 연구하는 것보다) 오히려 나을 것이다. 물론 이것은 체면을
무릅쓰고 해야 할 고통스러운 작업이 될 것이다. 왜냐하면 '이념'
을 도입한 것은 우리의 친구 플라톤이었기 때문이다. 그럼에도 불
구하고 진리를 구하기 위해 우리의 마음 깊이 삭여진 감정마저도
제거하는 것이 더 나을 뿐만 아니라 심지어 필연적이다. 더구나
우리는 철학자들이니까 말이다. 친구와 진리는 우리가 사랑하는
것들이다. 하지만 진리에 우선권을 주는 것이 우리의 신성한 의무
이다."[2]

플라톤 역시 어떤 발언에서 진리보다 사람이 앞서서는 안 된다
는 생각을 표현했으나, 그렇다고 해서 아리스토텔레스의 발언이
지니는 권위나 힘 또는 고결함이 감소되지는 않는다.

아리스토텔레스가 아테네로 이주하여 학술원에 입학하였을 때

플라톤, 그리스 시대의 동상을 로마 시대에 복사한 것, 기원전 360년경

는 17세였다. 이 학문의 전당은 이미 20년 전부터 존속하고 있었다. 학술원의 창시자인 플라톤은 소크라테스 사후 33년이 되던 당시 시칠리아 섬의 도시 시라쿠사이에 살고 있었으며, 그의 나이는 60세였다. 청년이 된 아리스토텔레스는 아마도 플라톤이라는 인물의 영향에서 벗어날 수 없었을 것이다.

플라톤의 내적 눈빛, 진실한 탐구의 태도 그리고 예술적 세련미가 주는 매력을 어떻게 벗어날 수 있었겠는가? 아리스토텔레스가 학술원에 깊이 관여하고 있던 20년 동안 플라톤은 그의 후기 작품을 집필하였으며, 피타고라스적 지식학과 동방의 지혜를 받아들였다. 이 모든 사건은 젊은 아리스토텔레스를 지적으로 매우 자극하였다. 아리스토텔레스가 아테네에서 작성한 대화편을 읽어보면 그가 내적 확신과 정열로 가득 찼으며 형식에 관한 한 대가의 경지에 이르렀음을 알 수 있다. 아리스토텔레스가 학술원에서 수사학 강좌를 맡은 것은 우연이 아니었을 것이다.

플라톤이 80세에 세상을 떠났을 때, 아리스토텔레스는 37세였다. 기원전 323년에 끝날 그의 집필을 위해서 그에게는 아직 25년의 세월이 남아 있었다. 그가 겪은 첫번째 실망은 플라톤의 후계자로 스페우십포스가 뽑혀 학술원의 책임을 맡게 된 일이었다. 그는 이 일로 인해 기분이 상하기는 하였으나, 그렇다고 철학 면에서 실질적 후계자였던 자신의 철학적 입장에 영향을 받지는 않았다. 아리스토텔레스는 영혼과 이념에 관한 플라톤의 가르침에서 점진적으로 벗어났다. 아리스토텔레스는 크세노크라테스(기원전 396~314년. 그리스 철학자로서 플라톤의 제자. 기원전 339년에 플라톤이 설립한 아카데미아의 학장이 된다―옮긴이)와 함께 아테네를 떠났고 트로아스의 남부 강변에 위치한 아소스(레스보스 섬 건너편)로 이주했다. 여기에는 플라톤이 제6서한에서 언급한 바 있는 아타르네우스의 성주인 헤르미아스가 에라스토스와 트로아스 출신의 코리스코스라는 두 명의 학술원 출신 학자를 가신 철학자로 기용하고 있었다. 성주 헤르미아스는 학술원의 소분교격인 이 학교에 아소스의 땅을 기증하였다.

아리스토텔레스에게 여러 젊은 철학자들이 모여들자 자체적인 학교를 열 수 있었는데, 그중 특히 레스보스의 에레소스 출신의 테오프라스토스가 특기할 만하다. 아리스토텔레스는 이곳에서 강

레스보스 섬의 모습

의하며 소논문 등을 집필할 수 있었다. 그가 도전한 문제들은 그로 하여금 서서히 플라톤으로부터 멀어지게 하였다. 곧 그는 '우리 플라톤 학파'라는 호칭을 포기하고 플라톤 철학과 결별하였다. 이런 변모 과정을 이해하는 것은 그리 어려운 일이 아니다. 왜냐하면 학술원에서의 교수 활동은 자기 나름의 철학을 하려는 아리스토텔레스를 위기에 빠지게 하였기 때문이다. 철학하는 일과 가르치는 일은 어떤 면에서는 물과 불처럼 서로 상극이며, 다른 면에서 본다면 철학의 소통 형태란 가르치는 일을 포함하여 달리 어떻게 포장한들 결국 독단인 것이다.

이것이 유감스러운 일인가 아닌가 하는 것은 이차적 문제이다. 이는 아마도 아리스토텔레스가 플라톤의 학생과 제자로서뿐만 아니라, 알렉산드로스 대왕의 가정교사와 소요학파의 책임자로서도 생각했을 법한 질문이다. 그의 철학은 라파엘이 서술하듯이, 플라톤의 관념론이나 영혼론과 근본적으로 다른 출발점들을 찾는 것이 목표였다. 아마도 여기에 아리스토텔레스의 철학을 플라톤과 관련한 발전사로부터 해석하기 어려운 한계가 놓여 있다. 플라톤적 관념론의 씨앗은 아리스토텔레스의 철학 내에는 놓여 있지 않았다.

플라톤의 관념은 현상계의 사물 및 선과 덕이라는 추상적 개념의 영원 불변하는 원형을 뜻한다. 관념들은 영원하고 완전한 세계에 실제적으로 존재한다. 이 세계는 존재의 세계로서 우리가 살고 있는 가상의 세계는 이 세계의 불완전한 복사물에 지나지 않는다. 그러나 아리스토텔레스는 이렇듯 우리의 세계를 실체 없이 규정되는 것에 반대한다. 그에게는 우리가 살고 있는 이 세계가 곧 존재의 세계이다. 물론 그가 단순히 플라톤에 반대해서 역으로 그의 관념 세계를 가상으로 보는 것은 아니다. 비록 그가 플라톤 학파를 곤란하게 만들기는 하였으나—"플라톤적 가정에 대해 많은 불가능성을 지적하는 것은 쉬운 일이다"[3]— 그 역시 관념과 비슷한 요소인 형식이라는 개념 없이는 철학이 불가능하다는 사실을 알았던 것이다.

사람이나 혹은 보행자 아니면 살아 있는 어떤 존재를 생각 속에 떠올린다면, 그것은 구체적이고 개별적 사물이라기보다 현존재의 양상이다. 왜냐하면 개별적 사물이 멸망하여 없어진다 해도 그에 관한 상념은 남기 때문이다. 그러므로 개별적이고 감각적으로 인식할 수 있는 사물의 있고 없음의 여부를 떠나 우리의 상념 속에 그 무엇인가가 있음이 확실하다. 우리는 무존재(無存在)의 그 어떤 것을 상상할 수 없으므로 여기서 말하는 그 무엇인가는 형태이며 관념이다.[4]

물론 아리스토텔레스는 개별적 문제에서 플라톤의 관념론에 대한 비판을 시도하였다. 예컨대 제3의 인간이나 관념의 숫자가 얼마나 되는가에 대한 논쟁이 그것이다. 그러나 이로부터 아리스토텔레스의 비판이 이미 플라톤 당시부터 흔들리던 학설의 필연적 귀결에 불과하다고 결론을 내리는 것은 온당하지 못하며, 아리스토텔레스가 플라톤을 제대로 이해했느냐 하는 지리멸렬한 질문을 야기할 뿐이다. 확실한 것은 아리스토텔레스 철학의 역사적 기원에 관한 우리의 질문은 이 지점에서 한계에 도달한다는 것이다. 이런 굳어진 논쟁으로부터 혹시 우리를 구출시켜줄 수 있는 어떤 특별한 해법은 없을까? 이 문제에 대한 토마스 아퀴나스의 견해에 귀를 기울여보기로 한다.

다음에 인용된 견해가 정말로 아퀴나스의 의견인가 하는 질문은 아퀴나스의 후계자들이 그 진실성을 무시하는 것 못지않게 확실히 사실적이다. 인용의 출처는 『진리에 관한 논쟁적 질의. 질의 3』이다. 아퀴나스는 우선 플라톤이 개별적 사물에 대해서 일일이

아리스토텔레스와 플라톤 사이에 있는 토마스 아퀴나스
베노초 고촐리의 그림, 1480년경

이념을 대응시킬 수 없었던 이유를 숙고한 다음 아리스토텔레스의 일반 개념에 대한 견해를 언급하고 나서 마지막으로 엄숙히 다음과 같은 결론을 내린다.

"그러나 우리는 하느님이 공히 개별 사물의 형태와 물질과 관련한 원인이라고 주장한다. 또한 우리의 주장은, 모든 개별자는 하느님의 섭리에 의해 규정되어 있다는 것이다. 따라서 우리는 개별자에 대해 이념을 대응시킬 수밖에 없다."

물론 이 주장을 들으면 일단은 아리스토텔레스의 철학적 입장이 플라톤과 아퀴나스의 중간이라는 인상을 받게 된다. 그러나 굳이 발생사적 시각을 떠나 아퀴나스의 아리스토텔레스 해석이 오류와 권위에 맹종하는 과오를 범하고 있다고 지적할 필요가 있을까? 왜냐하면 암묵적으로 발설된 '개별자의 이념'은 아리스토텔레스 철학의 엔텔레키아(아리스토텔레스 철학에서 현존재자에게 형식을 수여하는 힘. 가능성이 현존재자로서의 실제성으로 완성되는 원칙―옮긴이)로서, 또는 적어도 학문의 체계에 도전하는 아리스토텔레스 철학의 결정적 긴장요소로서 이해될 수 있기 때문이다.

알렉산드로스 대왕

아리스토텔레스가 위대한 철학자였다 해도 그 역시 제자들이 때때로 자기가 생각하고 바라던 것처럼 되지 않는다는 경험을 겪을 수밖에 없었다. 아리스토텔레스를 아소스에서 레스보스 섬의 미틸레네로 이주하게 했던 제자 테오프라스토스는 스승인 아리스토텔레스를 도와 리케이온에서 연구를 수행하였으며 스승의 후계자가 되었다.

그는 아리스토텔레스의 철학적 틀을 이어받았으나 독자적 연구가로서도 많은 영역에서 놀라운 업적을 이루어냈다. 그가 만든 광범위한 문제 철학사는 이미 앞에서 언급된 바 있다. 현대의 생물학자들은 그가 만든 광범위한 식물학 저술의 덕을 보고 있다. 또한 그의 '윤리적 성격'은 라 브뤼예르(La Bruyère, 1645~96년. 프랑스 수필가이자 도덕가. 파리 태생으로 테오프라스토스에 대한 저서로 유명함—옮긴이)에 의해 세계문학에 영향을 미쳤다.

테오프라스토스와 아리스토텔레스의 관계는 철학적 사제관계에서 흔히 볼 수 있는 독단적 성격도 아니었으며, 두 사람의 방향이 같지 않을 때 생기는 갈등도 없었다. 아리스토텔레스는 학술원과의 관계가 깨어지는 바람에 발생한 어려움의 대가를 리케이온이 아니라 마케도니아 궁정에서 지불해야만 하였다.

아리스토텔레스가 어릴 때 죽은 아버지 니코마코스는 필립포스 2세의 아버지인 마케도니아의 아민타스(Amyntas) 왕의 주치의였다. 아리스토텔레스의 어머니 파이스티스 역시 의사 집안 출신이었다. 일찍 양친을 여읜 아리스토텔레스는 처음 소아시아 해안에 자리잡은 아타르네우스로 와서 프록세노스의 집에서 머물게 된다 (아리스토텔레스는 유언장에서 프록세노스에게 감사를 표하고 있다). 아직 펠라에서 아리스토텔레스의 명성이 가시지 않았을 때, 성주 헤르미아스는 자신의 강력한 동지인 필립포스 왕에게 세상에 대해 관심이 열려 있고 정치적 감각이 있는 아리스토텔레스를 궁정으로 불러들여 당시 13세인 아들 알렉산드로스 대왕의 교육을 맡기라고 조언하였다.

아리스토텔레스는 40세에 벌써 자기보다 나이 많은 친구들의 죽음을 경험하게 되었다. 오래잖아 자기를 돌봐주던 강력한 친구인 성주 헤르미아스의 비참한 죽음을 겪어야만 했다. 분노와 격정에 가득 찬 그는 델포이에 있는 아테르네우스의 성주 헤르미아스를 위해 동상을 세워주고 비명을 썼다.

> 활을 멘 페르시아의 왕이 그분을 죽였도다.
> 신들의 법을 어기면서. 신성한 법이 깨어졌도다.
> 창으로 정정당당히 싸워 피 흘리는 전투에서가 아니라,
> 교활한 부하의 속임수를 이용해서 그분을 죽였노라.[1]

아리스토텔레스, 라파엘로의 「아테네 학당」(부분)

아소스에서 3년 동안 머물면서 그 당시 가능했던 최상의 실정 정치의 게임 법칙을 배웠던 아리스토텔레스의 반(反)페르시아적 분위기는 마케도니아의 정치적 이해와 잘 맞아떨어졌다. 그뿐만 아니라 아리스토텔레스는 교육자로서 어린 알렉산드로스 대왕에게 그리스 국가 개혁의 시급성과 가능성을 확신시켜 주었다. 알렉산드로스 대왕의 양친은 아리스토텔레스에게 깊은 존경심을 보였고, 국가 정치의 결정에 많은 영향력을 행사할 수 있도록 허락하였다. 플라톤이 "철학자들이 왕이거나 혹은 왕들이 철학자가 되기 전까지는 세상은 개선되지 않을 것이다"라고 이야기했다면, 아리스토텔레스는 더 현실적으로 생각할 줄 알았다.

"직접 철학을 하는 것은 왕에게는 필요 없을 뿐만 아니라 심지어 방해가 된다. 그러나 왕은 참된 철학자의 말을 듣고 따라야 한다."[2]

아리스토텔레스는 이러한 왕을 키워내기를 원했던 것이다. 그가 알렉산드로스 대왕에게 했던 교육은 물론 철학적이기보다는 문학적이고 정치적 성격이었다. 교육자로서 그는 자신의 연구 관심과 실제 과제를 연결할 줄 알았다. 그는 자신의 저서 『호메로스의 연구』를 완성했으며 자신의 철학적 사상을 실행과 시대라는 이중의 시금석에 날카롭게 갈아나갈 수 있었다.

알렉산드로스 대왕은 부왕이 먼 곳으로 원정을 감에 따라 이미 어린 나이에 정무를 수행하는 책임을 맡았다. 그는 20세에 왕위에 올랐다. 아리스토텔레스는 알렉산드로스 대왕이 항상 진정한 철학자의 말을 듣고 따를 것이라고 기대했다. 알렉산드로스 대왕은 철학자의 말을 따르기는 하였으나 몇 년이 못 되어 이미 자기 길을 걸어가기 시작하였다. 따라서 그는 항상 아리스토텔레스의 찬동을 받을 수는 없었다. 알렉산드로스 대왕의 야심찬 계획은 좌절당하고 그의 왕국은 멸망하였으며 그리스 국가 개혁은 미완의 과제가 되었다. 아리스토텔레스는 역사상 가장 위대한 제독이자 정치가를 길러내기는 하였으나, 그가 원했던 인간은 아니었다. 그는

다레이오스, 알렉산드로스 전투의 모자이크 중 세부화

이 6년간의 지도 기간 중에 얻은 경험을 반영하는 교육에 관한 단상을 썼다.

"모든 국가 공동체는 지배자와 피지배자로 구성되어 있는 바, 지배자가 피지배자와 다른 사람이어야 하는지 아니면 일생 동안 지배자와 피지배자가 같은 차원의 사람이어도 되는가 하는 문제는 연구할 가치가 있다. 교육도 이런 구분에 맞춰서 이뤄져야 할 것이다. …… 물론 지배자가 피지배자보다 뛰어나야 한다는 점은 의심할 수 없는 사실이다. …… 모두들 자기 나이에 맞게 순종해야 한다면 아무도 불평하지 않을 것이며, 머잖아 지금 연세 드신 분들이 받는 것과 동일한 존경을 누리게 될 것이라 해도 자기가 잘났다고 생각할 사람은 없을 것이다. 그러므로 서로 같은 사람

알렉산드로스 대왕, 알렉산드로스 전투의 모자이크 세부화

들이 지배하고 복종하더라도 이것은 나이의 많고 적음에 따라 이루어지는 것이다. 이와 마찬가지로 교육도 동일하면서 상이해야 할 것이다. 훌륭한 지배자는 먼저 순종하기를 배웠어야 하는 법이다."[3]

"인간을 교육할 때, 먼저 이성을 통해서인가 아니면 반복적 습관을 통해서인가 하는 문제를 연구할 필요는 없다. 왜냐하면 교육은 이 둘이 서로 완전한 조화를 이룬 가운데 이루어져야 하기 때문이다."[4]

"그러므로 야수성이 아니라 아름다움이 교육에서 가장 중요한 역할을 해야 한다. 왜냐하면 늑대와 같은 야수가 전쟁에서 공정한 승리를 쟁취하는 것이 아니라 오직 용감한 사람만이 이런 승리를 얻을 수 있기 때문이다. 어린아이들에게 오직 전투에서 이기기 위한 훈련만 시키고 필수적인 교육을 빠뜨린다면 사실상 어린아이들을 편협한 기술자로 만들어버리는 것이다. ……(체육에 대해) 어린 시절이 지나갈 때까지는 오직 경미한 연습만 시키는 것이 좋으며, 음식물을 강제로 먹이거나 육체적 고통을 강요하는 것은 피하는 것이 좋다. 그렇지 않으면 성장에 지장을 초래한다. 이렇듯 심한 연습이 성장에 지장을 초래할 수 있다는 것은, 올림픽 경기의 승리자 중에서 어린 시절과 청년 시절에 모두 승리한 사람은 두세 명도 채 안 된다는 사실로도 입증할 수 있다. 어린 시절에 강요된 연습은 그들의 힘을 빼앗아가기 때문이다. 만약 청년기에 도달한 후 이어서 3년 정도 다른 학문에 몰두하였다면, 이후부터는 체계적으로 육체적 단련과 그에 따른 섭생 규칙을 받아들여도 좋을 것이다."[5]

"또한 행복이 사람의 학습이나 반복적 습관 또는 다른 종류의 연습을 통해서 획득될 수 있는 것인가 아니면 신의 인도나 혹은 우연에 의해 인간에게 주어지는 것인가 하는 질문이 제기된다."[6]

"세상에는 이중의 미덕이 있다. 즉 오성적 미덕과 도덕적 미덕이 그것이다. 오성적 미덕의 시작과 성장은 대부분 교육에 기인한다. 따라서 경험과 시간이 필요하다. 하지만 도덕적 미덕은 반복적 습관을 통해서 성장한다.

실행하기 위해 배워야 하는 것들은 그것을 직접 행함으로써 배울 수 있다. 예를 들어 건축가는 건물을 지음으로써 건축가가 된다. 그렇지 않다면 사람들은 선생님이 필요 없을 것이며, 만인은 태어날 때부터 대가이거나 아니면 무능력자일 것이다.

플라톤이 말하듯 사람들은 유년 시절부터 적성이 맞는 곳에서 즐거움과 불쾌감을 느낄 수 있도록 지도해야 한다. 왜냐하면 이것이 올바른 교육의 기본이기 때문이다."[7]

"국가의 유지를 위해 가장 중요한 것은 헌법의 정신으로 교육하는 것인데, 이런 원리는 지금까지 일반적으로 소홀히 취급받고 있다. …… 헌법의 테두리 안에서 생활하는 것을 노예적이라고 생각할 것이 아니라 오히려 유익한 것이라고 여겨야 한다."[8]

"어린이들은 오락만 즐기도록 교육해서는 안 된다는 것은 확실하다. 왜냐하면 학습이란 유희가 아니라 진지한 노력이기 때문이다. ……어린이들은 아직 미성숙하므로 재미가 없는 일에 자발적으로 매달리려 하지 않기 때문이다."[9]

아리스토텔레스는 "왜 태어나지 않은 것이 더 나은가"라는 학술원 주제에 대해 이미 한탄조로 다음과 같은 글을 쓴 적이 있다. "도대체 어린 시절의 삶이란 무엇인가? 정신이 똑바른 사람이라면 아무도 어린 시절로 되돌아가기를 원치 않을 것이다."[10]

아리스토텔레스는 종종 교육적 노력의 한계를 경험한 것 같다. 교육자는 단 하나의 인간 본성만을 상대하는 것이 아니다. 인간이란 태어날 때부터 상이한 성격을 가지고 있는 것 아닌가. 아리스토텔레스는 신생아 속에 이미 얼마나 많은 역사가 숨겨져 있는지 알고 있었다.

"임산부들은 자신의 몸을 돌보아야 하는데, 가만히 있어도 안되고 너무 적게 먹어도 안 된다……. 하지만 임산부들은 걱정으로부터 마음을 자유롭게 해야 한다. 왜냐하면 태 안에서 자라고 있는 아이들은 마치 식물이 뿌리를 내리고 있는 토양으로부터 많은 것을 받아들이듯이 모체로부터 많은 것을 흡수하기 때문이다."[11]

어린아이든 위대한 철학자든 간에 보고 듣고 만질 수 없다면 아무것도 배울 수 없다. 철학의 기초에 대한 질문은 우리로 하여금 곧장 철학적 전통보다 더 근원적인 제2의 기원으로 이끌고 간다. 왜냐하면 감각적 인지 없이는 의견의 교환이 이루어지지 않으며, 철학적 전통으로부터 지식을 전수받는다 해도 독자적인 실증 작업을 대치할 수는 없기 때문이다. 전통 없이는 철학을 할 수 있어도, 경험 없는 철학은 아마도 거의 불가능할 것이다.

오감

"여기서 풀기 어려운 문제는, 왜 감각 기관 자체로 말미암은 감각은 없는가 하는 것과 왜 감각 기관이 외부세계 없이는 감각을 발생시키지 못하는가 하는 것이다. ……이는 마치 타자에 의해 점화되지 않으면 스스로는 불이 붙지 않는 연료의 경우와 비슷하다."[1]

"각각의 감각을 말하기 전에 우리는 먼저 감각의 객체(또는 대상)에 대해 논해야 한다. 감각 대상은 세 부류로 나눌 수 있다. 우선 첫째와 둘째 부류의 대상이 그 자체로서 감각되는 대상이라면, 세번째는 우연한 방법에 의해 감각되는 대상을 포괄한다. 다시 첫째와 둘째 부류의 경우, 이들 중 한 부류의 대상이 특정한 감각 기관에 의해서만 인지되는 대상을 모두 포괄한다면, 다른 한 부류는 그외 다른 감각 기관에 의해서는 인지되지 않으며 착오가 불가능한 대상을 포괄한다. 가령 시각에 대한 색깔, 청각에 대한 소리, 미각에 대한 맛 등이다. 물론 촉각의 경우에 그 객체는 종류가 다양하다. 그러나 촉각 이외의 감각 기관은 자신에게 해당된 대상만을 판단할 따름이다. 그리고 이런 감각 기관의 경우 각각 자기에게 해당되는 색깔이나 소리를 인지할 때 착오를 일으키지 않는다.

아리스토텔레스, 빈 문화역사박물관

하지만 색깔을 나타내는 물체가 무엇이며 어디에 있는가, 또는 소리를 일으키는 것이 무엇이며 어디에 있는가 하는 문제에서는 착오를 일으킬 수 있다. 내가 각각의 감각 기관에 해당하는 대상이라는 것은 이런 뜻에서 이해할 수 있다. 반면에 여러 감각 기관에 해당되는 공통의 객체로는 운동과 정지, 숫자, 형상과 크기 등이다. 운동은 촉각에 의해서뿐만 아니라 시각에 의해서도 인지될 수 있기 때문이다."[2]

아리스토텔레스는 감각적 느낌에 관한 체계적인 이론을 수립하기 위해 많은 공을 들였다. 시각과 눈에 보이는 것, 촉각과 만질 수 있는 것, 후각과 냄새나는 것 등 오감에 해당하는 대상과의 대칭적 짝은 기초적이며 완결되어 있다. 그러므로 육감에 상응하는 대상이나 육감과 짝을 이룰 수 있는 대상의 특성은 존재하지 않는다.

아리스토텔레스 감각 이론의 탄생은 형식과 내용 면에서 4원소를 특정한 형태와 연결시키는 요소 이론에 의존하고 있다. 그러나 그는 감각 이론을 자체로서 완결된 이론으로 매끈하게 만들어나갔다. 그의 이론이 17세기에 이르기까지 반드시 바람직한 방향으로 수용된 것은 아니지만, 이론 자체는 너무나 완벽했다고 주장하고 싶을 정도이다. 실제로 그의 감각 이론은 철저하게 앞뒤가 맞는 사고에 기초하고 있으며, 다른 큰 연관관계와도 잘 들어맞는 모범적인 이론 체계였다. 뿐만 아니라 이 이론은 구체적인 경험적 문제, 특히 감각 기관의 착오 현상과 관련해서도 유효성을 인정받았다. 이 이론 체계는, 인간이 세계의 구조를 경험적으로 파악할 수 있다는 확고한 신념을 정초하기 위한 것이었다. 가센디 시대 소르본 대학의 아리스토텔레스 학파 학자들이 아리스토텔레스가 경험론을 강조한 의도를 얼마나 소화할 줄 몰랐는가 하는 것은, 근대 자연과학의 눈부신 발전이 아리스토텔레스 학파의 이론에 대항하면서 이루어졌다는 사실로부터 잘 알 수 있다.

그 당시 아리스토텔레스 학파는 실제로 무엇을 만지고 보려고 하기보다는 촉각과 시각의 본질이 무엇인지 안다고 믿는 것으로 만족했으므로 촉각과 시각을 통해서 경험하는 것도 다 알고 있다고 믿어버렸던 것이다. 그 당시 아리스토텔레스 학파 학자들이 "말보다 감각적 인지를 신뢰하는 것이 낫다"는 아리스토텔레스의 말을 간과한 것은 어떤 이유에서였을까? 그들도 실제로는 오늘날 우리가 쉽게 판단해 버릴 만큼 비이성적이지는 않았을 것이다. 그들이 전수받은 아리스토텔레스 철학 체계 중 의심스러운 철학적 진리에까지 그토록 강하게 매달린 이유는 아마도 전체에 대해 각 부분들이 맺고 있는 관계의 특수성 때문이었을 것이다. 우선 아리스토텔레스 철학 체계의 각 부분들은 전체 체계와 강하게 연결되어 있으며, 부분들간에 존재하는 많은 유사한 연결고리 중 어느 한 부분이라도 포기하면 반드시 다른 곳에 원치 않는 상처를 입힐 것이라는 느낌을 준다.

그런데 도대체 전체 체계가 각각의 부분들로부터 독립된 경우가 어디 있겠는가? 결국 전체를 뒷받침하지 않는 부분이란 없다는 뜻이다. 그러므로 기둥 역할을 하는 부분과 기둥에 매달린 부분을 구별하는 것은 쉬운 일이 아니다. 이런 시각에서 볼 때, 오직 형이상학을 구하기 위해 물리학을 포기할 수밖에 없었던 데카르트의 스승들을 이해할 수 있을 것이다. 아리스토텔레스 철학의 경우, 토마스 아퀴나스의 철학적 작업에 의해 더 큰 전체 체계로 연결되었기 때문에, 여기에서 기둥 부분과 지붕 부분을 분리하는 것은 더욱 어려운 일이 되었다. 이런 분리 작업에 필요한 규칙이 도대체 있기나 한 것인가. 그렇다면 그것은 아마도 기껏해야 철학 체계의 창시자나 알고 있을 것이다.

경험

인식 단계에서 감각적 느낌과 지각은 최하위층에 불과하다. 인식이 상하 계층적으로 구성되어 있다는 점은 그것이 원래 계층적 구조를 지닌 자연의 구성 요소라는 사실을 말해 준다. 이것은 위에서 언급한 체계화 문제를 설명해 주는 또다른 예가 된다. 다음에 인용하는 글들은 아리스토텔레스가 경험적 지식의 구조를 어떻게 파악했는지를 암시해 준다.

일반적 감각에 대해 각각의 감각 기관을 통해 우연한 방법으로 지각하는 사물의 일반적 특성들, 예컨대 운동 · 정지 · 형상 · 크기 · 숫자 · 단위 등의 경우, 우리는 이들을 인지하는 별도의 특별한 능력을 갖고 있지 않다. 왜냐하면 우리는 이런 모든 특성들을 운동을 매개로 인지하기 때문이다. ……그러나 우리는 하얀 것과 달콤한 것을 구분하듯이 모든 상이한 지각들을 서로 분별할 수 있다. 그런데 여기서 도대체 우리가 무엇을 통해서 지각의 상이점을 인지하는가 하는 질문이 제기된다. 이는 다시금 명백히 지각을 통해서 일어난다. 왜냐하면 문제의 핵심은 지각의 객체가 무엇인가 하느냐 하는 것이기 때문이다. 단 것과 하얀 것을 구별할 때 우리가 서로 다른 감각을 사용하는 것은 아니다. 그러므로 이 두 개의 상이한 감각은 동일한 감각 기관에 종속되어 있음이 명백하다. 만약 그렇지 않다면, 단 느낌과 하얀 느낌의 상이성은 예컨대 나와 너에 의해 각각 상이하게 느껴지게 됨으로써 성립될 것이다.

그러나 실제로는 단 하나의 감각능력이 단 것과 하얀 것의 차이를 결정하는 것임에 틀림없다. 그러므로 이들 감각의 차이를 판단하는 주체는 감각하는 주체와 동일하다. 주체의 판단과 사고와 감각은 동일선상에 있다. 그러므로 판단·사고·감각 등이 서로 각각 분리된 시점에 일어난다는 것은 결코 불가능한 일이다(……)."[1]

아리스토텔레스는 이런 일반적 감각 기관을 심장이라고 말했다. 어차피 개별 감각 기관이 처음부터 착각할 위험을 안고 있다면, 일반 감각 기관에 대한 이론은 진리를 불가능하게 하지는 않더라도, 오류의 계기가 될 수는 있다. 그러므로 아리스토텔레스는 이 단계에서 독자들에게 자기 성찰과 비판적 사변을 요구하고 있다. 그리고 그는 반복해서 동물과 인간의 차이를 설명하려 한다 (아리스토텔레스는 동물이 어떤 종류의 감각 능력에서는 인간을 능가한다는 사실에 기분이 상했음이 분명하다). 그러나 아리스토텔레스의 논증 원칙에는 변함이 없다. 그는 보는 기능에 관해서 보는 도구는 독수리나 인간 모두 같은 눈이지만, 사실 보고 있는 것은 독수리와 인간이라고 강조하였다. 즉 보고 있는 것은 전체 인간이며, 또 생각하고 있는 인간이라는 것이다.

기억력에 대해 "오감을 통한 지각은 살아 있는 생명체의 고유한 행위이다. 일부 생물체는 이런 지각을 통해서 기억을 형성하지만 그렇지 않은 생물체도 있다. 그러므로 기억력이 있는 생물체는 기억력이 없는 생물체보다 더 총명하고 학습 능력도 있다. 총명하지만 학습 능력이 없는 생물체는 벌과 같이 소리를 듣지 못하는 동물들이다. 학습 능력이 있는 동물들은 기억력 외에도 청각 기관을 소유한 동물뿐이다. 이런 동물은 상념과 기억을 가지고 살며, 어느 한도 내에서 경험도 획득할 수 있다. 그에 반해 인류는 기술과 계산 능력을 통해 생존한다.[2] 아리스토텔레스는 인간의 오감에 의한 지각을 바탕으로 인간이 많은 다른 동물과 공유하고 있는 능력으로는 과거를 현재화하는 능력을, 오직 인간만이 가지고 있는 능력으로는 성찰적 능력, 즉 과거로부터 현재화된 것을 다시금 과거로 인지하는 능력, 다시 말하면 시간적 질서 안에서 인지하는 능력을 서로 구분하였다."

상상력에 대해 "상상력이란 우리 내면에 사물의 상(象)을 발생시키는 힘을 말한다. ……인지가 항상 현존하는 것과 관련되는 반면, 상상력은 그렇지 않다. ……물론 우리가 올바른 의견을 갖고 있는 사물에 대한 잘못된 상상도 있다. 아마도 상상력은 인지 없이는 이루어지지 못할 것이며, 오직 인지 능력이 있는 존재에게서만 가능한 행위일지 모른다. 상상력을 부여받은 존재는 많은 것을 할 수 있으며 많은 것을 경험할 수 있다. 상상력은 진리로도, 오류로도 이끌 수 있다. ……이제 상상은 상념의 일종이며 감각적 지각과 매우 흡사하다. 따라서 살아 있는 존재는 종종 상상의 영향을 받아 행동할 때가 많다. 정신력이 없는 동물은 물론이거니와, 인간도 때때로 흥분하거나 병이 나거나 졸릴 때는 정신력이 약해져서 상상의 영향을 받는다."[3]

기예(技藝)에 대해 "인간은 기억을 바탕으로 해서 경험을 쌓는다. 같은 사물에 대한 다양한 기억은 통일된 경험의 힘을 산출한다. 경험으로부터 인간에게 학문과 예술(혹은 기술)이 싹튼다. 결국 경험은 기술을 만들어낸다. 그러나 경험의 부족은 인간의 삶을 우연에 종속시킨다. 기술은 경험을 통해 얻어진 관찰을 바탕으로 유사한 현상에 대해 일반적 견해를 형성할 수 있을 때 탄생한다."[4]

아리스토텔레스가 경험적 인식을 철학의 세번째 시발점(우리는 이것을 임시로 '사고〔思考〕'라고 칭하였다)과 연결시키지 않고 논한 구절을 찾기란 거의 어렵다. 사고가 진실로 원초적 현상인가? 그렇다면 사고가 인식 구성의 단계에서 차지하는 의의는 무엇인가? 이에 대해 기술에 관한 아리스토텔레스의 견해를 더 읽어보기로 하자.

"실제 삶에서는 기술이 경험과 전혀 구별될 수 없는 듯이 보인다. 실제로 우리는 경험이 없는 이론가보다 경험 많은 보통 사람이 올바른 것을 더 잘 파악한다는 것을 체험한다. 그 이유는 경험이 개별적 사항에 대한 지식인 반면, 기술은 좀더 일반적인 것과 관련되어 있기 때문이다. 그런데 모든 행위와 활동은 개별적인 것

아리스토텔레스, 샤르트르의 성당 정문 부조, 1150년경

과 연결되어 있다. 그러므로 어떤 사람이 이론은 알지만 경험이 없고 개별적 사안의 상황을 알지 못한다면, 그 문제를 해결하려 할 때 종종 실수를 할 것이다. 문제에서 해결되어야 하는 것은 구체적인 개별적 사안이기 때문이다.

그럼에도 불구하고 우리는 기술이 경험보다 지식과 이해력을 훨씬 더 갖추고 있다고 생각하며, 기술을 갖춘 사람이 단지 경험만을 가진 사람보다 더욱 전문성이 있다고 본다. 전문가는 사안의 원인을 알지만 경험만 갖춘 사람은 원인을 파악하지 못한다. 그래서 우리는 전문성이 항상 경험보다 훨씬 밀접하게 지식과 연결되어 있다고 확신한다."[5]

사고

아리스토텔레스는 인간을 생물체의 반열에 넣고자 최대한의 노력을 기울였다. 그는 가장 완벽한 동물인 인간의 특수한 위치를 해부학 및 생리학적 데이터를 이용하여 강화하고자 하였다. 그는 인간의 두뇌와 육체의 비율이 어느 동물보다도 더 크다는 것을 지적하였을 뿐만 아니라, 인간과 인간에 가장 비슷하게 발달된 유인원과의 차이점을 팔의 전반부와 팔 전체 길이의 비율을 통해 증명하려고 시도하였다. 이런 주제와 관련해서 아리스토텔레스가 인간의 손을 논한 매우 흥미로운 대목이 있다.

"아낙사고라스는 인간이 양손을 가지고 있기 때문에 살아 있는 생물체 중 가장 영특한 존재라고 말했지만, 기실 다음과 같이 말하는 것이 더 옳을 것이다. 즉 인간이 가장 영특한 존재이기에 그가 양손을 가지고 있는 것이라고. 인간의 손이란 하나의 도구라고 볼 수 있는데, 자연 역시 마치 영특한 인간과도 같아서 각종의 도구를 가장 잘 사용할 수 있는 존재에게 나누어주는 것이다. 예컨대 우연히 플루트를 소지한 사람에게 플루트 연주법을 가르쳐주는 것보다, 진짜 플루트 연주자에게 플루트를 선물하는 것이 더욱 합당한 일이다. 이와 마찬가지로 자연은 간혹 더 높고 중요한 자에게 더 작은 것을 줄 때가 있기는 하지만, 더 작은 자에게 더 가치 있고 더 중요한 것을 주지는 않는다. 자연은 가능한 것 중에서 최선의 것을 만들어낸다. 이런 면에서 인간은 그가 손을 가지고 있기에 가장 영특한 존재가 아니라, 그가 가장 영특한 존재이기에 손을 소유하고 있는 것이다. 영특하면 영특할수록, 그만큼 도구를 잘 사용하는 것이다.

그런데 손이란 단순한 하나의 도구가 아니라, 다양한 도구들을 합칠 수 있는 도구이다. 손은 어떤 면에서 여러 도구를 대신하는 도구이다. 그러므로 자연은 많은 종류의 기술 습득이 가능한 인간이란 존재에게 여러 가지 목적에 적합한 손이라는 도구를 선사한 것이다. 그러므로 인간이 모든 살아 있는 동물 중 가장 형편없는 도구를 갖춘 존재(맨발이고 벌거벗었으며 자기보호를 위한 무기가 전혀 없으니까)라는 주장은 잘못된 것이다. 왜냐하면 동물은 각각 단 하나의 방어수단밖에 없으며, 이를 다른 방어수단과 바꿀 수도 없으며, 마치 신을 신은 채 자야 하듯이 자신을 지켜주는 껍데기도 결코 벗어놓을 수가 없다. 또한 동물들은 한번 소유한 방어 무기는 다른 것으로 바꿀 수도 없다.

그에 반해 인간은 많은 방어수단을 사용할 수 있으며, 또한 이것을 교환할 가능성도 갖고 있다. 그리고 어떤 무기든지 그가 원하는 곳에서 원하는 방법으로 가지고 다니며 사용할 수 있다. 인간에게 손이란 갈퀴 역할이나, 날카로운 손톱 역할, 그리고 뿔과 같은 기능도 할 수 있다. 뿐만 아니라 인간은 창이나 검으로 무장

할 수 있으며, 그가 원하는 어떤 무기나 도구도 사용할 수 있다. 인간은 손으로 모든 것을 잡고 들 수 있으므로, 이런 경우에 사용하기에 적합하다. 그리고 손의 모습 역시 자연의 목적과 부합하도록 되어 있다."[1]

그러므로 인간의 생리학적 특징은 인간이 생물체 서열에서 차지하는 높은 위치에 대한 이유라기보다는 높은 위치로 말미암은 결과이다. 그런데 인간이 동물과 같은 반열에 속한다고 하더라도, 예컨대 소크라테스와 같은 높은 수준의 인간과 원숭이 사이에는 메꿀 수 없는 무한한 간극이 존재하는 것은 아닌가? 그렇다면 아리스토텔레스는 인간과 동물의 동일한 원천성을 포기하지 않으면서도 어떻게 이원론의 위험을 극복하여 인간 존재의 유일무이성을 말살하지 않는 체계를 세울 수 있을까? 이 문제는 아리스토텔레스의 『영혼론』에서 해결된다.

비록 그의 『영혼론』은 자주 오해를 받았고, 예를 들어 루터는 아리스토텔레스가 영혼의 불멸을 믿지 않는다고 노기어린 어조로 반박하기는 하였으나, 실제로 『영혼론』은 육체와 정신의 연계성을 가능케 해준다. 그리하여 인간이 육체와 정신으로 구성되었으나 결국은 하나로 통일된 단위임을 경험적으로 증명해 준다. 아리스토텔레스가 정신을 무시했다는 비난은 옳지 못하다. 정신에 대한 그의 생각은 아리스토텔레스 철학의 기초에 대한 질문에 좋은 대답이 된다.

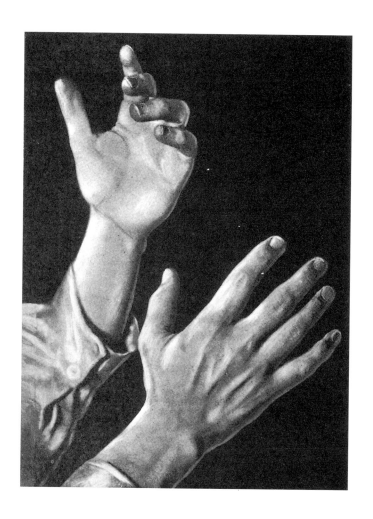

"인간은 그가 손을 가지고 있기에 가장 영특한 존재가 아니라,
그가 가장 영특한 존재이기에 손을 소유하고 있는 것이다.
영특하면 영특할수록, 그만큼 도구를 잘 사용하는 것이다."

"만약에 아주 강한 감각적 현상이 선행한다면 지각 능력은 그 후에는 아무것도 인지하지 못한다. 예를 들어 강한 폭발음 직후에는 다른 곳에서 발생한 조그만 소리는 듣지 못한다. 혹은 아주 강한 색깔에 노출된 다음에는 다른 색깔을 보지 못한다거나 또는 아주 강한 향수를 맡은 후에는 다른 냄새를 맡을 수 없다. 이와는 반대로 정신은 이전에 아주 어려운 것을 생각하였더라도, 이후에 쉬운 것을 오히려 더 날카롭게 사고한다. 왜냐하면 감각적 지각 능력은 육체에 종속되어 있으나, 정신은 육체와 분리되어 있기 때문이다.

정신은 마치 아직 아무것도 씌어 있지 않은 칠판과 같다. 그뿐만 아니라 정신은 다른 모든 생각의 대상과 마찬가지로 정신 자체의 생각의 대상이 될 수 있다. 비물질적인 경우에는 생각하는 것과 생각된 것이 동일하다. 즉 이론적 인식과 이론적 인식에 의해 인식된 것은 사실상 같은 것이다. 물론 왜 정신이 항상 사고만을 하지 않는지에 대한 질문도 가능하다."[2]

여기서 우리는 육체·영혼 그리고 정신의 관계에 대한 이론을 재구성하려는 것은 아니다. 단지 생각이 어떤 의미에서 철학의 시발점이 되는지를 알아보려는 것뿐이다. 우선 처음에는 감각적 인식과 사고라는 두 종류의 인식 능력이 각각 상이하게 분리된 세계와 관계하는 듯한 인상을 받는다.

"모든 사물은 감각적으로 감지되거나 혹은 사고될 수 있다. 지식이란 말하자면 알아진 것들의 총체이며, 인지란 인지된 것들의 총체이다."[3)]

그런데 '인지될 수 있는 것'이란 무엇이며 '인식될 만한 것'이란 무엇을 말하는가? 아리스토텔레스는 다음과 같이 대답한다.

"사물 자체나 사물의 형태 중 하나일 것이다. 그런데 그것이 사물 자체가 아니라는 것은 명백하다. 왜냐하면 인간의 영혼 속에 들어와 있는 것은 돌이 아니고 돌의 형태이기 때문이다. 그러므로 영혼은 이런 면에서 손과 비슷하다. 즉 손이 모든 도구 중의 도구이듯이, 정신은 모든 형태의 형태이며, 인지 역시 모든 인지 가능한 것의 형태일 뿐이다."[4)]

모든 형태의 형태——이것은 플라톤이 말하는 이데아와는 다르다. 그뿐 아니라 아리스토텔레스는 철학적으로 플라톤으로부터 결정적으로 멀어지는 독자적 길을 간다.

"그러나 어떤 사물이든 감각적으로 인지할 수 있는 크기(혹은 단위) 없이는 존재할 수 없으므로, 무엇이든 생각할 수 있는 것은 인지할 수 있는 형식에 포함되어 있다. 추상적 개념으로 표현하는 것뿐 아니라, 인지될 수 있는 사물에 나타나는 상태나 과정도 이런 형식에 포함되어 있다. 그러므로 사람은 인지하지 않고서는 아무것도 인식하거나 이해할 수 없다. 그리고 사람이 어떤 것을 관조하여 볼 때는, 항상 상념의 상(象)이 동반한다."[5]

우리는 아리스토텔레스가 정신에 관한 이론에 이르기까지 이원론의 유혹과 이에 따른 일시적 편안함을 물리치기 위해 애쓰고 있음을 볼 수 있다.

"정신을 따로 떼어서 그 자체로 볼 때, 정신은 존재 그 자체이다. 그리고 정신은 바로 이 점에서 불멸하며 영원하다. 그러나 우리는 정신 이전의 존재에 대한 기억은 갖고 있지 못하다. 왜냐하면 존재 이전의 정신은 영향을 받지 않는 (능동적) 부분이기 때문이다. 그러나 외부의 영향이 미치는 정신의 (수동적) 부분은 무상(無常)하다. 그런데 사고는 정신의 이런 수동적 부분 없이는 불가능하다."[6]

정신의 능동성과 수동성의 개념은 아리스토텔레스 철학의 시발점인 사고와 감각에 관한 이론을 매끄럽게 하는 데 이용되고 있다. 그렇다고 해서 원칙론의 원천적 불가능성(아포리아)이 해결된 것은 아니다. 정신이 갖고 있는 사물의 반영(反映) 기능과 고안 기능, 연결 기능 그리고 투사 기능 사이의 관계도 풀기 어려운 문제이다. 왜냐하면 상념을 하는 것은 단지 상념력(想念力)이 아니라 항상 인간이기 때문이다.

개념

"실제로 정신은 어떤 점에서는 모든 것이 될 수 있으나, 또 다른 점에서는 정신이 모든 것을 만든다."[1]

경험은 어른이 젊은이보다 더 많을지 모르나 정신의 '만드는 활동', 즉 창조력에 관한 한 젊은이도 장년 못지않다. 그래서 소크라테스도 그의 뛰어난 질문을 이용하여 심지어 아주 젊은 사람도 이해하기 어려운 일반적 법칙의 정의를 이해할 수 있도록 하였던 게 아닐까? 운동이 존재한다는 사실은 누구든지 쉽게 주장할 수 있는 것 아닌가? 사실 인간에 대해서는 누구든지 논하고 있는 것이 아닌가? 모든 학문은 다름 아닌 일반적 사항을 다루는 것이 아닌가? 아리스토텔레스의 학문은 이런 일반성이 흔히 사용되고 있다는 사실로부터 출발한다. 그래서 아리스토텔레스는 인간이 어떻게 추상적 사고를 하게 되느냐 하는 문제를 다루기는 하였지만 기실 그의 관심은 그보다는 세상의 일반적 사항을 분류하고, 이를 개념과 실체의 관계를 통해 존재론적으로 해석하며, 또한 논리적 과정 속에 사용되는 일반성의 법칙을 자세히 체계화하는 데 쏠려 있었다.

그러나 아리스토텔레스는 인식 원천에 대한 연구에서 원천으로 이어지는 연결고리를 명확히 설명하지는 못했다. 이것이 중세 스콜라 철학 내에서, 특히 세 단계의 추상단계 이론과 관련하여 서로 적대적으로 대치하는 학설들을 발생시킨 원인이었다. 이 이론이 강단(講壇) 형이상학에 미친 영향력은 오늘날까지도 기괴한 결과를 낳고 있다. 만약 이른바 최상의 추상단계를 형이상학의 대상으로서 소위 '존재'라는 이름에 귀속시킨다면, 이는 스스로 앉아 있는 나뭇가지를 잘라버리는 것에 다름 아니다. 그럼에도 불구하고 아리스토텔레스는 무엇이 개념에 속하는가, 즉 개념적으로 파악할 때 무엇을 얻는 것인가 그리고 개념에 포함되지 않은 것은 무엇인가, 즉 사상(捨象)되는 것이 무엇인가를 명시적으로 확증하기 위해 최대의 노력을 기울였다. 이런 노력은 다음의 구절에서도 드러난다.

"만약 우리가 청동구(靑銅球)를 만든다면, 이는 청동이라는 특정한 재료를 이용하여 공이라는 특정한 물건을 만드는 것이다. 이제 우리가 구상(球狀) 그 자체를 만들려 한다면, 이 구의 형태는 다른 어떤 재료를 사용해서 만들어야 한다는 것은 자명하다. 그러므로 일반적 생성에 대해서도 똑같은 말을 할 수 있다. 이로써 우리가 감각적으로 인지하는 물건의 모습, 혹은 형태는 생성되는 것이 아니며, 따라서 형태의 생성, 혹은 개념적 본질의 생성은 존재하지 않는다는 것을 이해할 수 있다."[2]

그러니까 생성은 우리가 일반 개념을 형성할 때, 사상해 버리는

112

것이라고 할 수 있다. 또한 이때 개별적인 것도 사상된다. 예컨대 일반적으로 코가 무엇이냐를 논할 때, 이런저런 코의 구체적 모습은 도외시한다.

아리스토텔레스는 원래 수동적이며 동시에 능동적으로 보이는 직접적 관조, 즉 직감이 어떻게 귀납법과 함께 추상적 과정을 이끄는지에 대해서 단정적인 언급을 하지는 않았다. (전형적이며 일반적임을 뜻하는) '모든' 포유류 동물과 (구체적) '그' 포유류 동물에 대한 각각의 진술은 의미 면에서는 결국 같은 결과에 이를 것이다. 이 두 종류의 진술이 만나는 경계점을 찾아내는 것은 동물학자로서의 아리스토텔레스가 끊임없이 궁구해야 할 또 다른 문제였다. 우리는 어떻게 '담즙 없는 동물'이라는 개념을 장수(長壽)의 개념과 관계 맺는 긍정적 개념으로 만들어낼 수 있을까? 아리스토텔레스는 사슴·버새(수말과 암나귀의 잡종)·물개·코끼리 및 다른 몇몇 동물들을 항상 담즙 없는 동물로 분류하였다. 양과 인간은 담즙이 있는지 없는지 불확실하였으므로, 이들을 '담즙 없는 동물'이라는 일반성으로 분류할 수는 없었다. 그러나 아리스토텔레스는 이런 어려움에도 불구하고 개념의 특성이란, 한편으로는 사물의 본질을 다른 한편으로는 사물의 많은 양을 포함하는 이중성이 있음을 논술하였다. 일반성이란 무엇인가? 한마디로 말해 "많은 것 중의 어떤 하나인데, 이 하나는 하나로서 곧 모든 것 안에 있다."[3]

지식과 철학의 원천에 대한 아리스토텔레스의 견해는 인식 단계의 연결성을 아는 것만으로는 완전히 파악할 수 없다. 그럼에도 불구하고 아리스토텔레스는 우리 인간의 사고가 감각적 지각에 뿌리박고 있다는 것을 계속 강조한다. 그는 제자들에게 아테네에서 전수되던 이데아론과 근본적으로 다른 자신의 학설을 확실하게 설명하기 위해 여러 가지 비유를 사용하고 있다.

"인간의 신비한 능력들(지각, 기억, 경험, 일반성 파악력, 기술과 학문 등)은 옛날부터 영혼 속에 존재했던 것이 아니며, 더 우수한 인식을 가능케 하는 다른 능력으로부터 생성되는 것도 아니다. 오히려 그런 인간적 능력들의 시발점은 다름 아닌 감각이다. 이는 마치 전쟁터에서 모든 것이 도주할지라도, 어느 한 장군이 머물러서 있으면 다른 군인이 모여들고 또 다른 군인이 모여들고 해서, 맨 처음의 군사력이 다시 회복되는 것과 마찬가지이다."[4]

판단

아리스토텔레스는 감각적 인지가 착오를 일으킬 수도 있다는 사실을 마지못해 인정했다. 아리스토텔레스는 일반적 인지와 상상력에 관한 이론에서 오류는 상위 기능을 성급하게 모방할 때 생길 수 있다는 사실을 논증하려 하였다. 첫눈에 이상해 보이는 아리스토텔레스의 철학적 탈출구를 이해하기 위해서는 철학의 기초에 대한 질문을 진리에 대한 질문 혹은 인간이 어떻게 진리에 접근할 수 있는가 하는 질문으로 확장시켜야 한다.

"영혼 속에 떠오르는 사고는 참도 거짓도 아니다."[1]

그렇다면 참과 거짓은 어디에서 오는가?

"참과 거짓은 사물 안에 있는 것이 아니다. 그래서 예컨대 좋은 사물이 참되고 나쁜 사물이 거짓인 것이 아니다. 참과 거짓은 오직 사고 안에 있다."[2]

세상에 참과 거짓이 있다는 사실에는 의심의 여지가 없다. 아리스토텔레스는 종종 다음과 같이 말하곤 하였다.

"나는 지금까지 내 집이 무너질까봐 걱정해 왔다. 아주 센 바람이 불거나, 강한 폭풍이 일거나, 혹은 썩거나 부실 공사로 인해 무너질까봐 염려했다. 하지만 더 큰 위험은 세상을 무너뜨리는 이론을 전파하는 사람들로부터 오는 것이다."[3]

참과 거짓은 사람의 말에 나타난다. 그러나 모든 말이 그런 것은 아니다. "그래서 부탁의 말은 말이로되, 참도 거짓도 아니다."[4]

참과 거짓에 관련된 말은 어떤 말인가? 이것은 "진술의 의미로서의 말이다. 이는 참과 거짓이 연결과 분리와 밀접한 관련을 갖고 있기 때문이다."[5]

여기서 말하는 연결과 분리는 술어를 주어에 귀속시키는가 혹은 주어로부터 박탈하는가를 통해 표현된다. 아리스토텔레스의 논리학은 진술구조, 특히 시간에 대한 관계를 아주 집중적으로 다루고 있다. 결론적으로 말하자면, 진술의 성립은 주어와 술어의 연결과 분리를 행하는 인간의 능동성에 기초한다.

"옛날 사람들은 사고와 지각이 같은 것이라고 주장하였다. …… 그러나 그들은 아쉽게도 오류에 대해서는 언급하지 않았다. 왜냐하면 오류는 고등동물만의 고유한 특성이기 때문이다. 그래서 영혼은 더 오랫동안 오류에 사로잡혀 있게 된다. …… 그런데 반대되는 사물에 대한 참된 관조나 거짓된 관조나 모두 동일한 사고행위로부터 말미암는 것 같다. 그러나 지각과 인식이 같은 것이 아님은 당연하다. 왜냐하면 지각은 모든 살아 있는 생물에게 해당되지

116

만, 사고는 단지 소수의 생물에게만 해당되기 때문이다. 그러나 옳은 사고와 그릇된 사고의 가능성을 모두 담고 있는 사고 역시 지각을 다 포괄하는 것은 아니다. 옳은 사고는 인식이고 지식이며 참된 의견이지만, 그릇된 사고는 이와는 반대이다. 모든 감각 기관에 상응하는 사물을 인지하는 것은 항상 참이며 이것은 모든 살아 있는 생물에서 그러하다. 그러나 사고는 틀리게 할 수 있으며, 이런 오류 능력은 이성이 없는 존재는 갖고 있지 못하다."[6]

아리스토텔레스는 자신의 철학적 한계점에 도달하였다. 이제 그의 철학적 사고는 정체되고 혹은——보는 관점에 따라서는——소박하거나 더 이상 발전 불가능하다고 느낄 수밖에 없는 점에 도달하였다. 이 한계점에서 그는 비판, 즉 올바른 연결과 분리를 규정하는 결정적 요소를 도입할 수밖에 없다. 진리는 어떤 점에서 우리 혹은 우리의 판단과 무관하게 독립되어 있지만, 참과 거짓은 오직 우리의 능동적 행위를 통해서만 생긴다는 사실을 아리스토텔레스 철학은 의심의 여지없이 주장한다. 철학은 어떤 것이든 독자적 시발점 없이는 더 이상 나아가지 못한다. 이런 시발점을 아리스토텔레스는 자기 철학의 주요 범주로 상승시켰다. 즉 이것이 공리(公理)이다.

아리스토텔레스 철학에는 많은 공리가 있다. 항상 진리를 말하는 진술로서의 공리는 두 가지 종류가 있다. 어떤 공리는 특정 영역에만 해당되나, 또 다른 공리는 의미영역과 효용영역이 제한되지 않는 제일 원칙 혹은 최고의 원칙으로서 기능한다. 공리를 인식하는 사고능력은 일반성을 파악하는 사고능력과 같다. 여기서 그 많은 공리를 모두 다룰 수는 없다. 우리에게 중요한 것은 아리스토텔레스의 철학이 공리를 통해 매끈하게 정리되고 있다는 점과 그의 철학이 우리가 경험을 통해 대하는 구체적 사실의 독특성을 포기하지 않으려 한다는 점을 보는 일이다. 그의 많은 공리는 귀납법적 절차를 거쳐 세워졌다는 인상을 준다. 그러므로 이런 공리는 전혀 반박 불가능한 기초가 되지는 못한다. 또 특수한 사물과 관련된 어떤 공리들은 그 진리성이 의심스럽다. 예컨대 운동에 대한 공리는 어느 특정한 운동 물리학에서만 유효할 뿐이다. 그럼에도 불구하고 아리스토텔레스는 이런 공리를 통해 철학적 가능성의 극단점까지 다가갔으며, 적어도 한 공리만은 절대적 유효성을 갖는다고 주장하였다. 즉 모순율이 그것이다.

모순의 공리

자기 자신은 도망가지 않으면서, 도주하는 전체 부대를 멈춰 세워서 질서를 잡고 방어선을 정비하여 포위전략을 시행케 하는 힘은 무엇일까? 모든 의심과 의문을 견디어내는 것—그것은 바로 모순율이다. 모순율은 다음과 같이 표현할 수 있다. "하나의 동일한 것은 그 동일한 것에 동일한 관점 하에서 귀속되면서 또 동시에 비귀속될 수 없다."[1]

서로 모순되는 진술이 동시에 참일 수는 없다.[2]
참을 주장하면서 동시에 이를 부정하는 것은 불가능하다.[3]
이것은 모든 공리 중 가장 강력한 공리이다.[4]

다른 많은 공리들이 귀납법적 절차의 결과이거나, 감각적 인지를 통해서가 아니라면 사실을 통한 확증이 필요하다 할지라도 모순의 공리는 진실로 철학의 시발점이 된다. "그러므로 모든 증명의 마지막은 최후의 믿음으로서의 모순율이다. 모순율은 본질상 다른 모든 공리의 출발점이다."[5]

아리스토텔레스는 모순의 원칙에 '제외된 삼자(三者)의 공리'를 첨가한다. "모순의 한 부분이 참이라는 것은 필수적이다. 그리고 더 나아가서 모든 것을 참으로 주장하거나 이것을 부정하는 것이 필수적이라면, 이 둘이 동시에 거짓일 수는 없다."[6] 그런데 여기서 판단이란 항상 어느 일정 시점과 연결되어야만 성립할 수 있다. 그러나 아리스토텔레스는 판단과 시간성의 관계를 설명하기가 어렵기 때문에, 미래에 일어날 수는 있으나 반드시 필수적이지 않은 사건의 경우에서 제기되는 철학적 어려움은 논의에서 제외된다.

"현재나 과거의 일을 긍정하거나 부정하는 것은 반드시 참이거나 거짓이다. 특히 일반적인 것에 대해 일반적인 진술을 할 경우, 어느 한 진술이 참이라면 다른 진술은 항상 거짓이다. 그리고 이것은 개별적인 것에 대한 진술의 경우에도 그러하다. 하지만 일반적인 것에 대해 일반적인 진술을 하지 않는 경우에는 반드시 그렇지만은 않다. 그러나 개별적이고 미래적인 것에 대해서는 경우가 다르다. 왜냐하면 모든 긍정과 부정이 참이거나 거짓이라면, 모든 것은 존재할 수도 있고 존재하지 않을 수도 있어야 하기 때문이다. 따라서 누군가 말하기를 무엇인가가 일어날 것이라고 하는 데 반해 다른 이가 이를 부정한다면, 모든 긍정과 부정이 참이거나 거짓이므로 이 둘 중 한 명만이 옳은 것은 확실하다. 왜냐하면 이런 일의 경우에 두 가지 진술이 동시에 참일 수는 없기 때문이다.

……존재가 존재할 때는 존재하고, 비존재가 비존재할 때는 비

존재한다는 것은 필연적이다. 왜냐하면 '모든 존재가 존재할 때 필연적으로 존재한다'는 말과 '모든 존재가 무조건 필연적으로 존재한다'는 말은 서로 동일하지 않기 때문이다. 이 점은 비존재의 경우에도 똑같이 해당된다. 또한 모순에 관해서도 마찬가지이다. '모든 것이 존재하거나 또는 존재하지 않는다'는 진술과 '모든 것이 존재할 것이거나 또는 존재하지 않을 것이다'는 진술은 필연적이다. 그러나 두 가지 진술에 포함된 각각의 두 부분 중 어느 하나만을 분리해서 독립적으로 주장할 경우, 이는 필연적이지 않다. 예를 들어 "내일 해상 전투가 일어나거나 또는 일어나지 않을 것이다"라는 나의 진술은 필수적이다. 그러나 내가 말하기를, "내일 해상 전투가 일어날 것이다"라고만 하거나 또는 "내일 해상 전투가 일어나지 않을 것이다"라고만 하면, 이는 필연적이지 않다. 필연적인 진술이 되려면, "내일 해상 전투가 발생하거나 혹은 발생하지 않을 것이다"라고 말해야 한다.

이로써 진술도 사물의 경우와 마찬가지 방법으로 참이거나 거짓이 될 수 있다는 것을 알게 되었다. 그러므로 각각 '사물이 존재한다(할 것이다)'는 진술과 '비존재한다(할 것이다)'는 진술의 역(逆)이 성립될 수 있을 경우에는, 모순적 진술의 경우도 이와 마찬가지로 그 역의 성립이 가능하다. 이 조건은 항상 존재하는 것이 아니거나 또는 항상 비존재하는 것이 아닌 것의 경우에 충족된다. 왜냐하면 비록 모순의 한편이 항상 참이거나 거짓이기는 해야 하지만, 이편이나 저편 중 확정된 어느 한편이 그런 것이 아니라 임의적으로 둘 중의 어느 한편이 참이거나 거짓인 것이다. 또 어느 한편이 다른 한편보다 더 참일 수 있겠으나, 그 어떤 것이 필연적으로 참이거나 거짓이어야 되는 것은 아니다.

그러므로 각각 모든 긍정과 부정의 역의 경우, 필연적으로 한편은 참이고 다른 한편은 거짓이어야 하는 것은 아님을 알 수 있다. 왜냐하면 존재하지는 않지만, 존재할 수 있거나 혹은 비존재할 수 있는 것의 경우는 존재하는 것의 경우와는 다르다. 이는 위에 논술한 바와 같다."[7]

이상과 같이 까다로운 문제를 논의하는 것은 철학자들도 꺼려할 것이다. 만약 우연에 관한 일반적 이론을 발전시키려 한다면 이런 문제도 다루어야겠지만. 그러나 모순율이란 서로 모순되는 두 개의 진술 중 어느 것이 참인지가 불확실한 경우를 말하는 것은 아니다. 그러므로 철학자는 모순율에 대해서 논할 수 있다. 모든 것을 묶어두는 기초가 되는 이 공리는 숙고 가능한 대상이다. 모순율은 투명성이 높기 때문에, 이 원칙에 기반해서 발전된 사고는 비판적 기능을 지닌다. 아리스토텔레스 철학의 기초는 동시에 그 철학의 내용도 이루는 것이다. 이제 아리스토텔레스 철학의 기원을 묻는 본 장의 마지막에 아리스토텔레스가 진리의 기초로 설정한 제일 원리를 다루는 부분을 인용하기로 하자. 이 원리 없이는 사고도 인식도 할 수 없으며, 타인으로부터 아무것도 배울 수 없고 진리를 터득할 수 없다.

"그러므로 증명의 원리를 연구하는 과제가 모든 존재를 고찰하는 철학자에게 귀속된다는 것은 분명하다. 각각의 영역에서 가장 완벽한 지식을 갖춘 전문가가 자기 영역의 가장 기본적인 원리를 설명할 수 있어야 하는 것이 당연하듯이, 모든 존재를 연구하는 철학자는 모든 것에 관한 확실한 원리를 지적할 수 있어야 한다.

철학자가 연구하는 모든 원칙 중에서 가장 확실한 원리는 절대 착오가 불가능한 원리이다. 그런 원리란 가장 잘 알려진 원리임에 틀림없다. 왜냐하면 사람들이 착오를 일으키는 것은 알지 못할 때이니까 말이다. 그리고 그런 원리는 전제조건 없이 성립되어야 한다. 무슨 존재이든 간에 존재를 이해하고자 하는 사람이 반드시 받아들여야 하는 원리는 규정이 되어서는 안 된다. 그리고 무엇인가를 인식하기를 원한다면 사전에 마땅히 인식하고 있어야만 하는 원칙을 이미 알고 있어야 한다. 이런 원칙이 모든 원칙 가운데서 가장 신뢰할 만하다는 것은 자명하다. 그런데 이 원칙이란 무엇일까? 그 해답을 말해 보자.

하나의 동일한 속성이 하나의 동일한 주체에 대해 동시에 그리고 같은 관계를 맺으면서 귀속되며 또 비귀속된다는 것은 절대 불가능하다. ……이 원칙을 거절하는 자는 자기의 의견과 이 의견을 반박하는 의견을 동시에 인정하는 것이 된다.

……물론 하나의 동일한 어떤 것이 존재하면서 동시에 비존재하는 것이 가능하며, 이런 가정 역시 가능하다고 주장하는 자들도 있다. 그뿐 아니라 많은 물리학자들도 이런 의견을 가지고 있다. 그러나 우리는 바로 전에 하나의 동일한 것이 존재하면서 동시에 비존재하는 것은 전혀 생각할 수 없는 것이라고 말했으며, 바로

이 모순의 공리가 모든 공리의 가장 기본적인 공리임을 보여주었다. 만약 어떤 이들이 이 공리를 증명하라고 요구한다면, 이는 그들이 사고에 관한 훈련이 전혀 없다는 증거가 될 뿐이다. 증명이 필요한 것과 증명이 필요 없는 것을 구별하지 못한다는 것은 사고의 훈련이 결핍되었기 때문이다. 모든 것에 대해 증명이 있어야 한다는 주장은 불가능하다. 만약 모든 것을 증명하려 든다면, 이는 한도 끝도 없을 것이고 마지막에는 아무것도 증명할 수 없을 것이다. 그러나 만약에 증명해 보라고 요구해서는 안 되는 공리들이 실제로 있다면, 위에 말한 사람들은 아마도 이 공리보다 더 높은 차원에서 유효한 원칙을 찾아낼 수 없을 것이다.

그런데 위에 언급된 견해의 불가능성에 대한 증명은 논박을 통해서 가능하다. 우리가 논박을 하기 위해서는 우리의 공리를 부정하는 사람이 무엇이든 간에 주장을 세우기만 하면 된다.

그러나 그가 아무것도 진술하지 않는다면, 논증을 갖지 못한 사람에게 논증으로 논박하려는 꼴이 되므로 우스운 일이다. 그렇게 진술하지 않으려는 사람은 이 점에서는 식물이나 다름없다. 그러나 논박을 통해서 무엇이 옳은가를 보이는 것과 직접 증명을 한다는 것은 서로 다르다. 누군가가 우리의 공리를 증명하려고 나선다면, 그는 증명해야 할 것을 이미 전제하고 있음이 확실하게 드러난다. 그렇지만 공리 사용 시의 실수를 지적하는 것은 증명이 아니라 논박이다.

이런 모든 토론의 출발점은 토론 상대자에게 어떤 존재가 존재하거나 혹은 비존재한다는 것을 설명하라고 요구하는 것이 아니라(왜냐하면 이는 증명해야 할 것을 미리 전제함을 뜻하니까), 입장이 다른 토론의 참여자들이 모두 유효하다고 받아들일 수 있는 무엇인가를 지적하라는 것이다. 토론의 상대자가 무엇인가를 진술한다면, 반드시 이 무엇인가를 지적해야 할 것이다. 그렇지 않다면 그는 자기에 대해서나 토론 상대자에 대해서나 아무 말도 안 한 것이 된다. 그가 어떤 진술을 한다면, 비로소 증명은 가능해진다. 왜냐하면 그때는 특정한 어떤 것이 논의의 중심에 놓이기 때문이다. 그런데 이런 규정된 그 무엇은 증명을 하는 자가 주는 것이 아니라 공리를 신봉하는 자가 제공하는 법이다.

공리를 무효화하는 자 역시 공리를 신봉하는 자이다.

이 정도만 인정할지라도 어떤 것은 증명 없이도 참이라는 사실을 인정한 것이 된다. 그러므로 이것은 '모든 것이 이렇다. 그리고 동시에 이렇지 않다'는 진술의 유효성을 거부한 것이나 마찬가지이다."[8]

3 철학의 방법

그의 관심을 끌지 않은 것은 무엇이 있었을까?
나일 강의 홍수, 개기월식, 요리법, 바다의 밀물과 썰물 등 사람을 경이롭게
하는 것은 어느 것 하나 그의 관심에서 벗어나지 못했다. 물론 그도 특별히
좋아하는 대상이 있었다. 오늘날 동물원을 구경할 때 보통 사람이 그러하듯,
그도 고양이보다 들소나 낙타를 더 오랫동안 구경하였으며 거미보다는
벌에 더 흥미를 느꼈다. 그는 여행자, 어부, 귀환하는 군인들로부터
끊임없이 새로운 지식을 수집하였다.

형식 논리

인식을 추출해내는 과정에서 중요한 것은 일반개념과 이들 간의 연결 근거를 제공하는 공리를 엄밀히 정리하는 일이다. 아리스토텔레스는 완벽한 지식을 추구하였다. 이 말은 사물과 지식을 매개하는 개념과 원칙을 포기할 수 없는 바에야 적어도 요소(要素) 및 요소 간의 연관관계만큼은 확고히 파악하려 했다는 뜻이다. 물론 아리스토텔레스는 자신이 철학과 학문을 완성하였다고 믿지는 않았다. 그래도 그가 자신의 철학 체계를 서술하기로 마음먹었다면 그것은 초조한 마음 때문이라기보다는 오히려 자신이 지식과 사유의 구조를 발견했다는 자신감 때문이었다.

어떻게 사유해야 하느냐 하는 문제는 아리스토텔레스 역시 스스로 사유를 시작해 보기 전에는 알 수 없었을 것이다. 그러나 그는 오래지 않아 이 법칙을 발견해 내었다. 이미 학술원에서 그는 개념 정의의 방법론과 분할 방법론의 기초를 다루었다. 그러나 그는 다른 학술원 학자들과는 달리 구조에 대한 인식을 진지하게 다루었다. 그는 사고의 메타 차원에 관한 연구에 몰두하였고 드디어 세 단계의 발전과정을 거치며 선도적 이론을 제시하게 되었다. 이로써 아리스토텔레스는 형식 논리의 창시자가 되었다. 이는 아무도 넘볼 수 없는 업적이라 하겠다. 비록 일부 학자들이 아리스토텔레스 이래로 논리학은 한 발자국도 전진이나 후진할 수 없었다는 칸트의 의견(『순수이성비판』, B 7)을 공유하지 않는다 해도 아리스토텔레스의 공로는 움직일 수 없는 것이다.

아리스토텔레스의 논리학에 관한 주요 저작들은 6세기에 『오르가논』이라는 제하에 편찬되었다. 여기서 '오르가논'은 도구라는 뜻이다. 논리학이 철학의 한 분야인가 아니면 단지 철학의 도구인가 하는 문제는 이미 알려진 대로 지금까지 전승된 아리스토텔레스의 글에서는 논의된 적이 없다. 그러므로 유감스럽게도 이 문제가 철학 입문에서 다루는 '단골 메뉴'가 된 것은 놀랄 일이 아니다. 별로 중요하지도 않은 관습 체계가 문제시될 때에는 언제나 그렇듯이 중차대한 이해관계가 얽혀 있기 때문이다.

그리고 아리스토텔레스가 논의될 때면 종종 그러하듯이 학자들 간에 미심쩍은 편짜기가 생긴다. 서로 적대 관계에 있는 두 진영이 아리스토텔레스의 논리학을 독립 분야로 내세우기 위해 연합하기도 한다. 실증적인 학자들은 논리학을 독립적으로 유지함으로써 아리스토텔레스를 자기 편으로 끌어들일 수 있을 것이라고 생각하는 것이다. 그리고 여기서 그들에게 더욱 중요한 것은 논리적 공리의 합법적 원천을 존재론 이외의 다른 어떤 곳에서 찾아볼 수 있는 가능성이다.

실증적 태도에 대해 거리를 취하는 아리스토텔레스 연구가들 역시 논리학을 독립분야로 확정하면 여러 가지 이점을 얻을 수 있다고 믿는다. 첫째로, 비록 논리학을 직접 사용하지는 않으나 어

아리스토텔레스, 로마 국립박물관

느 정도 인정해 주는 형이상학의 객관성을 보증할 수 있을 것이다. 둘째, 논리학이 철학으로부터 독립된 분야로 분리해 나갈 경우, 논리적 억압으로부터의 해방을 기대하는 직관적 철학이 발전할 긍정적 조건이 마련된다. 마지막으로 때때로 형이상학에 대해 금기시되는 비판적 도전을 무마시킬 수 있다.

논리학이 단지 철학의 일부분이라고만 말한다면, 철학에서 어떤 부분은 논리적이고 그 외의 다른 부분은 비(非) 혹은 무(無)논리적이라는 말이 되므로, 논리학이 철학의 부분적 역할만을 감당하고 있다고 말할 사람은 아마 아무도 없을 것이다. 그러나 '스스로를 사유하는 사유'라는 철학적 이념이 존속하는 한, 그리고 형식이 곧 '원인'이라는 견해가 일반적으로 받아들여지는 한, 어떻게 논리학 없이 철학할 수 있을지는 수수께끼와 같은 문제로 해결하기 쉽지 않다.

또한 논리학을 모태가 되는 철학에서 떼어내려는 정반대의 시도 역시 마찬가지로 쉽게 성공할 수 없을 것이다. 논리학을 철학에 소속시킬 것인가 아닌가 하는 문제는 사실상 관습의 문제이다. 하지만 굳어진 관습에 대해 더 이상 왈가왈부하지 말라는 식의 태도는 옳지 못하다. 논리학과 철학의 관계에 관한 논쟁은 관습이 서로 다르다는 것만을 지적함으로써 끝나지는 않는다. 그 논쟁은 훨씬 더 진지한 것이다. 예컨대 어떤 공리가 철학적이냐 아니냐 하는 문제는 엄밀히 따지면 철학의 문제가 아니기 때문이다. 이 말은 비록 반박을 불러일으킬 수도 있겠지만 철학이란 자기의 것이든 남의 것이든 어떤 특정한 진술이 참이냐 아니냐 하는 질문을 제기함으로써 시작하고 끝난다는 뜻이다. 이 말은 단순하게 들릴지 모르겠으나 사실은 그다지 단순하지 않다.

논리학이란 '참된 진술의 형식에 관한 이론'이라고 정의할 수 있다. 즉 논리학은 사고의 옳고 그름에 관한 가르침이다. 예컨대, A가 모든 B에 대해서 유효하고 B가 모든 C에 대해서 유효하다면, A는 모든 C에 대해서 유효하다. 여기서 그리스인이든 페르시아인이든, 철학자든 야만인이든 또는 사람이든 동물이든 논리의 유효성은 무관하다. 이와 같이 진술의 형식은 그것에 들어서는 내용으로부터 독립해 있기는 하지만, 그 내용이 '확실하다'거나 '개연적이다'거나 혹은 '거짓이다'고 판단할 수 있도록 해준다.

그렇다면 아리스토텔레스가 자신의 사고를 지탱시킨 강력한 형식 논리의 모습은 어떠한가?

범주

개념들간의 관계는 서로 귀속되느냐 아니냐 하는 형식으로 규정할 수 있다. 논리학은 논리 도출을 위해 종종 변수를 사용하여 논리과정을 실행한다. 이것은 아리스토텔레스로부터 시작한 것이다. 예를 들면 다음과 같다. "A는 B에게 귀속되거나 비귀속된다. 혹은 모든 B에게 귀속되거나 모든 B에게 비귀속된다." 이것이 필연적이거나 비필연적이다. 하지만 아리스토텔레스는 이 정도의 형식 체계로는 만족하지 못했다. "한 개념이 다른 개념에 귀속되는 방식과 참이 되는 방식은 범주가 존재하는 것만큼 많다고 보아야 한다."[1]

"범주에는 10개가 있다. 즉 '무엇인가', '얼마나 큰가', '어떤 성질을 갖고 있나', '무엇과 관계하나', '어디에', '언제', '놓여 있다', '갖고 있다', '작용하다' 그리고 '당(當)하다' 등이다."[2]

만약 N이 M에게 귀속되면, 그것은 항상 위의 열 가지 범주 중의 하나의 양태로 이루어진다. 그런데 이 열 가지 범주는 또 다른 새로운 원칙에 의해 세분된다. "이 범주 중의 한 범주에는 항상 우연·종(種)·특성 및 정의가 속한다."[3] 이와 같은 술사(述辭), 즉 무엇에 대해 진술하는 양식은 단지 술어의 형식적 분류 등급만은 아니다. 실제로 어떤 의미에서 볼 때 술사는 단순히 형식적인 것만은 아니며 내용적 근거도 가지고 있다. '빨갛다'는 술어는 내가 주어를 '피(가)', '빨간색(이)', '저녁 하늘(이)', '그 국회의원(이)'(공산주의자라는 의미에서 - 옮긴이), '코(가)' 혹은 '잉크(가)' 등으로 바꿔 넣어도 변하지 않는다. 여기서 아리스토텔레스가 내용에 맞춰서 생각하고 있다는 것은 그의 개별 진술들을 보면 확실해진다. "정의(定義)란 본질을 지시하는 언사(言辭)이다."[4] 혹은 다음의 문장을 보자. "특성이란 비록 어떤 한 사물의 본질을 나타내는 것은 아니지만, 오직 그것에만 귀속되며 그것과 바꾸어서 진술할 수 있는 그 무엇이다. 예컨대 인간의 특성은, 문법 능력이 있다는 점이다. 그러므로 만약 누군가가 인간이라면 그는 문법적 능력이 있을 것이며, 만약 그가 문법 능력이 있다면 그는 인간일 것이다."[5]

예로부터 진술 가능성의 분류는 근본적인 것으로 여겨졌다. 아리스토텔레스의 『오르가논』에는 수백 년 전부터 그 첫머리에 입문적 성격의 짧은 논문이 덧붙여져 전래되었다. 이는 서기 275년경 포르피리우스에 의해 작성된 「이사고게」를 뜻한다. 이 설명서는 첫눈에는 별 문제를 제기하지 않는 것 같지만 실제로는 대단히 많은 논쟁거리를 주었다. 포르피리우스의 글은 다음과 같이 시작된다.

"친애하는 크리자오리우스여, 아리스토텔레스의 범주론을 이해하기 위해서는 종(種)이 무엇이며 또 차이·종류·특성·우연 등

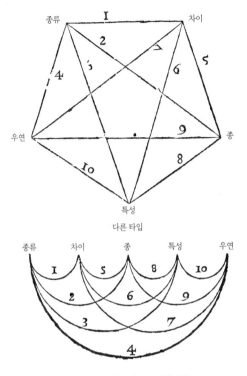

다른 타입

5개의 술사가 서로 맺는 10가지 관계

이 무엇인지 알아야 하오, 또 이런 개념들을 고찰하는 것은 정의를 내리는 방법과 특히 분류론과 증명론을 위해 매우 유용하므로 우선 그대를 위해 축약해서 설명해 보고자 한다오. 여기서는 심오한 문제는 제외하고 쉬운 문제만 간략하게 설명하겠소.

종과 종류에서 이것들이 실제로 있는 것인가 아니면 단지 우리의 상념에 기인하는 것인가, 또는 만약 실제로 있는 것이라면, 육체적인 것인가 아니면 비육체적 것인가 또는 각각 독자적으로 등장하는가 아니면 감각에만 등장하는가 등의 문제에 대해서는 논의하지 않겠소. 왜냐하면 이런 문제를 다루려면 더 깊이 연구해야 하며 여기서 할 수 있는 논의보다 훨씬 더 광범위한 논의를 요구하기 때문이오. 그 대신 나는 옛 성현들, 특히 소요학파 선배들이 범주에 대해 논리적으로 다룬 글을 그대에게 설명해 보겠소."[6]

율리우스 파키우스의 주석서에서 따온 다음의 도표는 술사에 대한 가능한 질문이 무엇인지를 보여준다.

이제 범주들이 더 이상 올라갈 수 없는 최상의 종으로 서술된다면, 그 모든 범주들을 하나의 단어로 '범주'라고 표현하는 것은 무슨 의미가 있는가? 그리고 다음과 같은 아리스토텔레스의 발언은 어떻게 이해해야 할까?

"누가 하얀색과 관련해서 여기서 문제가 되는 것이 '하얗다'든가 혹은 '색'이라고 설명한다면, 이는 '그것이 무엇이다'고 말하는 것이며 또한 '어떤 성질을 갖고 있나'를 언급한 것이다."[7] '그것이 무엇이다'라는 것은 일종의 범주간적(範疇間的, interkategoriell) 범주를 제시하는 것이다. 아리스토텔레스에 의하면, "현존재자가 속하는 종의 단위를 존재 또는 단일자라고 할 수는 없다. 왜냐하면 어떤 특정 종에 소속된 사물은 필연적으로 서로 다른 자기 자신만의 존재와 단일자를 가져야 하기 때문이다."[8]

이런 전제는 중세의 교부철학에서는 초월개념으로 확장되었다.

초월개념은 더욱 광범위하게 확장되었지만, 그에 상응하는 구체적 내용이 부족해지지 않는다는 것이 특징이다. 하지만 유추(analogy, 두 개 이상의 사물 사이에 존재하는 유사성이나 비슷함. 예컨대 심장과 펌프. 논리학에서는 귀납법적 증명의 형태로 이해된다. 예컨대 영어를 잘 하는 어느 학생이 독일어를 쉽게 배울 경우, 이로부터 영어를 잘 하는 또 다른 학생 역시 독일어를 쉽게 학습할 것이라고 결론짓는 것—옮긴이) 능력이 없는 일반개념은 이런 특징을 갖고 있지 않다. 일반적이면 일반적일수록, 그 구체적 내용은 그만큼 더 희석될 수밖에 없는 것이다. 유감스럽게도 이런 확장성〔일반성〕과 축약성〔구체성〕의 반비례적 관계는 논리의 실행에서 단지 확장성의 입장만을 강조하도록 오도하였다. 물론 이 것은 단지 논리의 실행을 위해서일 경우 충분할 수 있다. 하지만 진술의 구조적 차원에서 결정적으로 중요한 점은 고려되지 못하는 것이다. 그러므로 반비례적 규칙에 맞지 않는 표현들의 경우, 오직 이들의 증가하는 확장성만을 고려하게 된 것은 당연한 귀결이었다. 이렇게 해서 이루어진 논리학의 성공의 대가는 존재론이 불가능하게 되었다는 점이다. 왜냐하면 존재론은 존재를 초월하면서 이미 존재 안에 전제로 주어진 '그것은 무엇이다'라는 내재성을 도외시하면 성립할 수 없기 때문이다.

그런데 여기서 '존재개념'과 '개별개념'의 긴장관계를 언급하는 것은 도대체 무슨 이유에서인가? 그것은 바로 단지 생각을 가능하게 하는 일종의 구조물로서 기표된 것을 일반개념의 체계로 환원시키지 않도록 하기 위해서이다. 일반개념의 체계란, 10개의 개념을 얽어 만든 피라미드적 위계질서일 뿐이다. 사실 유일무이한 개체를 지시하는 개념이란 있을 수 없다. 하지만 그 반대로 모든 종 개념은 유일무이한 개체들을 전제로 하지 않고는 성립하지 않는다.

필자가 이렇듯 여러 차원에서 제한을 가하는 것은, 아리스토텔레스의 철학을 사고와 지식을 얻는 하나의 열린 방법론으로 서술하고자 하기 때문이다. 즉 새로운 요소가 발견되었을 때에도, 그것이 정리될 수 있는 그런 체계로서 말이다. 그러므로 아리스토텔레스의 체계는 존재하는 사물들에 근거한 경험적 체계이며, 어떤 종에 속하였든지 모든 사물, 즉 존재에 대해 참으로 통용되는 체계라는 것을 보이고자 함이다.

공리

바로 위에서 요소와 관계에 대해서 언급하였는데, 오늘날 별 생각 없이 사용되는 '관계'라는 표현을 아리스토텔레스 철학을 서술하는 데 효율적으로 사용하기 위해서는 그 개념의 범위를 제한할 필요가 있다. 관계라는 개념이 단지 요소들간의 연결과 분리를 나타내는 것이라면 그대로 사용해도 좋을 것이다. 하지만 여기에서 사용되는 '관계'라는 표현을 일종의 범주로 이해하면 곤란하다. 구성요소의 연결과 분리는 논리학에서 말하는 귀속과 비귀속에 해당된다. 귀속과 비귀속이 성립하는 방식은 바로 범주가 규정해 준다. 따라서 여기서 '관계'는 '질'(質, quality)의 경우와 마찬가지로 술어를 주어에 배분할 때 생기는 사항을 적절하게 반영하지 못한다는 사실을 알 수 있다. 질과 관계가 서로 반대되는 것처럼 이해하는 것은 아리스토텔레스 철학의 의도와는 거리가 멀다.

아리스토텔레스 철학에서 무엇보다 중요한 것은 공리이다. 개념들간의 관계는 항상 공리를 통해서 표현된다. 그뿐만 아니라 일반 명칭과 개별 명칭의 관계 역시 공리를 통해서 표현된다. 원칙도 공리를 통해서 표현된다는 사실 역시 자명하다. 개별 학문은

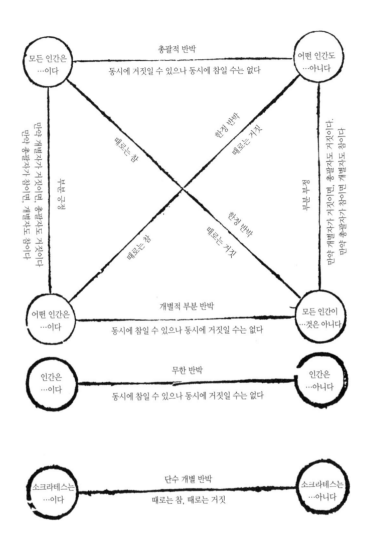

논리 사각형

서로 얽혀진 여러 개의 공리를 통해 표현할 수 있다. 그러므로 서로 상이한 학문들도 공리를 통해서 정돈된 체계 안에서 서로 연결될 수 있다. 원리라는 것도 결국 고도의 일반성을 지니고 있기 때문이다. 그리고 항상 참이며 근원적이라고 받아들여지는 원리들도 있다. 아리스토텔레스는 이런 원리들이 철학의 대상이라고 말했다. 왜냐하면 "철학은 근원적 원칙과 원인에 대한 이론이어야 하기 때문이다. 이것은 철학을 통해, 그리고 철학으로부터 여타의 사물을 인식하는 것이지 그 반대가 아니기 때문이다. 모든 학문 중 봉사적 위치가 아니라 주도적 위치를 차지하는 여왕과도 같은 학문은 바로 모든 개별 학문의 마지막 목적을 인식하는 학문이다."[1]

개별 학문 역시 여러 공리들을 통해 표현될 수 있을 것이다. 하지만 사람들은 이것이 실제로 가능할 것인가 하고 되물을 것이다. (과)학자란 오히려 구체적인 문제들을 다루는 사람들이 아닌가? 이에 대해 아리스토텔레스는 다음과 같이 말한다. "문제와 공리는 형식에 의해 구별된다. 만약에 누군가가 질문하기를 '발로 걸어다니는, 두 다리를 가진 생물체는 인간으로 정의될 수 있는가? 그리고 '생물체는 일종의 인간인가?'라고 물으면, 공리가 생긴다. 그에 반해 '발로 걸어다니는, 두 다리를 가진 생물체는 인간으로 정의될 수 있는가, 없는가?'라고 물으면 이것은 문제가 된다. 이것을 보면 문제와 공리는 그 수가 서로 같다. 모든 공리의 형식을 전환하면 문제가 만들어진다."[2]

아리스토텔레스는 공리에 관한 형식적 이론을 세웠다. "공리란 어떤 것의 어떤 것을 긍정하거나 부정하는 언사이다. 공리는 일반적이거나 부분적이거나 혹은 불특정적이다."[3] 그러고 나서 그는 공리의 종류를 좀더 자세히 규정했다. 소위 논리 사각형이 그것이다.

"언어에는 상반성을 표현할 수 있는 방법이 모두 네 가지가 있다. 즉 '모두에게 귀속함 또는 아무에게도 귀속하지 않음', '모두에게 귀속함 또는 모두에게 귀속하지 않음', '한 개체에만 귀속함 또는 아무에게도 귀속하지 않음', '한 개체에 귀속함 또는 한 개체에 귀속하지 않음' 등. 하지만 실제로는 세 가지가 있다고 보아야 한다. 왜냐하면 맨 마지막 가능성인 '한 개체에 귀속함 또는 한 개체에 귀속하지 않음'은 단지 말로만 반대일 뿐이기 때문이다. 서로 가장 정면으로 대립하는 반대쌍은 첫번째인 것으로 일반적 차원에 속해 있다. 즉 '모두에게 귀속함 또는 아무에게도 귀속하지 않음'이다. 예를 들면, '모든 학문은 도덕적으로 유익하다' 또는 '어떤 학문도 도덕적으로 유익하지 않다'이다. 두 모순은 정면 대치한다. 그 외의 다른 반대쌍은 서로 모순적이다."[4]

이 논리 사각형은 공리의 형식적 특성을 표현하고 있다. "일반적으로 파악된 일반성 사이의 반대쌍에서, 하나가 참이면 다른 하나는 거짓이어야 한다."[5] 특히 아리스토텔레스는 일련의 부정(否定) 문장에 많은 관심을 쏟았다. 그는 다음과 같은 동등한 부정을 열거했다. "가능함 – 불가능하지 않음 – 필수 불가결하지 않

않음" 또는 "가능하지 않지 않음 – 불가능하지 않음 – 필수적임"[6) 등등.

    사람들은 종종 아리스토텔레스의 논리학이 사실은 광범위한 증명론이라는 점을 지적했다. 따라서 개념과 판단에 대한 아리스토텔레스의 서술 역시 실제로는 삼단논법의 하위 구성요소인 공리와 공리의 하위 구성요소인 용어를 다루는 것으로 이해하였다. 그리하여 아리스토텔레스의 추리 논법은 개념과 판단에 대한 이론보다도 형식 논리를 실행하는 데 훨씬 도움이 된다. 개념과 판단에 대한 서술은 논리의 구조를 지시하기는 하나 이것만으로는 실행할 수 없다. 그에 반해 삼단논법은 변수를 이용해서 실제로 상당한 논리 유출을 가능케 한다.

삼단논법

　삼단논법의 발견은 아리스토텔레스의 선구적 업적 중의 하나이다. 삼단논법은 수백 년간 논리학 발전의 토대가 되어왔다. 현대에 와서는 루카지위츠와 파치히가 아리스토텔레스의 논리학을 자세히 연구하였다. 여기에서는 가장 중요한 점만을 약술하기로 한다. 아리스토텔레스는 문제를 다룰 때 보통 원리만을 제시하고 끝내버리는 통상적 태도와는 달리, 논리문제에 관해서는 아주 세세한 항목에 이르기까지 직접 다루어나갔다. 그는 실례를 동원해 가면서까지 단언적 추론체계와 상황적 추론체계를 끈기 있게 완성해 나갔다. 그는 예문에서 변수 대신 구체적인 이름을 써가며 세부 사항에 이르기까지 설명하고 있다. 그의 논리적 논의가 문장의 구조에 대한 생각과도 연계되어 있다는 점은, 역(逆)의 법칙을 설명하는 다음의 표현에서도 드러난다.

　"만약 A가 어떠한 B에게도 귀속되지 않을 때, B 역시 어떠한 A에도 귀속되지 않는다. 그러나 예컨대 B가 C에게 귀속될 경우, A가 어떠한 B에게도 귀속되지 않는다는 것은 참일 수 없다. 이 경우 C는 B 중의 하나이다."[1]―"그러나 A가 모든 B에게 귀속되면, B 역시 적어도 어떤 하나의 A에게는 귀속된다. 만약 B가 어떠한 A에게도 귀속되지 않는다면, A 역시 어떠한 B에게도 귀속되지 않을 것이다. 그러나 A가 모든 B에게 귀속된다는 것이 전제되었다.——A가 어떤 B에게 귀속되면, B 역시 어떤 A에게 귀속된다. 그러나 만약 어떠한 B도 A에게 귀속되지 않는다면, A 역시 어떠한 B에게도 귀속되지 않을 것이다."[2]

여기에서 나오는 C가 단지 허구적인 것이 아니라면, 즉 A, B, C가 각각 둘씩 짝지어서 문장에 등장하는 세 개의 독립된 명사(名辭, 하나의 개념을 언어로 나타낸 것을 뜻함. 논리학에서 말하는 명사는 문법에서 사물의 이름을 가리키는 품사로서의 명사[名詞]와 다름에 주의할 것−옮긴이)라면, 이는 곧 삼단논법이 된다. 즉 "만약 모든 B에 대해서 A의 진술이 가능하고 모든 C에 대해서 B의 진술이 가능하면, 모든 C에 대해서 A의 진술이 가능해야 한다."[3]

"만약 세 개의 명사가 서로 다음과 같은 관계를 맺을 경우, 즉 마지막 명사가 전체로서의 중간명사에 포함되어 있고, 중간명사가 전체로서의 첫번째 명사에 포함되어 있거나 포함되지 않을 때, 첫번째와 마지막 명사로부터 완벽한 결론이 도출된다."[4]

우리는 첫번째와 마지막 명사를 각각 A와 B로, 그리고 중간명사를 M으로 표시할 수 있다. 그러면 M의 매개에 따라 A에서 B로, 혹은 결론절 A에 대해 B가 취할 수 있는 다양한 방향이 생겨난다. 아리스토텔레스는 세 가지 경우를 들고 있다.

$$A — M — B$$
$$A — B — M$$
$$M — A — B$$

이 도표에서 오른쪽에 있는 것은 항상 왼쪽에게 귀속된다. 첫번째 공식은 가장 직접적인 사고 운동을 나타내는, 가장 매끄러운 증명 형식이다. 두번째와 세번째 공식에서는 매개개념이 술어 또는 주어로 나타나고 있다. 이것은 두번째와 세번째 공식의 처음과 마지막 부분에 있는 명사 A와 B가 마지막 문장에서 가능한 기능을 앞 문장에서는 행하지 않는다는 것을 함축하고 있다. 그리하여 두번째 공식의 B는 조건문에서는 주어이며, 결론문에서는 술어가 된다. 이 세 공식은 삼단논법의 도식을 산출한다.

삼단논법의 도식은 그 자체로서 이미 형식적인 성찰을 가능케 한다. 하지만 삼단논법을 정확하게 적용했다고 해서 반드시 완전한 증명이 되는 것은 아니다. 왜냐하면 삼단논법의 구조는 다양한 것을 축약하고 있기 때문이다. 이 구조는 명사들의 관계에 기초하고 있다. 여기서 이들 명사들의 관계는 범주적 의미에서 우연적이라고 생각할 수 있다. 그러나 또다른 면에서 삼단논법의 구조는 각각의 문장에서 규정된 세 명사들의 관계에 의해 결정되고 있다. 이런 이유에서 첫번째 논식(論式)이 완전하다고 주장하는 것은 정확하지 않다. 아리스토텔레스에게는 도식이 완전한 것이 아니라, 모델 내지는 추론방법이 완전한 것이다. 한 도식 내에 귀속이나 비귀속, 혹은 일반성이나 비일반성 등이 주어지면 논식이 생긴다. 스콜라 학파의 간편한 표기방법을 따르면 a는 일반적이며 긍정적, e는 일반적이며 부정적, i는 부분적이며 긍정적, o는 부분적이며 부정적을 뜻한다. 결론부의 개념을 A와 B 대신 S와 P를 사용하면, 결론논식을 얻는다. 첫번째 도식의 모든 논식이 다 논리적으로 정당한 것은 아니다. 논리적으로 정당한 것은 아리스토텔레스에게서는 완벽한 것이다. 다른 두 도식의 논식은 그렇지 않다.

몇 가지 예를 통해 위에 설명한 점을 해설한다.

바바라 만약 생명체임이 모든 인간에게 귀속된다면,

그리고 인간임이 모든 그리스인에게 귀속된다면,

그렇다면 생명체임은 모든 그리스인에게 귀속된다.[5]

켈라렌트 만약 돌임이 어떤 인간에게도 귀속되지 않는다면,

그리고 인간임이 모든 그리스인에게 귀속된다면,

그렇다면 돌임은 어떠한 그리스인에게도 귀속되지 않는다.[6]

다리이 만약 그리스인임이 모든 아테네인에게 귀속된다면,

그리고 아테네인임이 한 논리학자에게 귀속된다면,

그렇다면 그리스인임은 한 논리학자에게 귀속된다.[7]

페리오 만약 이집트인임이 어떠한 그리스인에게도 귀속되지 않는다면,

그리고 그리스인임이 한 논리학자에게 귀속된다면,

그렇다면 이집트인임은 한 논리학자에게 귀속되지 않는다.[8]

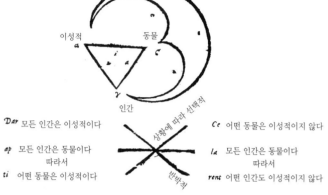

파키우스가 그린 삼단논법 설명

첫번째 도식에는 a, e, i, o가 적용되는 네 개의 논식이 있다. 다른 도식은 그다지 쓸모가 없다. 어떤 a형식의 문장은 오직 바바라 삼단논법으로 증명이 가능하다. 두번째와 세번째 도식의 논식은 두번째의 경우 부정적 문장만 산출한다. e와 o이며 부분적으로 세번째일 경우 i와 o가 산출된다. 모든 논식에 대해서는 적어도 형식적으로 볼 때는 첫 도식의 네 개의 논식을 직간접으로 증명 가능하다. 전체적으로 보아서 a결론을 가진 하나의 논식과 e결론을 가진 세 개의 논식과 i결론을 가진 4개의 논식이 있다(만약 a결론의 역을 제외할 경우). 그리고 o결론을 가진 6개의 논식이 있다(만약 e-o의 부속적 대안을 사용하지 않을 경우에는).

물론 이 책에서 삼단논법의 모든 구조를 자세히 서술할 수는 없다. 제기된 질문은 종종 네번째 도식과 상관되는데, 위의 표기법을 사용하면 다음과 같이 좀 긴 공식이 생길 것이다. 즉 M−A−

B−M이다. 소위 갈레니시의 논식이 논리적이라는 사실은 의심의 여지가 없다. 이에 반해 이해가 되지 않는 것은, 이것이 특별히 쓸 데가 있는가 하는 것이다. 네번째 도식의 논식을 이용해서 증명할 수 있는 것은 항상 첫 세번째의 어떤 논식을 사용해서든지 증명할 수 있다. 이는 서술논리적 묘사를 통해서도 확실히 드러난다. 네번째 도식을 무시하는 반대 이유는 두번째와 세번째 논식을 반박하기 위한 논증으로 사용될 수도 있다. 두번째와 세번째 논식이 아주 독특한 상황에 상응할 때는 물론 예외이다. 이런 상황이란 세 개념 중 어느 하나가 주어나 술어로서의 사용 가능성이 제한되어 있을 경우이다. 이런 상황은 아리스토텔레스에게서 자주 발견된다. 최상의 종(種)은 오직 P로만 사용할 수 있으며, 개별적 이름은 오직 S로서만 사용될 수 있다. 삼단논법은 대부분 주어와 술어로서 등장할 수 있는 일반 개념을 포함하고 있다고 아리스토텔레스는 말한다. 대부분의 삼단논법론자들은 삼단논법의 모든 개념은 주어와 술어로서 등장해야만 한다고 강력하게 주장한다. 그러나 이와 같은 성급한 귀납법은 아리스토텔레스의 논리론을 오해할 소지가 있다. 아리스토텔레스가 우선적으로 질문하는 것은, 무엇이 어떻게 증명될 수 있느냐 하는 것이다.

"만약 두 개에게 공통적인 것을 가정해야 하고, 이것이 세 가지 방법으로 일어날 수 있다면──즉 ①C에 대해 A를, 그리고 B에 대해 C를 진술한다면, ②다른 두 개에 대해 C를 진술한다면, ③C에 대해 A와 B를 진술한다면(이것은 이미 언급된 바 있는 세 개의 도식이다), 모든 삼단논법은 이 논식 중의 하나에 의해 성립되어야 한다는 것은 명백하다."[9]

아리스토텔레스는 그 다음에야 비로소 논의된 도식의 형태로 등장하지 않는 주어진 문장 짝에서 어느 결론이 반드시 도출될 수 있는가를 묻는다. 비록 그는 이 질문에 긍정으로 답하지만, 자신의 삼단논법 체계를 변화시키지는 않는다. 따라서 아리스토텔레스의 삼단논법에서는 경험적으로 주어진 문장보다는 삼단논법을 설명하기 위해 별도로 작성한 인위적인 문장이 쓰였다는 추론을 할 수 있다.

언어

삼단논법이 하나의 언사라면, 삼단논법의 전제조건은 공리이며, 명사는 이름이요 단어라고 볼 수 있다. 17세기에 반(反)아리스토텔레스론자들은 아리스토텔레스 철학체계의 결정적인 단점이 진부한 말장난이라고 믿었다. 몰리에르의 넌센스는 어떤 논문보다도 이 점을 잘 말해 주고 있다. 그러나 오늘날에 여전히 이오네스코(Ionesco, 1912~94년. 프랑스 작가로 초현실주의에 영향을 받았다. 새뮤얼 베케트와 함께 부조리극의 대표자−옮긴이)가 그런 철학자들을 무대에 올려놓는다면, 이는 소요학파의 강한 생명력 때문이라기보다는 이런 특성을 철학보다 더 많이 지니고 있는 궤변의 질긴 생명력 때문이다. 적어도 철학이란 침묵과 궤변의 중간이라는 주장이 궤변에 불과한 것이 아니라면야.

근자에 이르러 언어에 대한 아리스토텔레스의 관계는 일종의 선험적 의존성이라는 설명이 나오고 있다. 즉 아리스토텔레스는 자신의 철학을 참된 경험의 바탕 위에 세운 것이 아니라, 언어에 의해 여과된 경험을 아무런 의심 없이 참된 경험으로 받아들였다는 것이다. 이런 주장의 의도는, 아리스토텔레스 존재론의 기초를 흔들어서 그 유효성을 단지 그리스어나, 혹은 기껏해야 인도−게

르만 언어 범위로만 한정시키려는 것이다. 사람들은 현대 언어학이 언사에 기반한 아리스토텔레스의 문법을 포기하고 새로운 기초를 찾고 있다는 말을 들으면, 뭔가 아리스토텔레스를 반박할 수 있는 근거를 찾을 수 있지나 않을까 해서 매우 큰 관심을 갖는다. 물론 아리스토텔레스 철학을 의심하는 사람들이 성급한 마음으로, 아리스토텔레스 철학이란 기껏해야 언어철학에 불과할 뿐만 아니라 이 언어철학마저도 옳지 않다고 신속히 결론을 내리고, 아리스토텔레스 문헌의 연구는 오직 역사가들의 몫이라고 치부해도 이를 막을 사람은 아무도 없다.

하지만 아리스토텔레스의 문헌을 잘 연구하면, 그의 언어에 대한 관계가 철학함에 있어 포기하기 어려운 세 가지 특성을 갖고 있음을 발견할 수 있다. 즉 아리스토텔레스는 언어에 대해 의식적이며, 비판적이며, 작업적, 즉 실제적 관계를 갖고 있었다는 뜻이다.

동물학자로서의 아리스토텔레스는 상아탑 안에서만 철학을 한 것이 아니다. 그가 묘사한 생물체의 숫자는 500종이 넘는다. 특수한 생물체, 즉 인간의 특징은 언어능력에 있다. 수사학자로서의 아리스토텔레스는 말을 잘하는 사람과 말을 못하는 사람이 있음을 알았다. 역사학자인 아리스토텔레스는 역사서에 나오는 만족스럽지 못한 표현을 문헌학적으로만 이해한 것이 아니라 그 의도까지 파악하고자 한다. 심리학자 아리스토텔레스는 의미론의 원칙을 서술한다. "음성이 모이면 음소가 형성되는 바, 이는 영혼 안에 생성된 상념의 표식이다. 그리고 문자는 이런 음소의 표식이다."[1]

이런 상념이 사물의 표식이라거나 표식이 되어야 한다는 생각은 아리스토텔레스로 하여금 다음과 같은 분류를 하도록 하였다. "동음이의어란 이름만 같을 뿐, 이름에 속하는 내용이 상이한 것을 말한다. ……동의어란 이름이 같을 뿐만 아니라 이름에 속하는 내용이 동일한 것을 말한다."[2] 철학자 아리스토텔레스는 언어 관습을 관찰한다. "좋다는 개념은 여러 관계에서 쓰인다. 여러 관계라는 것은 우리가 현존재의 개념을 사용할 때와 마찬가지이다."[3] 아리스토텔레스가 이용하는 유추론(類推論)은 그의 날카로운 언어의식에 의존한다.

"동일한 단어에 의해 생성되는 모든 의미는 여기서 고려의 대상에서 제외된다. 어떤 의미들은 단지 유사어에 불과하다. 예컨대 기하학에서 쓰는 '가능성'이나 '잠재성'은 비슷한 의미를 가진 단어이다. 혹은 어떤 것이 존재하거나 존재할 수 없다는 의미에서 가능성과 비가능성이란 말을 사용한다. 그러나 두 단어가 같은 개념과 관련을 맺는다는 점에서 그들 모두 같은 원칙을 표현한다. 그러므로 그들은 동일한 원칙에 의해 설명된다."[4]

그뿐만 아니라 아리스토텔레스의 언어관에는 의미론을 형성할 수 있을 만한 놀라운 시도가 적지 않다. 예컨대 그는 언사로부터 사고로의 질적인 상승은 언어형태와 요소의 규정된 양과 사고의 무한한 양의 관계로부터 증명할 수 있다고 생각하였다. 또 그가 언어의 한계성을 경험했다는 사실은 여러 곳에서 찾아볼 수 있다.

"시각의 대상은 볼 수 있는 것이라고 정의할 수 있다. 볼 수 있는 것은 우선 색깔이며, 개념으로는 규정할 수 있지만 언어로는 적절히 표시할 수 없는 그 무엇도 시각의 대상이 된다. 내가 무엇을 염두에 두고 말하고 있는지는 연구가 진행되는 과정에서 드러날 것이다. 그러니까 색깔은 볼 수 있는 것이다. ······하지만 색깔은 빛이 있어야만 보인다. 그러므로 우리는 우선 빛이 무엇인지를 말해야 한다. 빛이란 투명한 무엇이다. 나는 '투명하다'는 말을, 비록 보이기는 하지만 그 자체로서 보이는 것이 아니라 타자, 즉 색깔로 인해 보이는 어떤 것을 지칭할 때 쓴다. ······빛이 투명하게 빛날 때 빛은 투명한 것들의 현실태이다. 하지만 빛이 잠재적으로 존재하고 있을 때는 어두움이 지배한다. ······어두움이란, 투명한 것으로부터 만들어져 나온 상태가 박탈된 것이다."

이런 설명을 제시한 다음에야 아리스토텔레스는 처음에 말로 적절히 표시할 수 없던 그 무엇을 표현해낸다. "그러므로 투명한 것 속에 존재하지만 알 수 없던 그것이 바로 빛이라는 것이 확실하다."[5]

아리스토텔레스 문헌의 이런 부분을 단지 말장난이라고 치부하는 것은 재치 있는 발언일지는 몰라도 문제를 제대로 이해했는지는 의문이다.

소피스테스들의 오류를 반박하려 했던 아리스토텔레스는 항상 언어를 적확하고 비판적으로 사용하고자 조심했다. 증명과정과 결론이 잘못되었음에도 불구하고 외형적으로 논리가 그럴듯해 보이는 까닭은 여러 가지가 있다.

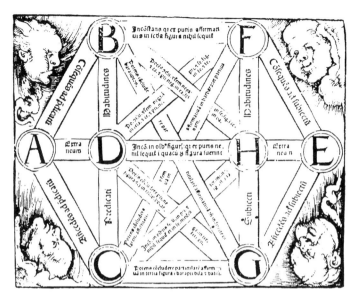

연상도표. 이런 도표들은 매개 개념이나 증명 가능성을 찾는 데
도움을 주기 위해 만들어졌다. 이런 '내용적' 논리학은 개념의 복잡성과 변모성 때문에
실패할 수밖에 없었으나 여전히 응용 논리학의 이상으로 남아 있다

"그 중에서 가장 당연하게 여겨지고 널리 퍼진 원인은 단어를
잘못 사용하기 때문이다. 즉 토론은 사물 자체를 가지고 할 수 없
기 때문에 사물 대신 그들을 표시하는 말을 가지고 한다. 그러므
로 우리는 마치 계산을 할 때 주판알과 실제 물건의 숫자를 동일
시하는 것과 같이, 말로 봐서 유효한 것이 사물에도 마찬가지로
통용될 것이라고 믿는다. 하지만 이것은 그렇지 않다."[6]

"언어 의존적이며 상념을 오도하는 기만적 논리의 종류는 모두
여섯 개이다. 동음이의어 · 이중어의어 · 결합 · 분리 · 운율 및 언

사 형태 등이 그것이다."[7] 그러고 나서 아리스토텔레스는 각각 이에 대한 예를 들었다. 여기에서 중요한 것은 이런 예들보다도, 아리스토텔레스가 언사 외부에 있는 원인에 의해 오도되는 거짓된 결론의 일곱 종류, 예컨대 순환논증 혹은 '여러 개의 질문에서 하나의 질문을 만듦'으로써 발생하는 경우 등을 말하고 있다는 점이다.

아리스토텔레스는 소피스테스들을 비판하는 것만으로 소임을 다했다고 생각하지 않았다. 그의 비판은 건설적인 비판이었다. 그는 이런 비판점을 자신의 방법론에 반영하였다.

"예컨대 사람들이, '추측'은 '의견'이라는 종 개념에 속하지 않는다고 말하든, '의견'은 '추측'이 아니라고 말하든 이 두 발언 사이에 서로 차이가 없다면—사실 두 발언의 의미는 같다—, 이미 위에 언급된 언사에 '추측'과 '의견'이라는 개념을 쓸 수 있다."[8]

"욕망이 '무엇인가 선한 것'이라는 말과 욕망이 '선'이어야만 한다는 말은 동일한 것이 아니므로, 이 두 개념을 동일한 것으로 상정해서는 안 된다. 그러므로 욕망이 '선'이라고 결론을 내릴 때는, '선'을 개념으로 도입해야 하며, 욕망이 '무엇인가 선한 것'이라고 결론을 내린다면, '무엇인가 선한 것'을 개념으로 다루어야 한다. 그 외의 경우에도 마찬가지이다.[9]

하지만 아리스토텔레스의 언어 이해에서 '작업적'이라는 말이 시대착오적이지 않느냐는 의문을 제기할 수 있다. 이런 질문은 우

아리스토텔레스와 필리스, 한스 발둥 그린의 목판화, 1515년
중세에 떠돌던 아리스토텔레스에 대한 전설에 따르면 알렉산드로스 대왕의 애첩인
필리스는 자신의 성적 매력을 이용하여 자신에게 대적한
아리스토텔레스를 고통스럽게 만들었다고 한다

선 아리스토텔레스에게 인식과 사유는 무엇보다 행위를 의미하였다는 사실과 따라서 이런 행위를 할 수 있는 길과 수단이 있다는 사실을 재삼 기억할 수 있는 기회를 준다.

오늘날의 아리스토텔레스 연구가 대부분 용어 문제와 씨름하고 있다는 사실은 특기할 만하다. 여기서는 지면상 상세히 다룰 수는 없으나 원전을 인용하여 중요한 점만을 설명한다. 아리스토텔레스는 끊임없이 이미 세상에 주어진 사물의 이름을 연구하였다. 예를 들면, "만약 말을 통해서 버새(수말과 암나귀의 잡종)를 낳는 것 같은 비자연적인 일이 일어나지 않는 한, 인간은 인간을 낳는다. 하지만 버새의 교배에서도 적어도 동종이 동종을 낳는 것과 같은 유사성은 찾아볼 수 있다. 단지 말과 버새를 공통적으로 포괄하는 상위의 종을 표식하는 언어적 표현이 없을 뿐이다. 하지만 말과 버새는 원래 버새라는 단어가 표현하고자 하는 범위에 포함되어 있다고 봐야 한다."[10]

아리스토텔레스는 개념 설명을 위해 어원을 찾아 거슬러올라가기도 한다. "오성적 덕성의 출발과 성장은 대부분 가르침에 기초한다. 그러므로 이를 위해서는 경험과 시간이 소요된다. 이에 반해 도덕적 덕성은 습관으로부터 자라난다. 도덕적 덕성을 표현하는 에토스(Ethos)라는 말이 관습을 표현하는 에에토스(Eethos)라는 단어와 조금밖에 다르지 않은 것은 이 때문이다."[11]

아리스토텔레스의 교술서에는 "이제 우리는 다음과 같이 명명하고자 한다"는 특징적인 표현이 나타난다. 특기할 만한 점은, 아리스토텔레스가 어떤 사항을 논술할 때 처음에는 꽤 오랫동안 부정확한, 말하자면 임시 변통적인 단어를 즐겨 사용하다가 점차 정확한 정의에 도달한다는 것이다. 하지만 이런 유용한 방법이 유감스럽게도 일단의 주석자들, 즉 다름 아닌 강단 철학자들에게는 풀기 어려운 문제를 초래하게 되었다. 이것은 강단 철학이 종종 이상하게도 아리스토텔레스가 최상의 기술이라고 불렀던 창안력을 포기하기 때문이다. 하지만 점진적으로 완성된 아리스토텔레스의 전문용어들을 고찰하면, 아리스토텔레스의 창안력의 대담성에 경탄하지 않을 수 없다. 이런 대담성은 독일 철학의 헤겔 후기학파조차 추월하지 못했다. 그리스어를 이해하는 독자는 이런 점에 동감할 수 있을 것이다. 이미 인용한 범주 목록은 이에 대한 작은 예가 될 것이다. 아리스토텔레스의 이론서들이 대상으로 하는 독자는 그의 대화편 저서들이 염두에 둔 독자들과 다르지 않다. 이론서들은 대화편보다 훨씬 후에 저술되었지만, 아리스토텔레스가 이론서를 아름다우나 덜 비판적이며, 작업상 효율이 떨어지는 다른 언어로 작성했으리라고는 생각할 수 없다.

　아리스토텔레스가 문장론적 범주를 설정하였으며, 특히 한 문장 내의 명사와 동사의 차이에 관한 설명이 매우 탁월해서 2천 년이 지난 오늘날까지도 문법학자들이 이 틀에서 벗어나지 못하고 있다는 것은 하나의 상식에 속한다. 하지만 이 점에 대한 논의는 어떤 치명적 오해로 인해 더 이상 발전하지 못하고 있다. 오늘날 아리스토텔레스의 이론은 '논리적 문법'이라 불리고 있는데, 이 논리적 문법의 발전 여부는 '문법이 논리적이냐 아니냐' 혹은 심지어 '언어가 논리적이냐 아니냐' 하는 것과는 무관하다. 사유 역시 모든 사람에게 항상 논리적인 것은 아니라고 아리스토텔레스는 말한다. 그럼에도 불구하고 논리는 존재한다. 생물체의 존재 단계가 높을수록 오류의 위험도 증가한다. 또 사유의 영역이 높을수록 사유의 행위는 더욱 민감한 사안이 된다. 파스칼은 아리스토텔레스의 사고가 '정교한 정신'이며, 파악하려는 원칙이 다수라는 점을 지적함으로써 아리스토텔레스의 의도를 정확히 파악하였다.

아리스토텔레스의 오류

만약 어느 철학자가 당대 이전의 철학자들에 대해 어떤 문제에 관해서 생각해 놓은 것이 너무 적다고 비난한다면, 이는 반드시 역사적 고찰에서 나온 것이라기보다는 그 문제가 자기에게 주는 고민이 크다는 것을 암시하는 확실한 신호이다. 아리스토텔레스는 옛 철학자들이 '오류'에 대해 생각해 놓은 것이 너무 적다고 비난하였다.

사람들은 아리스토텔레스가 많은 오류를 범했다고 비난해 왔다. 물론 어떤 비난들은 정당하지 않다. 독일의 문호 괴테는 아리스토텔레스가 참을성이 없어서 오류를 범했다고 믿었다.

"아리스토텔레스가 다룬 문제들을 보면, 사물을 알아차리는 그의 재능에 경탄하게 된다. 그리고 그리스인들이 얼마나 많은 것을 보는 눈이 있었는지를. 그들의 실수는 단지 성급함이다. 그들은 현상을 보고 곧바로 설명하려 했기에 이론적으로 충분히 익지 않은 발언들이 나왔다. ……아리스토텔레스는 어떤 혁신적 이론가보다도 자연을 더 잘 보았으나, 그의 의견은 너무 성급했다."[1]

아리스토텔레스가 이론적으로 오류를 어떻게 극복하는가는 이미 언급한 바 있다. 하지만 아리스토텔레스가 실제로 이를 어떻게 다루었는지를 보는 것은 의미 있으며, 웃음을 자아내는 이상한 의견도 한번쯤 읽어보는 것이 유익하다.

물론 아리스토텔레스는 다음의 이상한 인용문들을 상쇄하는 훨씬 더 많은 날카롭고 현명하고 균형 잡힌 관찰을 했으며, 세심한 결론을 도출하였다. 아리스토텔레스의 이런 풍부한 사유는 고대와 중세뿐만 아니라, 다윈 같은 현대 학자에게도 깊은 감명을 주었다. 그래서 다윈은 리네(Carl von Linné, 1707~78년. 스웨덴 자연연구가·동식물의 분류를 위한 명명법을 발전시켰다—옮긴이)와 쿠비에(Cuvier, 1769~1832년. 프랑스 비교원자물리학자, 고생물학자—옮긴이) 같은 학자들 역시 위대하기는 하지만 아리스토텔레스에 비하면 초등학생에 불과하다고 말했던 것이다. 하지만 또다른 면에서 볼 때 아리스토텔레스의 결정적 오류 역시 독자를 풍부하게 해준다. 운동과 정지에 관한 아리스토텔레스의 견해가 그것이다.

"모든 동물의 암컷은 수컷보다 용감성이 떨어진다. 곰과 표범의 경우는 예외적으로 암컷이 수컷보다 더 용감하다. 그 외의 모든 종에서는 암컷이 더 연약하고, 교활하며, 감정적이며, 절제력이 떨어지며, 새끼를 기르게 되어 있다. 이와 반대로 수컷은 더 용감하고, 야생적이며, 정직하며 뒤로 빼려 하지 않는다. 이런 태도의 차이는 성찰적 내면 생활을 하는 생물, 특히 인간에게서 더욱 명료하게 드러난다. 왜냐하면 인간의 성품은 이런 측면에서 가장 발달되어 있으므로, 위에서 언급한 특성들이 가장 명확하게 나타나기 때문이다.

그러므로 여성은 남성보다 동정적(同情的)이며, 눈물을 잘 흘린다. 하지만 시기심이 더 많고, 남 이야기 하기를 좋아하며, 모함을 잘 하고, 분란을 더 잘 일으킨다. 여자들은 남자들보다 더 쉽게 용기와 희망을 잃고 수치심도 적으며 덜 정직하다. 또 자기 위장술에 능하며, 앙심을 오래 품고, 잠도 적게 자며, 시원스럽게 결정할 줄 모르며, 남자들보다 몸놀림이 잽싸다. 그러면서도 더 많이 먹지는 않는다. 남 도와주기를 잘 하며 용감한 것은 이미 언급한 바와 같이 수컷이다. 심지어 오징어를 낚시할 때 암컷이 삼지창에 찔리면 수컷이 도와주려고 달려온다. 그러나 그 반대로 수컷이 찔리면 암컷은 도망간다.[2]

사자가 자기에게 화살을 쏜 사람을 기억하고 그를 공격한다는 것은 맞는 말이다. 그러나 누군가가 사자를 쏘지 않고 단지 약만 올렸다면, 사자가 그에게 덤벼들어 공격을 하더라도 상하게 하거나 발톱으로 긁지는 않고 단지 흔들어 겁만 주고는 놓아 준다."[3]

"자연적으로 주어진 몸의 지체가 자연적 위치와 방향이 같은 것은 오직 인간의 경우에만 그러하다. 즉 인간의 상부는 우주의 상부를 가리킨다. 왜냐하면 모든 생물체 중에서 오직 인간만이 두 발로 서서 걸어다니기 때문이다. …… 그리고 분비물이 뇌를 자극하지 않는 것처럼 뇌 역시 감각적 인지활동에 아무런 영향

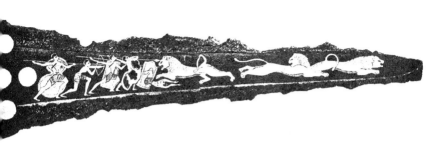

사자 사냥, 미케네에서 출토된 칼자루, 아테네 국립박물관

도 미치지 않는다. 그러나 모든 감각적 인지의 출발점이 가슴부위라는 사실은 이미 앞의 논문에서 논의되었다. 그리고 촉각과 미각 등 두 개의 감각은 확실히 가슴 부위와 연결되었다는 것과 그 외의 나머지 세 감각 중 후각은 신체 중간에, 청각과 시각은 감각 기관의 특성에 따라 특별히 머리에 연결되어 있다는 것을 말하였다."[4)

"자연은 꼬리가 있는 생물들에게도 털을 주었다. 자연은 몸 전체의 성격을 고려하여 만약 말처럼 꼬리가 짧으면 긴 털을 주었고, 꼬리가 길면 짧은 털을 주었다. 자연이란 언제나 다른 하나를 풍성하게 해주면, 다른 하나는 부족하게 해주는 법이다. 그래서 곰처럼 몸에 털이 가득하면, 꼬리에는 털이 부족하게 되어 있다."[5)

"모든 불유쾌한 것과 유쾌한 것은 우리가 느낌에서 경험할 수 있는 것처럼 대체로 열기의 박탈이나 공급과 관련되어 있다. 신뢰와 공포와 사랑의 감정, 혹은 괴롭거나 기분 좋은 것과 같은 여타의 육체적 흥분은 신체의 국부 혹은 전체 몸의 열기나 냉기와 관계된다. 이와 같은 작용은, 말하자면 그런 감정의 반영으로 나타나는 추억이나 희망의 경우에도 똑같이 작용한다."[6]

"일단의 사람들은, 공기가 움직여서 흐르게 되면 바람을 일으키고, 공기가 뭉치면 다시 구름과 물을 형성한다고 주장한다. 마치 물과 바람의 본질이 같은 것이라도 되는 양 말이다. 또 자기가 말을 똑똑하게 잘한다고 믿는 사람들은 바람이란 공기의 운동이므로 모든 바람은 결국 하나라고 주장한다. 왜냐하면 움직인 공기란 근본적으로 하나이기 때문이라는 것이다. 모든 바람이 차이가 나는 것처럼 보여도 사실 바람이 불어오는 장소의 차이 때문은 아니라는 것이다. 하지만 이런 주장은, 모든 강이 단 하나의 강이라고 주장하는 것과 다를 바 없다. 그러므로 이 문제에서는 깊은 생각을 하고도 터무니없는 결론을 내린 사람들보다도 민중들이 깊은 생각 없이도 사물을 더 올바르게 본 것이다."[7]

"하지만 우리는 땅 위에 바람이 있고 땅 속에 지진이 있는 것과 마찬가지로 구름 속에 천둥이 있다고 믿는다. 이 모든 현상은 사실 물의 증발이라는 동일한 과정에 의해 일어난다. 물이 특정한 방법으로 증발하면 바람이 되고, 또다른 방법으로 증발하면 지진을 초래한다. 그러나 변환과정에서 농축된 물은 구름 속에서 천둥과 번개를 일으킨다."[8]

"물론 만물이 만물로부터 생성된다는 것은 누구나 알 수 있다. 그리고 구체적으로 이 과정이 어떻게 이루어지는지를 깨닫는 것도 어렵지 않다. 만물은 당연히 만물로부터 만들어지지만 단지 빠르고 늦음과 어려움과 쉬움이 다를 뿐이다. 예컨대 서로 맞대어 있는 것은 빠르게 변모할 것이며, 그렇지 않은 것은 늦게 변모할 것이다. 왜냐하면 두 개의 특성보다는 한 개의 특성을 변모시키는 것이 더 쉽기 때문이다. 그러므로 만약 한 개의 특성만 변하게 할 수 있다면, 불에서 공기를 만들 수 있을 것이다. 불은 열이 있고 건조하며, 공기는 열이 있고 습하다. 그러므로 공기가 생기기 위해서는 단지 불의 건기를 습기로 누르기만 하면 되는 것이다. 마찬가지로 냉기에 의해 열기를 정복할 수 있다면 공기에서 물이 생길 수 있다. 즉 공기는 따뜻하며 습하다. 물은 차며 습하다. 그러므로 열기가 냉기로 변하는 대로 곧 물이 생길 것이다. 이와 같은 방법으로 물에서 흙이 생기고 흙에서 불이 나온다. 왜냐하면 두 요소간에는 각각 두 개의 공통점이 있기 때문이다."[9]

"다른 사람들이 가르치고 우리도 동의하듯이 별은 공 모양을 하고 있으며, ……또한 모든 공 형태의 사물이 굴러감과 자기 회전이라는 두 종류의 운동을 하므로, 별들 역시 자체운동을 한다면 굴러감과 자전 중 하나의 운동을 하고 있음에 틀림없다. 하지만 이들 중 어느 운동도 관찰되지 않는다. 만약 별들이 자전운동만 한다면 별들은 한자리에만 머물러 있을 뿐 자리를 바꾸지 않을 것이다. ……그러나 별들이 굴러가는 운동을 하지 않는다는 것 역시

아리스토텔레스는 도마뱀이 불 속을 지나가도 다치지 않는다는 속설을
그대로 받아들였다. 이로써 그는 불이 생명에 대해 적대적 요소가 아니라는
자신의 주장이 증명된 것으로 생각하였다

확실하다. 왜냐하면 굴러간다면 회전운동도 동시에 해야 하기 때문이다. 하지만 달의 경우는 늘상 한 면만을 볼 수 있지 않은가. 그러므로 별들이 자전운동을 할 경우, 당연히 위에서 언급한 두 종류의 운동을 해야만 할 것인데 실상은 이런 운동이 관찰되지 않으므로, 별들에게 자체운동이란 없다고 결론내리게 된다. 또다른 관점에서 볼 때, 자연이 별들에게 진행운동에 필요한 도구를 하나도 주지 않았다면 이는 참으로 이해하기 곤란했을 것이다. 왜냐하면 자연이란 아무 생각 없이 하는 법이 없기 때문이다. 자연은 별과 같이 중요한 존재를 무시하면서 다른 (생)물체에게 필요한 것을 주는 일 따위는 하지 않는다. 오히려 자연은 별들이 스스로 진행할 수 있기 위해 필요한 모든 것을 유보했으나 운동이 가능하도

록 만물로부터 멀리 떨어진 곳에 떼어다 놓은 것 같다."[10]

"다른 일단의 생물들은 같은 생물에 의해 탄생하지 않으며 그 대신 원생성(原生成)을 통해 태어난다. 즉 나뭇잎에 떨어지는 이슬로부터 태어난다. 이는 대체로 봄에 이루어지나 겨울에도 습한 남풍이 고요하게 불 때는 썩어가는 진흙이나 똥에서 혹은 나무 그루터기, 식물이나 다른 동물의 털, 살 속 또는 배설물에서도 태어난다."[11]

"만약 여성이 정자의 생성과 수태에 기여하려면, 여성과 남성이 같이 절정에 도달해야 한다. 그러므로 남자가 더 빨리 절정에 도달하고 여자는 그렇지 못할 경우——대개는 여자가 더 느리다——, 여기서 문제가 생긴다. 그러므로 서로 아이를 낳지 못하는 사람들도 결합에 적당한 순간을 찾기만 하면 아이를 낳을 수 있다. 그러므로 여자가 특별히 흥분해 있고 남자를 맞이할 준비가 되어 있는 반면 남자가 화가 나 있거나 흥분이 가라앉았다면, 어떻게 해서든 같이 절정에 도달하도록 노력해야 한다."[12]

"어떤 이들은 지구가 공 모양이라고 믿고 있으며, 다른 이들은 솥 모양이라고 믿고 있다. …… 지구가 정지하기 위해서는 솥 모양이어야 한다고 말한다. 또 지구의 정지와 운동에 대해서도 많은 학설이 있다. 당연히 어떤 사람이든 이런 학설에 대해 의심을 가지게 된다. 지구의 일부인 흙덩어리를 조금 들어 떨어뜨리면 위에 머물지 않고 땅에 떨어진다. 그리고 흙덩어리가 크면 클수록 빨리 떨어진다. 하지만 지구 전체를 높이 들어 떨어뜨린다 해도 밑으로 떨어지지 않을 것이다. 왜 이렇게 되는지를 놀라워하지 않는다면 이는 멍청한 자가 아닐까. 그토록 무겁고 큰 물체인 지구가 떨어지지 않으니까 말이다. 하지만 흙덩어리는 누군가가 받치고 있지 않으면 떨어진다. 그러므로 인식의 출발점에 의심이 있는 것은 옳다. 하지만 사람들이 지구의 정지와 운동에 관한 질문보다 그 답을 더 무의미하다고 생각하지 않는 것이 이상할 뿐이다."13)

연구

아리스토텔레스는 죽기까지 이제 25년 정도의 시간이 남아 있었다. 이중 첫 13년은 아테네에서 멀리 떨어진 곳에서 보냈다. 그는 항구도시 아소스와 레스보스 섬에서 이미 실증적 지식에 관심을 돌렸다. 그가 마케도니아에 있을 때 가르치던 영특하고 젊은 알렉산드로스가 던진 질문들은 그렇지 않아도 타고난 그의 실증적이고 백과사전적 경향을 더욱 강화하였다. 기원전 335년경 마케도니아의 보호 아래 대학을 설립하기 위해 다시 아테네로 돌아왔을 때, 그는 기존의 학술원에 대해서나 데모스테네스를 중심으로 결집한 민족주의자들에 대해서나 앙갚음할 생각은 하지 않았다. 아리스토텔레스는 그런 감정 따위는 고상하게 뛰어넘어선 것 같다. 그의 목표는 훨씬 긍정적인 것이었다. 그는 자신의 생애를 건 저작을 세상에 내놓고 싶어했던 것이다. 이제 아리스토텔레스에게 남은 생애는 12년밖에 되지 않았다. 그가 스승인 플라톤만큼 오래 살 수 있다고 믿었더라면 아직도 30년은 더 살리라고 희망했을지 모른다.

그가 새로 세운 학교는 리케이온 체육관의 복도에서 첫 수업을 시작했으나, 후에는 아마도 아테네 동쪽 디오카레스 성문 앞에 위

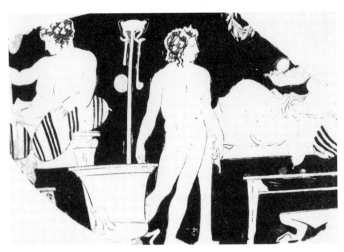

심포시온

치한 헌납받은 부지로 이사한 것 같다. 그곳에 조성된 큰 정원에는 뮤즈 신을 위한 성소와 제단 그리고 여러 개의 홀이 있었는데, 이 홀에는 강의실 외에도 풍부한 장서를 갖춘 도서관, 광범위한 자료실과 특히 여러 가지 해부도가 있었다. 전공 강의는 오전에 이루어졌다. 오후에는 아테네 시민을 위해 아리스토텔레스가 직접 일종의 교양강좌를 열었다. 뛰어난 언변으로 수강생뿐만 아니라 아리스토텔레스까지 감동시킨 테오프라스토스와 오이데모스도 나름대로 강의를 개설하였다.

강의와 연구만이 소요학파들이 공동으로 행한 규칙적인 모임은 아니었다. 매달 심포시온도 개최되었다. 어느 재고목록에는 그때 사용되었던 술잔의 종류가 열거되어 있다.

이제 아리스토텔레스는 아테네에서 제한 없는 강의 자유권을 얻었다. 즉 그는 자신의 철학을 창조적으로 전달할 수 있는 전제 조건을 얻은 것이다. 그는 강의와 연구를 하면서 주석서를 쓰는 한편 학교 경영과 제자들의 연구를 조직하였다. 그리고 자신의 이전 견해를 수정했으며, 방법론을 확장해 나갔다. 광범위한 연구 사업을 지시하는가 하면, 스스로는 문학사와 문화사에 대한 자료도 연구하였다. 예컨대 그의 지시와 지도 아래 피티아와 올림포스 경기의 승리자의 목록이 만들어졌으며, 158개국의 헌법을 수집하여 역사적·법률적·사회적으로 분석하게 하였다. 그리스 비극도 편집되고 연대기적으로 정리되었다. 아리스토텔레스는 고령이 되어가면서 관심의 방향을 자연과학에서 정신과학으로 돌리지 않았다. 물론 그가 철학을 등한히 했다는 말은 아니다. 오히려 아리스토텔레스는 철학 속에 깊이 빠져 있어서 그의 철학적 견해의 발전이 그로 하여금 개별 문제까지는 아니더라도 개별 학문을 직접 연구하도록 하였던 것이다.

그의 관심을 끌지 않은 것은 무엇이 있었을까? 나일 강의 홍수, 개기월식, 요리법, 바다의 밀물과 썰물 등 사람을 경이롭게 하는 것은 어느 것 하나 그의 관심의 대상에서 벗어나지 못했다. 물론 그도 특별히 좋아하는 대상이 있었다. 오늘날 동물원을 구경할 때 보통 사람이 그러하듯, 그도 고양이보다는 들소나 낙타를 더 오랫동안 구경하였으며 거미보다는 벌에 더 흥미를 느꼈다. 그는 여행자, 어부, 귀환하는 군인들로부터 끊임없이 새로운 지식을 수집하였다. 그는 가능하면 많은 것을 그리고 가능하면 모든 것을 정확히 알고 싶어했다. 그는 지칠 줄 모르고 해부를 했으며, 그림을 그렸으며, 묘사를 했다. 그가 묘사한 동물은 500여 종이 넘는다. 이는 400년 후에 나온 플리니우스(기원전 23~79년. 로마의 역사가이며 문필가. 고대 유럽에서 자연과학의 권위자로 알려졌다 - 옮긴이)의 『자연사』(*Historia naturalis*)보다 훨씬 더 뛰어난 업적이다. 플리니우스의 연구는 아리스토텔레스 연구서보다 신뢰성과 명료성이 떨어진다.

아리스토텔레스는 눈으로만 관찰한 것이 아니라 놀랍게도 촉각도 사용하였다. 관찰하면서 실험을 하였다. 현대의 태생학자들은 아리스토텔레스의 연구방법에 많은 덕을 보았다. 프랜시스 베이컨이 1620년 『새로운 과학 참고서』(*Novum organum scientiarum*)라는 책에서 제시하게 될 자연과학적 실험을 아리스토텔레스는 물론 알 리가 없었다. 아리스토텔레스는 부차적 원인을 특히 중요하게 여겼으며 '법칙'의 인식보다 '자연'의 인식을 더 중요하게 생각하였다. 아리스토텔레스가 '관계'의 전체범주를 무시했다는 주장은 진실이 아니다. 그러나 그가 관계의 실행 능력을 보지 못했다는 것과 수학의 가능성을 충분히 알지 못했다는 주장은 아마 올바를 것이다. "오늘날의 사람들은, 수학이란 단지 더 높은 인식에 이르는 길을 닦기 위한 것이라고 말하면서도 수학으로 철학의 자리를 대신해 버렸다."[1]

"간단히 말하면, 우리의 학문은 사실을 설명하기 위해 바로 사실 자체를 도외시해 버렸다."[2] 2천 년 이상이 지난 후 가센디는 아리스토텔레스의 이런 문장을 인용하여, 빈 공간의 사실에 관심을 갖기보다 충만한 공간의 이론에 매달렸던 소요학파들을 비판하였다.

아리스토텔레스가 만들어놓은 현상의 분류체계는 세심하고 통일성이 있다. 그의 동물 분류는 근세에 이르기까지 유효성을 발휘하였다. 이런 분류의 형식적 방법을 잘 보여주는 부분을 인용해 보기로 하자.

"소재는 절단되거나 파쇄될 수 있는 바, 소재 중에는 절단과 파쇄가 동시에 되거나, 절단이나 파쇄 중 하나만 되는 소재가 있다. ……이 둘의 차이가 절단이 큰 조각으로 나누는 것이라면 파쇄는 두 개 이상 임의의 숫자만큼 조각으로 나누는 것이다. ……표면이 옆으로 밀려나는 모든 것은 연성(延性)이 있다. 연성이 있다는 것은, 표면을 밀 경우 미는 쪽으로 밀려나면서도 연결성을 유지한다는 것을 의미한다. 연성이 있는 것의 예로 머리카락 · 가죽끈 · 힘줄 · 반죽 · 진흙 등을 들 수 있다. 물이나 돌 같은 다른 모든 것은 연성이 없다. 예컨대 목화 같은 것들은 압축이 되면서도 연성이 있다. 또 콧물 같은 것들은 압축성은 없으나 연성이 있다."[3]

아리스토텔레스는 이처럼 세세한 문제에 이르기까지 신경을 썼지만, 경험 · 관찰 · 실험 · 가설 · 연역 · 토론을 통해 체계를 세우는 길에서 어느 한쪽으로 치우치지는 않았다. 16세기와 17세기의 아리스토텔레스 학파 학자들이 감각적 경험을 무비판적으로 받아들였다는 것, 그런 경험의 서술을 그대로 이어받았다는 것은 철학적 재앙이었다. 하지만 이에 대한 책임을 항상 비판적 태도를 견

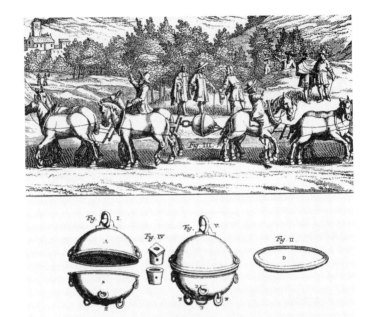

막데부르크의 반구,
오토 폰 구에리케의 『실험』이라는 저서에 실린 동판화, 1672년
아리스토텔레스의 동력학에 대한 반대는 특히 '빈 공간'에 대한 논란에서 전개되었다.
아리스토텔레스에 의하면, 동력 제공자는 반드시 동력 수혜자와 접촉하고 있어야
동력이 전달된다는 것이었다

지했던 아리스토텔레스에게 뒤집어씌울 수는 없다. "만약 만물이
상대적인 것이 아니며, 즉자적이며 대자적인 그 어떤 것이 있다
면, 나타나 보이는 모든 것이 다 참일 수는 없다. 그러므로 나타
나 보이는 모든 것이 참이라고 말하는 자는 모든 실존재자를 상
대적인 것의 위치로 격하시키는 것이다."[4] 존재와 가상, 언어와
존재 그리고 말과 지식의 관계는 아리스토텔레스의 일차적 문제
였던 것이다.

아리스토텔레스는 결코 인식과 사고의 방법론을 단지 삼단논법과 같은 형식적 차원에서만 숙고한 것은 아니었으며, 그는 데카르트 훨씬 이전에 나름대로의 '방법론 서설'을 썼다.

"자연적 현실의 본질은, 첫째, 영원부터 형성되지도 않고 없어지지도 않는 본질과 생성과 소멸에 관여한 본질로 나뉜다. 우리가 숭고하고 신적인 첫번째 본질에 대해 통찰하고 있는 것은 매우 적다. 이와 같이 우리가 원초적으로 알기를 바라는 대상들을 인식할 수 있는 기초는 워낙에 적다. 하지만 식물이나 동물 같은 유한한 대상에 대해서는 이를 인식할 수 있는 가능성이 아주 많다. 왜냐하면 우리는 이들과 함께 태어나서 자라고 살고 있기 때문이다. 우리가 진지한 작업을 하려는 의지만 있다면, 모든 종의 구성에 대해 아주 많은 지식을 얻어낼 수 있다.

두 가지 다른 본질의 영역은 각각 나름대로의 매력이 있다. 우리가 더 높은 영역에 가까이 갈 수 없는데도 이것을 인식한다면, 그것은 절대적 가치를 가지고 있으며, 세상의 어떤 만물보다 더 귀중하다. 이는 마치 다른 많은 것, 심지어 어떤 중요한 것을 면밀히 관찰하는 것보다도 사랑하는 존재의 작은 옷자락이라도 볼 수 있다면 더 큰 기쁨을 느끼는 것과 같다. 하지만 다른 대상들은 우리가 더 많이 더 심층적으로 인식할 수 있으므로, 학문적 측면에서는 우선권을 가지고 있다. 그리고 이런 대상들은 우리와 근접해 있고 내적으로 연결되어 있으므로 이런 대상의 인식은 우리에게 불가능한 신적 세계의 지식을 대체해 줄 수 있을 것이다.

이제 유한한 본질에 대해 견해를 밝혔으므로, 다음은 동물적 존재에 대해서 이야기할 차례이다. 여기서 우리는 중요한 것이든 중요하지 않은 것이든 아무것도 생략하려 하지 않는다. 왜냐하면 우리 눈에 별로 매력적이지 않은 외양을 가진 동물적 존재들도 학문적으로 깊이 고찰하면, 창조적 자연의 작용을 파악하게 되고 형용하기 어려운 즐거움을 얻기 때문이다. 만약 우리가 이런 동물들을 그리거나 새겨놓은 그림이나 조각을 보고 기뻐하면서도 실제로 살아 있는 동물을 보고 기뻐하지 않는다면 이치에 맞지 않는다. 그러므로 덜 중요한 생물을 연구한다 해서 어린이같이 지루하게 생각하지 말아야 할 것이다. 자연의 모든 창조물에게는 무엇인가 경탄할 만한 것이 있게 마련이다. 따라서 어떤 존재이든 살아 있는 존재를 연구할 때는 그 대상 앞에서 머뭇거리지 말고 기꺼운 마음으로 접근해야지 싫은 마음으로 해서는 안 되며, 그 대상에 반드시 무엇인가 자연적이고 아름다운 것이 들어 있다는 확신을 가져야 한다.

자연의 창조물에는 반드시 규칙이 존재하며 단순한 우연이 지배하지 않는다. 그들에게는 의미와 목적이 있다. 하지만 사물이 창조되거나 생성된 최후의 목적은 미(美)의 영역에 속한다. 만약 누군가가 다른 생명체의 관찰이 저속한 것이라고 착각한다면, 그는 자기 자신에 대해 그와 같은 생각을 해야 할 것이다. 이런 태도로 인류라는 종의 구성성분인 피·근육·뼈·동맥 같은 것들을 바라본다면, 경멸의 태도를 취하지 않을 수 없을 것이다. 또한 어느 부분이나 대상을 논하는 자는 단지 물질 그 자체만을 논하는

종벌레
"그러므로 덜 중요한 생물을 연구한다 해서 어린이같이
지루하게 생각하지 말아야 할 것이다. 자연의 모든 창조물에게는
무엇인가 경탄할 만한 것이 있게 마련이다."

것이 아니라, 형상과 형식도 논하고 있음을 알아야 한다. 즉 기와
나 진흙이나 서까래를 이야기하는 것은 결국 집이 문제가 되는 것
이다. 이와 같이 자연 연구가는 모든 개개 존재의 종합과 전체를
대상으로 하는 것이지, 본질과 분리된 상태에서는 존재할 수 없는
부분을 다루는 것이 아니다."[5]

경험론자

그런 연구를 실제로 행한 것은 천부의 경험론자인 아리스토텔레스 자신이었다. 아리스토텔레스의 생애를 연구한 대부분의 연구가들은 아리스토텔레스가 유복한 의사 가정에서 태어났으며, 어린 시절부터 정확한 자연관찰의 맛을 알았으며, 원숙한 나이에 이르러서야 이런 특성이 비로소 만개될 수 있었다는 점을 지적한다. 필자는 아리스토텔레스가 얼마나 역동적이고 창조적으로 관찰하였는지를 보여주기 위해 문맥을 의식하지 않고 여기저기서 인용하고자 한다.

"어둡고 시커먼 구름에 싸인 하늘에서 빛이 비쳐 나올 때는 마치 하늘에 깊은 골짜기라도 있는 듯한 인상을 준다."

"일반적으로 어두운 바탕 위에 있는 흰색은 여러 가지 인상을 만든다. 예컨대 연기 속의 불꽃이 그러하다."[1]

"도시 외곽의 샘물에서 종종 관찰할 수 있는 것처럼, 북풍이 불면 남풍이 불 때보다 물이 더 많이 증발한다."[2]

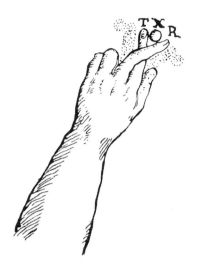

데카르트의 「인간학 개론」, 1662년, 두 개의 손가락을 엇갈리게 한 다음
조그만 공 하나를 집으면, 촉각은 손 안에 두 개의 공을 잡고 있다고 느낀다

"아소브 바다는 하천의 범람으로 꽤 많이 밀려났기 때문에
고기를 잡으려면 100년 전보다 훨씬 더 작은 배를 타고 나가야
한다."[3]

"시각이 청각보다 빠르다는 것은 배의 노젓기에서도 확인할 수
있다. 노가 물 위로 올라올 때에야 비로소 물 속에 집어넣었을 때
난 소리가 들려온다."[4]

"기름에 튀긴 음식은 항상 외부보다 내부가 더 건조한 반면, 끓
인 음식은 그 반대이다."[5]

섬게의 날카로운 5개의 이빨은 복잡한 메커니즘을 통해 음식물을 씹는다.
이 기관은 '아리스토텔레스의 등불'이라고 명명되었다

"두 개의 손가락을 위 아래로 엇갈리게 해서 물건을 집을 때, 시각은 물건을 하나로 인식하는 반면 촉각은 두 개의 대상으로 인지한다."[6]

"섬게는 안쪽으로 구부러진 5개의 이빨을 가지고 있다. 그리고 이빨의 중앙에는 살로 만들어진 기관이 혀의 자리를 대신하고 있다. 혀를 대신하는 기관에 식도가 이어지고 그 다음 5개의 방으로 나뉜 위가 연결된다. 위에는 각양의 오물이 가득 차 있다. 각 방의 오목한 부분은 오물이 밖으로 나오는 곳에서 합쳐지고 이곳에는 덮개에도 구멍이 뚫려 있다. 위(胃) 아랫부분에는 특별한 표피에 둘러싸인 알들이 있는데, 모든 섬게 종류에 공통적으로 홀수인 5

알 속에서 자라고 있는 병아리의 3일째 모습

개가 있으며, 따라서 한 개는 짝을 이루지 못한다."[7]

"인간에게 마지막 치아, 소위 사랑니는 남녀 공히 20세에 자라 나온다. 어떤 여성의 경우는 사랑니가 80세에 나온 적도 있다. 이 때 격렬한 고통이 동반하며, 남성의 경우도 마찬가지이다. 물론 젊은 시절 사랑니가 나지 않은 경우에만 나이가 들어 사랑니가 나는 것이다."[8]

"알에서 새끼로 자라나는 과정은 모든 조류가 같은 방식으로 진행된다. 이미 말한 바와 같이 단지 성숙기간이 다를 뿐이다. 닭의 경우에는 삼일 밤낮이 지나면 알에서 새끼가 자라나는 첫 징후가 나타난다. 이보다 더 큰 조류는 더 많이 걸리고, 더 작은 경우에는 그리 오래 걸리지 않는다. 이 시기에 벌써 노른자가 나중에 병아리가 기어 나오게 될 상부로 이동한다. 그리고 흰자 부분에는 핏발이 섞인 일종의 점이 보이는데, 이것이 심장이다. 점같이 작은 이 심장은 펌프질을 하며 마치 살아 있는 듯 운동을 한다."[9]

"사춘기의 소녀들은 특별히 감호(監護)를 받아야 한다. 왜냐하면 그들은 처음에는 자신들의 성숙한 성적 능력을 실제로 맛보고자 혈안이 되어 있기 때문이다. 감독을 받지 않으면 그들은 육체의 발전에 앞서 성을 즐기려 하며, 성적 쾌락을 마음껏 즐기도록 하면 나이가 들어서도 이런 경향이 남게 된다."[10]

"간음을 한 여인이 쌍둥이를 낳으면, 한 아이는 남편을, 또 다른 아이는 간부(姦夫)를 닮는다는 것 역시 증명된 사실이다."[11]

"코끼리는 기껏해야 마케도니아 도량형으로 9말(약 4.5킬로그램) 정도를 먹는다. 그러나 그런 양도 코끼리에게는 위험하다. …… 코끼리가 마케도니아 양동이(36리터)로 14통의 물을 한꺼번에 마시고 나서 저녁에 또 8통을 마신 적도 있었다."[12]

"인간에게 임신 역시 다른 동물과는 다르게 진행된다. 동물들은 임신기간 내내 육체적으로 편하게 느끼는 반면, 많은 여성들은 임신 때문에 고통을 받는다. 이것은 여성들의 생활습관에 원인이 있다. 그들은 너무 오래 앉아 있으며 너무 많은 분비물을 배출한다. 즉 여성들이 더 많이 일해야 하는 민족에게서는 임신상태가 그렇게 뚜렷이 나타나지 않으며, 여기뿐만 아니라 어디서든지 여자들이 일하는 데 익숙한 곳에서는 출산도 쉽게 이루어진다. 왜냐하면 노동은 분비물을 소모하기 때문이다. 그러나 할 일 없이 오래 앉아 있는 자는 일을 적게 하므로 분비물이 쌓이게 되고, 더구나 임신기간에는 몸의 청결도 게을리 하므로 분비물이 더 많아지는 것이다. 그리고 출산의 고통도 더 심하다. 하지만 노동은 숨을 멈추는 능력을 제고시킨다. 이것이 출산의 쉽고 어려움을 결정하는 요인이다."[13]

"용감성의 과제는 용기를 보이는 것이지, 재물을 쌓는 것이 아니다. 마찬가지로 전투에 나간 지휘관이나 치료를 담당하는 사람들의 목적은 재물을 모으는 것이 아니다. 지휘관은 승리를, 치료자는 건강을 불러와야 한다. 하지만 이 모든 것을 돈 버는데 이용하는 사람들이 있다. 마치 돈벌이가 모든 것의 목표라도 되는 양말이다."[14]

"영혼의 상태가 변하면 이와 동시에 육체의 외모도 변한다. 반대도 마찬가지이다. 육체의 외모가 변하면 이와 동시에 영혼의 상태도 변한다. 우울이나 기쁨은 영혼의 감정이다. 우울이 어두운 인상을, 기쁨이 명랑한 인상을 나타낸다는 것은 분명하다."[15]

"부드러운 모발은 겁쟁이를, 억센 모발은 용감한 사람을 표시한다. 이런 특징은 모든 동물로부터 추출된 것이다. 동물 중 가장 겁이 많은 사슴·토끼·양은 가장 부드러운 털을 가지고 있으며, 용감한 동물들, 예컨대 사자나 수퇘지는 가장 억센 털을 가지고 있다. 이런 사실은 일반적으로 조류에도 해당된다. 억센 깃털을 가진 새들은 용감하며 연한 깃털을 가진 새는 겁이 많다. 구체적으로 메추라기나 닭을 보면 알 수 있다. 그런데 이와 같은 특징은 인간의 종족에도 해당된다. 북방에 사는 주민은 용감하고 억센 모발을 갖고 있다. 남방 주민은 겁이 많으며 부드러운 모발을 갖고 있다. ……근육질과 관련해서도 근육이 원래부터 강인하고 힘이 세면 감정이 무감각하다는 것을 나타내며, 그 반대로 부드러우면 정신적으로 재능은 있으나 항속적이지 못하다는 것을 암시한다. ……몸놀림에서 느린 움직임은 온유한 마음을, 신속한 움직임은 불같은 성격을 가리킨다. 깊고 굵은 목소리는 용기를 표시하고, 높고 약한 목소리는 초조한 기질을 나타낸다. 물론 단 하나의 특징에 의존하여 인간을 판단하는 것은 결코 옳지 않다. 여러 가지 특성이 다같이 어떤 동일한 성격을 가리키고 있음을 확인했다면, 이는 진실일 가능성이 높다고 가정할 수 있다."[16]

"잠을 자고 있을 때는 종종 작은 것도 크게 경험한다. 자고 있을 때는 작은 소리가 귀에 닿아도 마치 천둥 번개라도 듣는다고 착각

한다. 침을 조금 삼켰는데도 꿀이나 단것을 먹는다고 느낀다. 그리고 사지가 조금만 따뜻해져도 몸이 불타고 있다고 믿거나 불 속을 지나가고 있다고 생각한다. 그러나 깨어나면 실제 상황이 어떠했나를 알게 된다."[17]

"졸음은 대개 음식물을 섭취하기 때문에 생긴다. 이때 체내에는 습한 것과 단단한 것이 많이 위쪽으로 운반된다. 이것이 도착하여 정지하면 머리가 무거워지고 꾸벅꾸벅 졸게 된다. 이와 반대로 이것들이 밑으로 몰리면 열기를 내쫓는다. 따라서 졸음이 생기고 생물체는 잠에 빠진다. 이에 대한 증거로 수면제를 들 수 있다. 양귀비 · 알라우너 · 포도주 · 독보리 같은 수면제는 물로 먹든 음식과 함께 먹든 항상 머리를 무겁게 한다. 이런 상태는 자연스러운 졸음이나 마취에나 동일하게 나타난다. 즉 머리와 눈을 더 이상 들 수 없는 것이다."[18]

"감각 대상이 직접 감각 기관 위에 놓이면, 감각 기관을 자극하지 않는다는 것은 일반적 경험이다. 그러나 실험이 보여주듯, 들숨에서 냄새를 감각하는 것은 인간의 고유한 특징이다."[19]

"모든 동물의 행위가 그들만의 고유한 특성에 상응하듯이 그들의 행위가 어떠하냐에 따라서 그들의 몸짓도 달라진다. 때로는 일부 조류에서 그러하듯 단지 몸짓의 일부만을 변모시키기도 한다. 예컨대 암탉이 수탉과의 싸움에서 승리하면 수탉처럼 울어보려

심포시온의 마지막 행사, 브리고스라는 옹기장이가 만든 접시의 내부 그림,
독일 뷔르츠부르크 대학의 문화사 박물관

하며 수컷을 흉내내어 암컷 위에 올라타려고도 한다. 그리고 볏과
엉덩이를 쳐들어서 암탉인지를 알아보기 어렵게 한다. 어떤 암탉
의 경우에는 작은 포자 주머니까지 발달되어 있다. 그뿐만 아니라
암탉이 죽을 경우 병아리를 돌보며 어미의 역할을 맡는 수탉도 관
찰할 수 있다. 이와 같이 수탉이 병아리를 이리저리 몰고다니며
양육할 경우 울지도 않고 암탉 위에 올라타지도 않는다. 또한 어
떤 조류의 수컷은 태어날 때부터 암컷처럼 되어 있어서 다른 수컷
이 올라타려고 해도 도망가지 않는다."[20]

 "확실한 것은 무엇보다 포도주를 과도하게 즐기면 우울증 환자
에게서 발견되는 것과 같은 상태가 나타난다는 것이다. 이런 상태

는 종종 분노 · 사랑 · 동정 · 무례함 등의 성격적 특성이 드러나도록 한다. 이에 반해 우유 · 꿀 · 물이나 이와 비슷한 다른 음료는 이런 작용이 없다. 포도주가 사람을 어떻게 바꿔놓는가를 보면 포도주의 영향이 얼마나 다양한지를 알 수 있다. 술 취하지 않은 상태에서 수줍어하고 말없는 사람들도 포도주를 마시면 곧 말이 많아지는데, 여기서 중단하지 않고 계속 포도주를 마시면 아주 달변이 되며 버릇없을 정도로 행동이 대담해진다. 이런 상태에서 행동을 하면 무례해지고, 여기서 더욱 쉬지 않고 포도주를 마시면 폭력을 행사하고 미친 듯이 된다. 음주의 정도가 아예 도를 지나쳐버리면, 어린 시절부터 간질을 앓았거나 중증의 우울증에 걸린 사람처럼 힘없이 축 늘어지고 멍청해진다.

일정량의 포도주를 마시면 행동양식을 바꾸는 사람도 있는데, 그중에는 원래 그들의 성격에 따라 그런 사람도 있다. 어떤 사람들이 술에 취해야 나타내는 모습을 다른 사람들은 태어날 때부터 가지고 있다. 즉 그들은 처음부터 말이 많거나 흥분을 잘하거나 기분에 좌우되는 사람들이다. 이제 포도주를 마시면 이렇게 되는 사람들도 있다. …… 하지만 포도주는 사랑의 감정도 일으킨다. 이는 술을 마시면 안 마신 상태에서는 나이 때문이든 외모 때문이든 어떤 이유에서든 결코 입맞춤을 하려 하지 않는 사람들에게도 입맞춤을 한다는 사실에서 알 수 있다. 그러므로 포도주는 일시적으로 인간의 특성을 상승시키는 작용을 한다. 하지만 자연은 일생동안 끊임없이 인간의 특성을 상승시키는 일을 한다."[21]

4 철학의 내용

아리스토텔레스는 세상에서 일이 발생하는 데에는
두 종류의 원인이 있으며 사람들은 자신의 철학에서 이 두 종류의 원인을
발견하는 것이 바람직하다고 강조한다. 여기서 말하는 두 가지란
인과론과 인간의 자유의지이다. 아마도 자유의지는 인과론을
무효화시키지는 않으나 이를 넘어서는 원인일 것이다.
이와 관련하여 아리스토텔레스는 인간의 자유의지 문제를
인과론적 사고의 틀에 통합시킬 방법을 찾게 된다.

제4부에서는 좁은 의미에서 아리스토텔레스 철학의 대상에 대한 질문이 논의될 것이다. 그러나 이것은 지금까지 이 책에서 논의된 사항이 단지 장황한 서론에 불과했다는 뜻은 아니다.

이미 내용으로 간주될 수 있는 것이 어느 정도 다루어지기는 하였으나, 이제 중요한 것은 지금까지 이 책에서 설명된 아리스토텔레스 철학의 내용을 원칙적 관점에서 새롭게 파악하는 일이다.

아리스토텔레스 철학의 원칙은 그가 이해한 인과론이다.

인과론

"이유란 어떤 의미에서 대상 속에 포함되어 있는 그 무엇으로서, 그로부터 대상이 되어진다. 그러니까 이유는 사물 속에 포함되어 사물을 형성하는 재료라는 뜻이다. 예컨대 동상을 만들 때 쓰이는 놋쇠는 동상의 이유이며, 은은 그릇의 이유이다. 마찬가지로 놋과 은의 상위 개념인 금속도 다른 사물의 원인이 되는 이유가 된다. 두번째로 이유가 뜻하는 것은 형식과 원형(原形), 즉 본질 개념이며, 형식과 원형을 총괄하는 상위 종(種)을 말한다. 이유의 세번째 의미는 변화와 정지를 야기하는 원인이라는 뜻을 갖고 있다. 예컨대 사람이 아버지가 되어 자식의 근원이 될 수 있듯이 사람은 의지를 통해 이유, 즉 원천자가 될 수 있다. 무엇인가를 만드는 사람은 만들어지는 것에 대해, 변화를 일으키는 사람은 변화를 받는 것에 대해 이유이다. 네번째, 이유는 목적을 뜻한다. 예컨대 산보를 하는 목적은 건강을 증진하기 위함이다. 우리는 누가 왜 산보를 하느냐는 질문에 대답하기를, 당연히 그가 건강하기 위해서라고 하지 않는가. 그리고 우리는 이런 대답을 통해 이유, 즉 산보의 목적을 지적했다고 믿는다. 그러니까 이유란 운동을 자극하는 것과 목적 사이에 놓인 그 무엇이라고 말할 수도 있다. 즉 건강의 증진을 위한 살 빼기나 변비치료, 약이나 운동기구 등은 목적을 위해 수단으로 쓰이는 것들이다. 그러나 그 쓰이는 용도와 실행방법은 서로 다르다.

위에 언급한 것들이 대략 우리가 말하는 이유의 의미이다. 이와 같이 이유는 여러 가지 의미에서 쓰이므로 동일한 것이 여러 이유(혹은 원인)를 가질 수 있다. 그런데 여기서 어떤 하나의 근원은 더 중요하고 다른 여타의 근원은 덜 중요하다고 보아서는 안 된다."[1]

우리는 무엇의 원인을 이해할 때에만 비로소 무엇을 이해한다고 말할 수 있다. 아리스토텔레스에게 완전한 지식으로서의 이해는 항상 원인, 즉 이유와 연결되어 있다. 일반적인 것을 안다고 해서 지식의 갈증이 해소된 것은 아니며, 오히려 이유로서의 기능을 행사하는 것에 대한 지식을 경험적으로 소유할 때 가능하다. 경험과 지식 사이에는 질문이 놓여 있다. 아리스토텔레스는 이런 질문의 논리가 의미 있는 체계로 구성되었다고 생각하였다. 왜 인간이 인간이냐 하는 질문은 무의미한, 단지 문법적 질문일 뿐이라고 아리스토텔레스는 강조하였다. 이렇듯 이상스럽게 보이는 주장은 우리로 하여금 현대적 인과론과 거리를 갖게 해주며 아리스토텔레스의 인과론 철학에 진입할 수 있게 해준다. 아리스토텔레스의 인과론은 무한히 다양하고 생동적인 세계의 존재론적 연관관계를 밝혀주는 것이다.

이런 세계에서 던지는 질문이란 개별적 사안을 넘어서서 개별적 사안들을 서로 연결하는 한 공간에 위치시킨다. 단순한 본질체

배를 타고 있는 디오니소스, 엑세키아스의 화분, 기원전 6세기
아리스토텔레스는 돌고래가 배의 닻을 뛰어넘을 정도로 높이
뛰어오르는 것은 물고기를 잡아먹기 위해 아주 깊이 들어갔다가, 마치 잠수부가 그러하듯
숨을 쉬기 위해 매우 빨리 물 위로 뛰어오르기 때문이라고 설명하였다

의 경우는 그렇지 않을 것이며 신적인 존재의 경우도 그렇지 않을
것이다. 즉 신적인 것은 인간의 관조를 가득 채워 질문 자체를 무
위로 만들 것이다. 후일 기독교 신학은 이런 방향으로 생각을 발
전시켜 갔다. 하지만 우리가 경험 세계에서 만나는 본질체란 조합
된 것이다. 그렇기 때문에 종(種)이나 차이와 같은 정의(定義)의
구조 속에 이런 점이 드러난다.

　사본을 결정하는 원인은 존재, 즉 형식이라는 명제 속에 이미
긴장이 존재한다. 즉 한편으로는 개별적 실체〔실존〕와 다른 한편
으로는 정의 가능한 존재〔일반적 형식〕간의 긴장이다. 예컨대 파
르메니데스(Parmenides, 기원전 500년경. 엘레아 학파의 가장

중요한 철학자로서, 소크라테스도 젊은 나이에 그의 강연을 들었다-옮긴이)는 개별성과 일반성의 긴장에 관한 긴장을 일방적으로 해결하려 하였다. 아리스토텔레스는 이런 철학적 관점을 플라톤에게서 배웠으며, 이를 철학적으로 중요한 문제로 인정하여 일방적으로 해결하려 들지 않았다. 이에 대한 예로 아리스토텔레스가 삼단논법을 자신의 철학과 분리시키려 하지 않았다는 점을 들수 있다.

"'단독자로서의 단독자에 대한 지식은 단 하나밖에 없다.' 이 말은 단독자에 대한 증명은 불가능하다는 뜻이다. 정의란, 이미 지적한 바와 같이 증명될 수 없는 원칙으로서, 다른 증명을 위해 사용되는 것이다. 원칙이란 증명될 수 없는 어떤 것이다. 만약 원칙이 증명되어야만 한다면, 원칙의 원칙이 증명되어야 할 것이며, 이렇듯 원칙에 대한 증명 요구는 무한히 계속될 것이다. 그렇지 않으려면 제일 원칙들은 증명 없이 유료한 원칙으로 설정되어야 할 것이다. ……하지만 정의란 '이것은 무엇이다'라는 구체적 진술과 동시에 보편적 본질을 포함해야 하는 것이 아닌가. 그러나 증명 역시 어떤 것이 무엇이다는 것을 전제하고 가정함이 명백하다. ……만약 우리가 '있다는 사실' 그 자체 혹은 '어떤 무엇인가가 부분적 또는 절대적으로 있다'는 것을 인식하고 난 후, 그 다음으로 '왜 있는가?' '있다는 것은 무엇인가?'라는 질문을 한다면, 이는 어떤 것이 매개개념으로 작용하고 있는가를 질문하는 것과 같다. ……그러므로 모든 질문은, 중간에서 매개하는 무엇이 있는가 없는가를 묻거나 어떤 것이 매개하는 것인지를 질문하는 것이다. 왜냐하면 매개는 원인이며 모든 질문은 바로 이 매개에 대한 질문이기 때문이다."[2]

삼단논법 양태 중 유일하게 일반성에 대한 긍정적 결론을 가능케 하는 첫번째 양태를 이상적 경우에 적용해 보자.

제1문장 인간은 언젠가는 한 번 죽게 된다.
제2문장 모든 그리스인은 인간이다.
결론문장 모든 그리스인은 언젠가는 한 번 죽게 된다.

여기서 형태 인과론이란 다음과 같이 설명할 수 있다. 즉 제1문장에는 어떠한 매개도 없이 원칙으로 인정된 존재성이 전제된다. 여기서 언급되는 특성은 바로 해당 존재에게 귀속되는 것으로 진술된다. 제2문장에는 어떤 존재적 형식이, 주어로 등장하는 구체적 존재 담지자에게 귀속된다는 진술이 행해진다. 제1문장과 제2문장은 증명 절차를 요구하지 않는다. 그러나 이에 반해 결론 문장은 곧바로 이해되는 것만은 아니다. 하지만 결론문장은 삼단논법을 통해 두 전제에 근거한 확실성 내지는 필연성을 획득하게 된다. 여기서 '언젠가는 한 번 죽게 된다'를 '그리스인'에게 적용할 경우, 매개 개념으로 작용하는 '인간'이 원인으로 등장한다.

종과 차이의 요소가 등장할 경우, 실체와 일반성 간의 긴장은 새로운 차원에서 증가한다. 아리스토텔레스 철학에서 종과 차이는 물질과 형식의 관계로 변환된다. 그럼으로써 더 넓은 영역을 밝힐 가능성이 열리는데, 이는 아리스토텔레스가 자신의 존재론에 생성이라는 요소를 제외시키기를 원하지 않았기 때문이다. 하지만 그는 여기서 새로운 긴장을 만나게 된다. 그는 이런 긴장을 피하지 않고 주도적 원인이 되는 형식의 문제와 관련하여 이 주제를 다루고자 했다. 파르메니데스나 플라톤도 감행하지 않았던 이런 시도는 아리스토텔레스로 하여금 '물리학'과 '뒤에 있는 책'(즉 형이상학(Metaphysik)의 본래 뜻)을 정립하도록 하였다. 이뿐만 아니라 이로써 아리스토텔레스는 생명과 윤리, 정치와 예술에 대한 견해를 세울 수 있다.

예술 작품의 제작이나 생명의 생성에서 특별히 알 수 있듯이 운동이 발생하기 위해서는 한 쌍으로 이루어진 원칙, 즉 '동력자'(動力者, mover(영), Beweger(독), 타자를 움직이게 하는 주체―옮긴이)와 '물질'이 필요하다. 물질이 형식과의 관계로부터 획득된다는 사실은, 주체의 변화에 대한 연구와 물질이 실행 기능을 가지고 있다는 사실에서 쉽게 알 수 있다. 즉 어떻게 고찰하느냐에 따라 물질은 형식이 되고, 형식은 물질이 된다. 물론 이런 놀이를 무한정 계속할 수는 없다. 질문자는 언젠가는 원초적 물질이 무엇이냐 하는 질문에 부딪히게 된다. 물론 현대 철학이 의미하는 원초적 물질은 아니다. 여기서는 단지 물질이 수동성, 즉 잠재가능성의 원칙으로서, 존재의 원칙으로서의 형식, 즉 '어떻게?'와 '무엇?'에 대한 대답으로서의 형식이 지닌 우선권을 위협하지 않는다는 것을 확인하는 것만으로 충분하다.

여기서 소위 '작용원인'(作用原因, Wirkursache〔독〕, causa efficiens〔라틴〕, 예컨대 나무를 목재로 가공할 때 톱으로 자른다면 이는 나무의 변형에 대한 작용원인이다. 그런데 나무를 목재로 가공하여 집을 짓고자 하였다면, 마음 속에 그린 건축 계획은 나무의 변형에 대해 '목적원인'(Zweckursache, causa finalis〕이 된다-옮긴이)으로서의 동력자가 형식을 위협하기는커녕 오히려 공고히 한다는 사실은, 동력자가 능동적 계기 내지는 행위로서 등장한다는 것, 즉 다른 어떤 것(우리의 예에서는 집짓기-옮긴이)의 형식으로서 등장한다는 사실에서 알 수 있다. 이에 상응하여 작용의 원천은 다시금 형식이다. 예컨대 아버지가 되는 인간을 생각해 보자. 비록 아리스토텔레스가 아버지의 원천을 다시금 초월자가 아닌 실존재자(즉 인간으로서의 할아버지-옮긴이)에게 두고 있지만, 그 역시 운동 연계성을 분석할 때 나타나는 불연속성을 인정하기는 한다. 영혼이라고 지칭되는 인간의 내면 혹은 심리는 에네르기의 몸체이며 원천이라는 이중적 형식 기능을 수행하도록 되어 있다. 실제로 능동과 수동의 분리는 인간의 심리 능력과 정신에 관한 이론에서도 계속 나타난다.

아리스토텔레스는 자연을 내재적 운동 원칙이 작용하는 장(場)으로 이해하였다. 운동을 하나의 엄연한 사실이자 에네르기라고 보았으므로, 이를 어떤 매개도 없이 곧바로 구체적 자연에 귀속시킬 수 있었을 것이다. 하지만 그는 여기까지 나아가지 않았다. 인간이 왜 인간이냐 하는 질문은 그의 눈으로 볼 때 어리석은 질문이었다. 이에 반해 움직여진 것이 왜 움직여졌느냐고 질문하는 것

은 필연적인 것은 아닐지라도 적어도 의미 있는 질문이라고 생각
하였다. "움직여진 것은 다른 것에 의해서 움직여진 것이다"[3]라
는 이 첫번째 원칙에 이어 두번째 원칙이 따라온다. "모든 운동의
종류에서 동력자는 피동자와 접촉해야 한다."[4] 이런 원칙으로부
터 놀랄 만큼 방대한 연구결과가 생겨났다. 아리스토텔레스는 이
런 연구를 일관성 있고 노련하게 이끌고 나갔다.

우리가 경험하는 여러 가지 서로 다른 운동의 종류 중에서 두
종류가 특히 두드러지게 구별된다. 즉 '공간적 운동'과 '질적 변
화'이다. 여기서 질적 변화는 예컨대 증가와 감소, 생성과 소멸 같
은 다른 종류의 운동에서도 항상 발견할 수 있다. 공간 운동에서
원칙적으로 피동자는 스스로 움직이지 못하므로 항상 동력자를
필요로 한다. 여기서 아리스토텔레스는 플라톤을 이어받고 있다.
물리세계에 대한 인과론적 사고를 통해 아리스토텔레스는 거의
직접적으로 물리적 문제로부터 정신적 문제로 넘어갈 수 있었다.
정신적 문제는 지상적 차원에서의 영혼의 문제, 즉 심리적 문제로
서 또는 하늘의 일월성신과 관련해서는 천체의 동력자에 관한 문
제 등으로 다루어졌다.

그런데 질적 운동은 다른 양상을 띠고 있다. 우리는 이미 요소
와 기본 특성 사이의 상호작용에 대해 언급한 적이 있다. 서로 상
반된 질적 원인(덥고 차거나, 건조하고 습한)에 의해 영향을 받은
물체는 말하자면 능동적이며 수동적으로 행동한다. 여기서 '물
질'과 '작용원인'의 쌍으로 이루어진 원칙이 완전히 발현된다. 사
물들이 서로 상반되거나 보충될 때, 서로 주고받을 때, 그리고 작

용하고 수용할 때에 그들간에 생동적 연대성이 존재한다는 생각은 아리스토텔레스 철학의 기본적 상념에 속한다. 그는 이 점에서 이오니아 자연철학자들의 자연관에 영향을 받았다. 그런데 여기서 왜 사물과 시간과의 연대성이 영원히 지속되지 못하고 언젠가는 중지되는가, 왜 능동성과 수동성이 적당한 수준에서 서로 조화를 이루지 못하는가라는 질문이 떠오를 것이다. 만약 영원한 운동이 없다면, 실제로 사물간의 연대성은 안정된 평형을 이룰 것이다. 그러나 영원한 운동은 존재한다. 즉 천체의 운동이 그것인데, 이 운동은 영원히 존재하며 항상 지상에 질적 변화를 초래한다. 여기서 이미 앞에서 언급한 순환적 역사관이 기억날 수 있을 것이다. 이런 맥락에서 질료의 단계적 구성에 대한 이론도 잘 이해될 수 있을 것이다.

필자는 여기서 아리스토텔레스의 인과론을 더 서술하기 전에 잠시 멈추고 두 가지 점을 언급하고자 한다. 첫째, 장소이동 운동과 질적 운동만 연결해도 세계의 다양한 사건을 파악하고 학문을 구성하는 데 충분한 원칙을 얻을 수 있을 것이다. 이것은 언제나 예외 없이 통용되는 규칙성과 언제나 끊임없이 만물 사이에 작용하는 상호운동의 창조성을 뜻한다. 장소이동 운동과 질적 운동 사이의 인과론적 연관관계도 같은 원칙을 이용해서 해석할 수 있다. 우리는 형식을 독자적 행위로 이해하면서 동력자와 물질 간의 상호 연관관계를 관찰할 수 있다. 이런 관계도 네번째 원인인 목적 없이 이루어지지는 않는다. 마찬가지로 목적 역시 동력자의 독자성을 무너뜨리려 하지는 않는다.

두번째 언급은 오해를 예방하기 위한 것이다. 오늘날의 물리적 세계관은 아리스토텔레스 시대와는 다르다. 근세의 물리학은 아리스토텔레스가 가지 못한 영역으로까지 발전하였으며, 사물이란 워낙에 언젠가 한 번 움직여져 있는 것이라고 주장한다. 아리스토텔레스도 기본적인 사물을 예로 들 때는, 사물이 지금 그렇게 되어 있는 것은 워낙 처음부터 그렇게 되어 있었기 때문이며, 이는 필연적이라고 말하였다. 다소 부정확한 표현이지만, 아리스토텔레스에게서 '움직여져 있음'(being moved, Bewegtsein)은 문제가 되지 않았다. 그의 관심을 유발한 것은 오직 '움직이게 됨'(becoming moved, Bewegtwerden)의 현상이었다. 이런 견해를 존재론에 통합시키고자 했던 아리스토텔레스의 철학적 노력은 오늘날 우리가 '움직여져 있음'을 이해하는 데 들이는 노력보다 더 컸을 것이다.

아리스토텔레스는 시간이라는 요소에 대해 많은 생각을 하였다. 그는 인과론이란 적극적으로 근원을 놓는 것, 즉 기초 깔기라고 생각했다. 이런 기초는 현실의 구조, 즉 자연과 본성을 바탕으로 하는 것이었다. 그는 자주 집을 짓는 건축가와 약을 처방하는 의사를 실례로 사용하였다. 이런 예는 그가 '현재 있는 것'(건축자재, 병)보다 '되어질 것'(집)이나 '되어야만 하는 것'(건강)을 더 중요하게 보았음을 뜻한다. 이 말을 소박한 존재론으로 번역하면, '존재적' 측면에서 '지금 있지 않은 것'은 '지금 있는 것'보다 더 중요하게 놓여 있다고 할 수 있다. 이를 아리스토텔레스의 존재론으로 번역하면, '존재'가 '지금'이라는 시간과의 착종된 접합을 극복하고 '존재의 영속'으로서의 시간과의 새로운 연결을 획득한다고 말할 수 있다(이런 맥락에서 볼 때 아리스토텔레스가 동물의 수명에 대해 연구한 것은 우연이 아니다).

그러므로 최후의 원인은 목적, 즉 무엇이 일어나는 이유이다. 물질과 동력의 상호작용에 대한 설명에서 드러났듯이 아리스토텔레스는 소크라테스 이전의 몇몇 철학자들이 생각했던 것처럼 질문 자체를 설명할 필요는 없었다. 또 물질과 동력 간의 상호작용에 목적성이 관여한다 해서 이 상호작용이 정지되는 것은 아니며 오히려 주도적인 형식의 우월성을 확증한다는 사실이 확실해졌다. 이로써 인과론은 비록 유추적 용법을 통해서지만, 무제한적으로 사용할 수 있는 철학적 도구가 된다.

사실 이런 아리스토텔레스의 목적 원인적 사유에 대한 조롱이 없는 바는 아니다. 조롱자들은 활 쏘는 사람을 예로 들어 반박하기도 한다. 즉 아리스토텔레스에 따르면, 활시위를 떠난 화살이 적의 가슴에 명중되는 것은 궁수가 솜씨가 있어서가 아니고, 적군의 가슴이 화살이 날아가서 꽂혀야 할 당연한 장소이기 때문이라는 것이다. 이는 마치 땅이 들렸다 떨어지게 한 돌이 귀환하는 자연스러운 장소인 것과 같은 이치라는 것이다.

하지만 체계화된 아리스토텔레스 인과론은 바로 이런 반박을 피할 수 있다는 점에서 흥미를 끈다. 즉 명중된 화살은 두 가지 원인이 있다는 것이다(궁수의 솜씨와 승리에 대한 의지). 그리고 아마도 몇몇 개의 원인을 추가적으로 더 생각해낼 수 있을 것이다. 하지만 목적이란 모든 것을 포괄하는 일종의 상부 구조물은 아니다. 아리스토텔레스는 목적이란 많은 경우에 결정적인 힘을 가진 원칙임을 알았다. 즉 목적(집짓기)이란 어떤 운동의 필연성을 발생시키며(나무 자르기), 동시에 이 운동이 정지되었을 때 그 추구하던 형식(완성된 집)이 이루어지고 잘 갖추어졌음을 지적함으로써 운동의 정지를 정당화하는 원칙이다. 이런 필연성은 때때로 조건의 성격을 띠기도 한다.

"도끼 머리란 장작을 패는 도구이므로 단단해야 하며, 만약 단단해야 한다면 청동이나 철로 만들어져야 하고, 마찬가지로 도끼의 손잡이도 반드시 단단해야 한다. 모든 부분은 제각기의 목적이 있으며, 부분의 전체도 자기 고유의 목적을 갖는다. 그러므로 이런저런 목적에 쓰이려면, 그에 맞춰 이런저런 재료로 만들어져야 한다."[5]

아리스토텔레스는 세상에서 일을 발생하게 하는 데는 "두 종류의 원인이 있으며, 사람들은 자신의 철학에서 이 두 종류의 원인을 발견하는 것이 바람직하다"[6]고 강조한다. 여기서 말하는 두 가지 원인이란 인과론과 인간의 자유의지이다. 아마도 자유의지는 인과론을 무효화시키지는 않으나 이를 넘어서는 원인일 것이다. 이와 관련하여 아리스토텔레스는 인간의 자유의지 문제를 인과론적 사고의 틀에 통합시킬 방법을 찾게 된다. 아리스토텔레스가 유추적이며 복잡한 인과론적 사고의 형식적 가능성을 경솔하게 사용하지 않았다는 것은, 부조화의 현상, 즉 소위 우연과 특히 예외적 형식이라고 할 수 있는 기형적 생물에 얼마나 관심을 기울였는가를 보면 알 수 있다.

아리스토텔레스에게는 목적이 항상 절대적으로 사물의 존재 근원에 놓여 있어야 하는 것은 아니다. 그러므로 그의 신학에서는 창조주로서의 하느님이 다루어지지 않는다. 하지만 세계 및 세계 내재적 의미에 대한 이해의 근원에는 신이 자리잡고 있다. 따라서 아리스토텔레스 신학 세계는 존재 · 정신 그리고 에네르기의 최상의 완전성, 즉 절정점으로 신을 지향하고 있다.

목적은 사물의 원칙으로서의 형식을 대체하는 것이 아니라, 운동 이론에 따라 목적이 형식의 형태를 지니고 있듯이 오히려 형식과 연합한다. 아리스토텔레스는 이런 원칙들간의 연합을 현실적으로 의미 있게 설명하고자 애쓴다. 그래서 다음과 같이 이상한 발언도 하게 되었다. "목적원인은 마치 사랑받는 대상이 사랑하는 자를 움직이듯이 사물을 움직인다."[7] 그뿐만 아니라 '욕망'이나 '정복'과 같은 의인적 범주도 사용한다. 이런 논의는 플라톤적 유산을 여실히 보여주고 있다.

하지만 아리스토텔레스는 이런 목적의 초월성은 더 이상 연구하지 않았다. 그는 자신의 철학적 사유 대상이 비록 시간의 한계를 넘어서더라도 세계 내재적인 경우에만 흥미를 느꼈기 때문이다. 이런 방향 설정은 사람들이 흔히 말하듯 그의 낙관주의를 낳았다. "자연은 모든 가능한 가능성 중에서 최상의 가능성만을 실현한다."[8] 아리스토텔레스의 글에서는 이와 유사한 문장을 많이 찾아낼 수 있다. 이런 생각을 잘 이해하기 위해서는 사이버네틱스

기계를 상상하면 좋을 것이다. 스스로 제어하는 기제 하에서 작용원인과 목적원인이 서로 맞춰가며 작용하는 이 기계를 통해 아리스토텔레스가 종종 강조한 다양한 원인의 일치를 이해할 수 있을 것이다. 원인들이 더 높은 차원에서 서로 협동하고 있다는 사실로부터 자연과학자들은 일단 목적론적 현상에 대한 고려를 제외해도 된다는 결론을 얻을 수 있다. 아리스토텔레스 자신도 생물학 연구에서 이렇게 목적론적 차원을 대부분 도외시하였다.

"즉 자연의 일반적 작용도 아니며 특정 종의 특별한 성질도 아닌 것에는 어떤 의미도 담겨 있지 않다. 그리고 그런 것의 생성 역시 아무런 목적이 없다. 눈은 물론 의미가 있다. 하지만 푸른 눈〔碧眼〕의 푸른색은 어떤 특정 인종의 특성을 나타내는 것이 아니라면, 눈에 관한 한 의미가 없다. 어떤 특성들은 이런 방식으로 생각해 보면 본질에까지 도달할 수 있게 해준다. 하지만 대개의 경우 이유는 소재에 의해 주어진 필연성과 운동의 기원에서 찾아야 한다. 이미 이 연구의 처음에서 언급한 것처럼, 언제 어디서나 그 질서와 규칙을 인식할 수 있는 자연의 소산물인 만물은 그렇고 그렇게 되어가고 있기 때문에 지금 그렇게 되어 있는 것이 아니다. 오히려 만물이 그렇고 그렇게 되어 있으므로, 그렇게 되어가는 것이다. 왜냐하면 생성이란 존재에 따르는 것이며, 생성이 존재를 위해 있는 것이지 그 반대로 존재가 생성을 위해 있는 것이 아니기 때문이다."[9]

사이버네틱스의 미세화, 2평방밀리미터 내의 순열조합장치와 비교를 위한
실제 크기의 골무, 1978년(현미경 사진)

여기서 말하는 존재가, 형식이 곧 자신의 목적이 되는 포괄적인
존재라는 것은 이미 설명한 목적원인의 성격으로부터 이해할 수
있을 것이다. 아리스토텔레스는 인과론에 대해 별도의 책을 쓰지
는 않았으나, 그의 전작에서 전개된 인과론이 만물을 통합하는 최
후의 근원, 즉 소여자(所與者) 그 자체로서의 존재를 주제로 하는
존재론에 뿌리를 둔 철학의 정립을 추구한다는 사실을 확인할 수
있다. 존재는 자연·예술·우연을 통합할 수 있을 것이다. 마찬가

아울리스 만의 해변

지로 존재는 실존과 이성 간의 긴장을 지양하지는 못할지라도 적어도 담지할 수는 있을 것이다.

원인의 상호작용에 관한 생각은 아리스토텔레스의 철학과 경험적 연구에서 일관되게 찾아볼 수 있다. 물론 이것은 그가 단일적 유추를 포기하고 줄곧 연역적 기법을 사용했다는 뜻은 아니다. 이런 것은 우주적 개념으로서의 자연개념도 해내지 못할 일이다. 아리스토텔레스는 오히려 개별적으로 서로 얽혀서 일정 범위에서만 제한적으로 작용하는 인과론의 상호관계를 알아내고자 하였다. 여기서 그가 제창한 단계이론이나 개별적 본성에 대한 이론이 만들어진 동기를 간파할 수 있다. 하지만 마치 우주의 축소판 같은 개별적 본성들은 닫혀진 단자(單子, Monade, 독일 철학자 라이프니츠의 세계관에서 세상을 구성하는 에너지의 최소단위−옮긴이)

가 아니라, 적어도 우리가 사는 지상에서는 다른 것들과 얽혀서 상호작용을 하고 있다는 것이다.

천제가 지상의 사건에 간섭하며 에네르기를 제공하며 통제한다는 것은 이미 언급하였다. 그러니까 인간의 탄생은 인간과 태양이 공동으로 가능케 하는 것이다. 이와 같이 아리스토텔레스는 지상 세계를 천상 세계에 편입시켰는데, 이로써 단계이론을 우주의 완전성과 제1동력자의 독자성과 연결시킬 수 있었다. 물론 아리스토텔레스 철학에서 소재적 세계의 마지막 목적이며 제1동력자가 세계의 창조자가 될 필요는 없다. 그러나 후에 발전된 중세의 기독교 신학은 신의 섭리라는 개념으로 아리스토텔레스 인과론의 원천자에 대한 철학을 붕괴시키고 실제적 존재와 합리성을 새로운 질문의 영역인 기독교적 신학으로 이끌고 갔다.

독자는 왜 저자가 아리스토텔레스 철학에 대해 대략적 입문을 목표로 하는 이 책에서 다른 철학적 문제에 대해서는 간단히 지나가면서 유독 형이상학에 관해서만 이렇게 자세히 설명하는지 의아하게 생각했을지 모른다. 아리스토텔레스 인과론에 대해 자세히 설명하는 데는 몇 가지 이유가 있다. 우선 이 책의 기본적인 네 가지 질문, 즉 아리스토텔레스 철학이 어디서 왔는가(기원과 전통, 제2부), 어떻게 철학을 하는가(방법론, 제3부), 무엇을 다루는가(내용, 제4부), 무엇을 위해서 철학을 하는가(목적, 제5부) 등의 질문은 피상적인 의미로 쓰였으며 단지 책의 부를 나누는 원칙일 뿐이라는 것을 알아주기 바란다. 필자가 중요하게 생각한 것은, 인간에 대한 아리스토텔레스의 개별적 진술을 설명하기 전에 아리스토텔레스 철학의 중심을 확실히 보여주는 것이었다. 더욱 중요한 것은 인과론과 시작에 대한 사유가 더 이상 조화를 이루지 못한다는 사실을 밝히는 일이다. 네 가지 원인, 즉 형식과 목적, 소재와 동력자 간의 상호작용은 시작보다는 '체계'의 관념에 잘 어울린다. 그리고 이 체계가 완전히 앞뒤가 들어맞고 건실하다 해도 오늘날의 시각으로 볼 때 더는 타당성이 없는 운동론에 기초를 두고 있는 것이 아니냐는 질문을 피할 수 없다.

"모든 움직여진 것은 다른 것에 의해서 움직여진다"는 원칙에 기초하여 이루어진 아리스토텔레스적 형이상학의 신 존재증명이, 아리스토텔레스 물리학이 유효성을 잃었는데 어떻게 유효할 수 있을지 정말 난감한 문제이다. 그런데 토마스 아퀴나스(Thomas von Aquin, 1225~74년. 이탈리아 철학자 및 신학자로서 교부철학의 대표자이며 로마 가톨릭 교회의 가장 중요한 신학자—옮긴이)의 신 존재증명을 포기했어도 신학의 위치가 약화되지는 않았지 않은가. 세 개의 증명이 한 개나 두 개의 증명보다 더 강한 것은 아니다. 이런 것은 토마스주의자도 알고 있다. 그러므로 형이상학을 체계화하는 데 주저하는 태도에는 더 중요한 원인이 있을지 모른다. 만약 철학을 '시작'과 '체계', '결과'와 '방법론' 그리고 '진술'과 '정신'으로 분리할 수 있다면, 그런 체계화는 이미 오래 전에 이루어졌을 것이다. 전통 보수주의자는 전통의 정신이 껍데기만 남는 형식이 되지 않도록 주의만 한다면 할 일을 다한 것이다.

하지만 문제는 다른 곳에 있었다. 시시때때로 나오는 형이상학의 죽음에 대한 선언은 새로운 형이상학의 탄생에서 부족한 부분만을 지적하는 것에 지나지 않는다. 아리스토텔레스는 자신의 철학과 연구 전체를 존재론의 지평에 놓았다. 오늘날도 역시 이런 것을 추구하기는 하나 이루어진 곳은 하나도 없는 것 같다. 그러므로 불똥은 역으로 튄다. 아리스토텔레스 사고의 가장 연약한 부분, 심지어 낡아버린 듯한 부분이 현대인에게 가장 도전적인 부분인 것이다. 아리스토텔레스의 사고는 우리로 하여금 반박하도록 하기보다 긍정적으로 발전시켜 가도록 촉구한다. 그리고 이 발전은 바로 철학을 하라는 의미이다. 우리는 합리성을 싫증나도록 연습하였으며, 실존의 시원성(始原性)을 충분히 생각하였다. 또한 형식의 독자성과 인간의 뿌리가 언어에 있음도 들어 알게 되었다. 이제 철학할 시간이 된 것이다.

단테는 아리스토텔레스를 식자(識者)의 스승이라고 불렀다. 아리스토텔레스는 적어도 구도자의 스승이라는 명칭은 가질 수 있다. 왜냐하면 아리스토텔레스 체계의 적어도 두 가지 측면이, 운동론의 유효성 상실을 넘어서서 살아남기 때문이다. 하나는 인과론의 존재론적 측면이며, 다른 하나는 유추와 이와 연결된 단계이론이다. 단계이론의 폭넓은 영역은 인과론적인 연역원칙에서 발생한다기보다 모든 자연, 모든 사실 그리고 존재하는 모든 것에 대한 진리를 알기 위한 열정적 자세에서 나온다. 그러므로 체계역시 시작이라는 주장은 단지 수사학적 말장난만은 아니다.

존재론을 부활시키려는 노력은 오늘날 부분적으로는 반(反)형이상학적 사고에서 나오고 있다. 예컨대 언사와 사고의 '단계'에 대한 관심과 '구조'에 대한 관심에서 이런 경향이 나오고 있다. 하지만 '물리학'이 임시변통적이거나 변호적 성격이 아닌 정당한 문제를 많이 제시할 때, 존재론은 비로소 '형이상학'이란 이름을 달 수 있을 것이다.

여기서는 아리스토텔레스가 어떤 자연의 대상과 구조를 묘사하였는가를 백과사전적으로 나열하지는 않는다. 이 장의 후반부는 단지 2천 년 전 아리스토텔레스가 인간의 세계에 대해 생각하며 행한 철학적 진술에 대해 일별하고자 할 뿐이다. 그의 생각이 오늘날 어느 정도 타당성을 잃었으며 어느 정도 유효한지는 각자의 몫으로 생각해볼 일이다.

다양한 자연 연구

아리스토텔레스가 자연과학 연구와 교수활동에 몰두했다는 사실은 이미 언급하였다. 여기서는 서양 학문사 전통에서 나타나는 아리스토텔레스의 업적을 간략하게 언급하고자 한다.

아리스토텔레스에게는 수학적 재능이 없었다. 하지만 그는 당시에 유일하게 존재하던 학문으로서의 수학에 대해 충분한 지식을 갖추고 있어서, 수학자와 전문적 대화가 가능할 뿐 아니라 수학의 최신 발전 경향을 따라잡을 수 있을 정도였다. 그의 정교한 우주론과 삼단논법이 보여주듯 아리스토텔레스는 형식논리적 사고력도 뛰어났다.

아리스토텔레스는 특성과 결합의 원칙을 도입함으로써 4원소론을 심화 확장하였으며, 우주적 작용원리를 더욱 잘 서술할 수 있게 되었다. '더위-추위' 또는 '습기-건조'라는 연결이 제외되었으므로, '더위-건조', '추위-건조', '더위-습기', 그리고 '추위-건조'라는 연결이 남게 되는데, 이것이 4원소에 해당한다. 수학적 물리학자인 아리스토텔레스는 천체를 제5원소로 보았다. 이로써 그는 단번에 몇 가지의 학문적 이점을 얻고자 했다.

아리스토텔레스는 아테네 천문학자들이 이미 이룩해 놓은 업적 위에 자신의 천문학을 세웠다. 아리스토텔레스는 점성술의 공리가 자율적 인과론의 중심원칙에 배치된다는 점에서 그 가치를 인정하지 않았다.

이미 언급했듯이, 아리스토텔레스의 물리학에서 동력(動力, Dynamik)의 역할은 매우 불행한 위치를 차지하고 있다. 서양 근세의 물리학은 본질적으로 아리스토텔레스의 운동론을 논박하면서 발전되어왔다.

방법론, 특히 경험적 연구와 관련된 방법론에 대한 아리스토텔레스의 공로는 이미 언급되었다. 이 방법론은 테오프라스토스와 그의 제자 스트라톤의 논문과 일련의 의사들의 작업에서 아주 훌륭한 결실을 보았다. 그런데 무슨 이유로 아리스토텔레스의 경험적 경향이 아리스토텔레스의 후계자들에게서는 그토록 축소되었는지를 이해하기 위해서는 광범위한 문화사적 조사를 해야 할 것이다.

지리학자와 광물학자들은 아리스토텔레스의 기상학에서 자신들의 학과와 관련된 언급을 찾을 수 있다. 이는 후일 소요학파에 의해 발전되었다. 테오프라스토스의 광물학과 15세기의 광물학 사이에 거의 발전이 이루어지지 않았다는 사실은 주목할 만하다. 물론 그 이유는 특별히 중세의 광물에 대한 관심이 비학문적이고 주술적인 방법으로 보석을 생산하는 데 있었기 때문이다.

아리스토텔레스의 자연과학적 업적 중 가장 광범위하면서 후세에 가장 큰 영향을 미친 분야는 생물학이다. 하이드베르크는 이와 관련하여 다음과 같이 말하였다.

테오프라스토스, 로마 알바니 빌라

"우리의 감탄을 자아내는 것은 아리스토텔레스가 다룬 연구의 범위보다도 연구대상의 정리와 분류에 나타난 그의 넓은 조망과 날카로우면서 명석한 정신력이다. 아리스토텔레스의 동물분류는 본질적 특성을 잘 파악하여 이루어졌으며, 생물의 생식과 번식에 관한 그의 통찰은 시대를 뛰어넘어 유효하다. 아리스토텔레스는 천재적 직관으로 사물의 핵심을 파악했다."

아리스토텔레스가 심장에 대해 큰 관심을 보였다는 사실은 그의 뇌에 대한 평가가 미흡하다는 것을 지적할 때 이미 언급되었다. 아리스토텔레스는 태생학적(胎生學的) 연구를 통해 심장이 생물체의 주축을 이루는 기관이라는 자신의 생각을 확증했다고 믿었다. 여기서는 아리스토텔레스의 동물분류 체계를 언급하기로 한다. 동물분류의 최상의 원칙은 바로 빨간 피가 있느냐 없느냐 하는 것이었다(즉 엔나이마[ennaima, 유적색혈종, 有赤色血種]와 아나이마[anaima, 무적색혈종, 無赤色血種]).

·

유적색혈종은 다시 네 개의 집단으로 나뉜다.

① 새끼를 낳는 네발동물. 여기에는 모든 포유류와 상어 · 물개 · 박쥐가 속한다. 그리고 동물의 골격과 사지(四肢)의 모양에 따라 다음 단계의 구별이 이루어진다.

② 알을 낳는 네발 동물. 예컨대 도마뱀 · 거북이 그리고 양서류가 속하며 뱀 종류도 포함된다.

③ 조류는 세번째 집단에 속하는데, 여기서도 사지의 생김새(예컨대, 갈고리 발톱, 갈라진 굽 또는 유영족[遊泳足]인가)와 먹이(곡식, 벌레 등)에 따라 8개 군으로 분류된다.

④ 네번째는 어류인데 여기서는 골격(연골인가, 보통 뼈인가)에 따라 다시 두 개 군으로 나뉜다.

무적색혈종 역시 네 개의 집단으로 나뉜다.

① 연체류(예컨대 낙지와 오징어)

② 유각류(새우와 게 등)

③ 갑각류(조개와 섬게 등)

④ 곤충류(주로 곤충이며, 벌레도 여기에 속한다).

태생학자들은, 아리스토텔레스가 생물의 원형이 정자 안에 이미 존재한다는 원칙에 의거한 히포크라테스의 유전학을 거부한 사실을 높이 평가한다. 히포크라테스 유전학은, 생물의 모든 몸체는 이미 정자 속에 아주 작은 형태로 구성되어 있으며, 출생 후 성장하기만 하면 된다는 것이다. 아리스토텔레스는 이 이론을 반박하기 위해 정상상태에서 생겨난 기형적 출생 혹은 그 반대의 경우, 예컨대 외팔을 가진 아버지로부터 태어난 정상아의 출생 등을 면밀히 검토했다. 아리스토텔레스는 이런 유전적 연구뿐만 아니라, 그의 전체 생물학적 사고와 형이상학적 고찰을 토대로 새로운 유전학을 세웠다.

아리스토텔레스의 권위에 의지하는 개체 신생학설자(個體新生學說者, Epigenesist, C. F. Wolff〔1759〕의 발생론에 의거하여 모든 생물의 기관은 연차적으로 따라오는 새로운 형성을 통해 발전한다고 주장하는 학설─옮긴이)들의 의견에 의하면, 정자는 완숙한 몸체를 축약시켜 놓은 것이 아니다. 오히려 정자가 완전히 형성된 몸체에 대해 가지는 관계란 마치 (실현된) 행위에 대해 그 원인이 되는 잠재력과 같다. 즉 정자란 유기체 형성을 위해 이미 완성되어 주어진 요소의 고정적 위치배열이 아니라는 말이다.

아리스토텔레스의 뛰어난 업적은 그의 영혼론과 다양한 능력(섭생, 번식, 이동, 인지)에 대한 이론으로 생물학의 이론정립을 위한 기초를 세웠다는 사실이다. 그의 이론은 두 가지 측면에서 장점을 가지고 있다. 우선 전체 생물 체계를 구성하는 각 단계의 독립성을 정당하게 이해하면서 동시에 그 다음 단계의 상대 우위적 완전성과의 연계 속에서 이해할 수 있도록 해준다는 것이다.

아리스토텔레스를 따라 명명된 여섯 가닥의 뿔을 가진 인도산 사슴,
"사슴을 사냥할 때는 플루트와 노래가 필요하다.
그러면 사슴은 황홀해하며 무릎을 꿇고 땅바닥에 엎드린다"(아리스토텔레스, 『동물학』)

두번째 장점은, 생리학적 과정과 심리학적 과정 사이의 밀접한 상호연결을 이해하고 해석할 수 있는 가능성을 제공해 준다는 것이다. 예컨대 아리스토텔레스의 관상학이 그러하다.

아리스토텔레스의 이런 놀라운 업적은 괴테와 다윈에 의해 칭송되었던 반면, 17세기에 벌어진 역학(力學) 논쟁에서는 거의 주목을 끌지 못했다. 부당하게도 당시 사람들이 아리스토텔레스에게 쏟아 부었던 조롱이 다 사라지지 않고 오늘날까지도 어느 정도 남아 있다.

아리스토텔레스는 실루루스 글라니스(silurus glanis, 유럽산 큰 메기―옮긴이)라는 물고기를 자세히 관찰하였다. 이는 '동물 이야기'에 나오는 8개의 다양한 언급 속에 포함되어 있다. 그런데 이 아리스토텔레스의 관찰기는 르네상스로부터 19세기에 이르기까지 아리스토텔레스의 동물학은 동화 같은 비학문적 서술에 불과하다는 비난의 대표적 표적이 되어왔다. 그의 서술은 다음과 같다.

"글라니스라는 민물고기는 수컷이 부화에 많은 노력을 들인다. 암컷은 산란 후 멀리 사라져버리지만, 수컷은 알이 모여 있는 곳에서 다른 물고기들이 알을 공격하지 못하도록 보호한다. 수컷은 하루에도 40~50번 지키면서 알이 부화하여 충분히 클 때까지 기다린다. 그런데 수컷은 공격하는 다른 물고기를 위협하기 위해 거칠게 숨을 쉬고 물을 쳐대고 불어대기 때문에, 어부들은 수컷이 알을 지키는 장소를 알아차릴 수 있다. 수컷이 알을 그토록 정성껏 지키기 때문에, 알들이 붙어 있는 해초를 뿌리째 끄집어내면, 수컷을 낮은 물가로 유인할 수 있다. 수컷은 그래도 알에서 떠나지 않기 때문에 어부들은 수컷을 쉽게 낚을 수 있다. 심지어는 낚싯바늘을 물어도 알을 떠나지 않고 오히려 날카로운 이빨로 낚싯줄을 물어뜯을 정도이다."[1]

루이스 아가시스(Louis Agassiz)라는 스위스 학자는 미국의 하천에서도 아리스토텔레스가 관찰한 물고기의 행동양식을 나타내는 메기의 종류를 발견하였다. 1906년 동물학자들은 이 메기 종을 공식적으로 인정하였고, 아리스토텔레스의 이름을 따서 파라실루루스 아리스토텔리스(Parasilurus Aristotelis)라고 명명하였다.

올바른 행위

"만약 사람들이 벽과 나무를 관통해서 보았다고 전해지는 린코이스처럼 잘 볼 수 있다면, 그토록 형편없는 요소들로 만들어진 우리 인간 중 어느 누가 이런 날카로운 시각을 견디어낼 수 있을 것인가? 왜냐하면 사람들이 가장 많이 추구하는 명예와 명성이란 말할 수 없는 허무로 이루어져 있으니까 말이다. 무엇인가 영원한 것을 관조하는 자에게 그런 것을 위해 애쓰는 것이란 어리석은 일로 여겨지기 때문이다."[1]

플라톤은 크세노크라테스는 자극을 주어야 하는 데 반해 아리스토텔레스는 억제해야 한다고 말했지만, 플라톤의 어조는 아리스토텔레스에 비하면 결코 매섭다고 볼 수 없다. 아리스토텔레스의 철저성은 아직 성자가 되기 이전의 청년 아우구스티누스에게 큰 영향을 주었다. 아리스토텔레스의 극단성은 다음과 같은 발언에서 엿볼 수 있다. "그러므로 사람은 철학을 하거나 그렇지 않으면 생에 이별을 고하고 떠나가야 한다. 왜냐하면 다른 모든 것은 허무이며 장난에 불과하니까."[2]

플라톤의 서거 이후 아리스토텔레스는 소피스테스들에 대해 학술원의 생활 방식을 화려한 수식어와 장엄한 태도로 변호해야 할 의무를 느끼지 않았다. 그가 '무서운 아이'(enfant terrible)의 특권을 누릴 수 있는 시간은 지나갔다. 아소스와 미틸레네 지방에는 건전한 분위기가 형성되기 시작하였다. 그리스가 페르시아 제국의 식민지로서 위협을 받고 있을 때 헤르미아스와 그의 참모들이 실행한 과감한 현실 정치는 아리스토텔레스로 하여금 윤리에 대해 숙고하도록 고무하였다. 윤리는 철학을 변호하기 위한 것이 아니라 선을 수호하기 위한 것이다. 그리고 선의 수호는 모두를 위한 것이어야 한다. 『오이데메스 윤리학』의 많은 생각은 플라톤적이기는 하지만 그 말투가 사람을 놀라게 한다.

"……먼저 행복한 삶이란 어디에 있으며, 어떻게 해야 행복한 삶에 도달하는가를 알아내야 한다. 우리가 '행복하다'고 인정해 줄 수 있는 모든 사람들이 가령 키가 크고 작거나 피부색이 다르듯이 애당초 천부적으로 행복을 받은 것인지 아니면 공부를 통해서 행복해진 것인지를 연구해야 한다. 후자의 경우라면 행복에 대한 일종의 학문이라도 있을 것이다. 또는 연습을 통해서 행복에 도달하는 것인가? ……아니면 행복에 도달하는 어떤 방식도 없는 것은 아닌가? 혹은 신의 계시와 영감을 받아 황홀경에 이르는 사람들처럼 행복은 신으로부터 오는 것인가? 아니면 우연을 통해서 오는 것인가? 왜냐하면 많은 사람들이 행복이란 재수가 좋은 것과 같은 것이라고도 생각하니까 말이다.

밭 경작과 올리브유 운반, 어느 아테네 공인의 접시에 검은색으로 그려진 그림

행복과 행복한 삶은 사람들이 가장 많이 바라는 세 가지가 갖추
어질 때 가능하다. 이 지고한 세 가지는 이성·도덕성 그리고 의
욕이다. 하지만 이것들이 행복과 관련해서 가지는 의미에 대해서
는 확실하게 의견의 일치를 이루지 못하고 있다. 어떤 이는 어떤
것이, 다른 이는 다른 것이 행복을 이루는 데 중요하다고 말한다.
즉 어떤 이는 이성이 도덕성보다 행복을 위해 더 중요하다고 하
고, 어떤 이는 이와 반대로 말한다. 또 어떤 이는 의욕이 위의 두
요소보다 더 중요하다고 말한다. 행복한 삶을 위해서는 이 세 요
소가 모두 필요한 전제조건이라고 보는가 하면, 어떤 이들은 두
가지만, 또 다른 이들은 한 가지만 있어도 된다고 말한다.

자기 마음대로 살 수 있는 사람은 누구나 자신의 모든 행동을
집중시켜서 얻을 수 있는, 예컨대 명예나 명성·재산이나 지식의
획득 같은 좋은 인생목표를 세운다는 점을——생의 목표를 세우지
않는 것처럼 큰 어리석음은 없을 테니까——생각해 보면, 행복한
삶이 도대체 우리가 획득할 수 있는 어떤 것에 달려 있는가를 성

급하거나 경솔하지 않게 규정하는 것은 대단히 중요하다."[3]

　"그런데 다양한 삶의 형태 가운데 단지 생활의 필수적인 요구에만 매달려 이런 행복을 전혀 추구하지 못하는 삶의 형태도 있다. 여기에 속하는 삶의 양태로 어려운 관직·상업과 수공업을 들 수 있다. 어려운 관직이란, 단지 외형적 존경만을 목표로 하는 활동을 뜻하며, 수공업은 작업장에서 일급을 받고자 노력하는 행위를, 상업이란 도소매 상행위를 말한다. 하지만 인간으로서 행복한 삶을 영위하기 위해서는 이전에 언급한 세 가지 최상의 재화, 즉 도덕성·이성 그리고 의욕이 필요하므로 이에 상응하는 세 가지 삶의 형태가 있다. 즉 정치적 삶, 철학적 삶, 그리고 향락적 삶. 이들 중 철학적 삶은 이성에 봉사하여 진리의 관조적 인식을 얻고자 최대의 노력을 기울인다. 정치적 삶은 명예로운 행위를 전개한다(왜냐하면 이것은 도덕성의 열매이기 때문이다). 하지만 향락적 삶은 감각적 욕망을 채우는 데 몰두한다."[4]

　"어떤 이들은 이성적 지식이나 감각적 욕망 중 어느 것도 선택하지 않고 도덕적 정신에 의지하여 실제적 행위를 선택하기도 한다. 이들은 명예를 위해 이런 것을 선택한 것이 아니라 명예를 얻을 가망이 없어도 선택한다. 물론 많은 정치가가 이런 부류에 속하지 않는다. 그들은 참된 정치가라고 할 수 없다. 왜냐하면 참된 정치가는 그 자체를 위해 명예로운 행위를 선택하기 때문이다. 하지만 정치적 행위를 선택한 대부분의 사람들은 돈에 대한 욕심과 소유욕 때문에 움직인다. 이상과 같이 일반적으로 행복은 정치적·철학적 그리고 향락적 삶 등 세 가지 삶의 형태를 가지고 있는 것으로 이해할 수 있다."[5]

"소크라테스는 나이가 들어서 도덕성에 인생의 목적이 있다고 믿었다. 그러므로 그는 정의가 무엇이며, 용기가 무엇이며, 또 용기의 구체적 모습은 어떤 것들인지를 규정하고자 했다. 그는 논리적으로 이를 해냈다. 즉 그는 모든 미덕은 결국 아는 것, 곧 지식에 있다는 의견을 피력

후기 고전주의로 묘사된 소크라테스,
런던 대영박물관

하였다. 따라서 정의가 무엇인지에 대한 지식을 아는 것과 정의로운 사람이 되는 것은 동일한 것이다. 측량학과 건축학을 배우면, 측량사와 건축사가 되는 것과 마찬가지 이치이다. 그러므로 소크라테스는 도덕성이 무엇인가는 연구하였지만, 도덕성이 어떻게 그리고 무엇으로부터 생겨나는지는 다루지 않았다. 물론 이 것은 이론적 학문이 해야 할 일이다. ……마치 우리가 건강이 무엇인지를 아는 것보다 건강하기를 더 좋아하고 기분 좋은 것이 무

환자들 앞에 에스쿨랍의 뱀지팡이를 들고 있는 그리스 의사의 모습, 기원전 4세기

엇인지를 아는 것보다 기분 좋기를 원하듯이, 우리는 용기가 무엇
인지 알고 싶은 것이 아니라 용기가 있기를 원하며, 정의가 무엇
인지를 아는 것보다 정의로운 사람이고자 한다."[6]

"물론 의사는 육체의 건강을 위해 무엇이 좋으며 구체적 환자에
게 고통을 덜어주고 건강을 촉진하는 약의 양이 얼마나 되는지를
판단하는 데 특정한 규범을 따른다. 약이 너무 많거나 적으면 약
효가 없어진다. 이와 마찬가지로 도덕성을 지닌 사람도 자신의 행
동에 대한 규범을 가지고 있어야 한다. 즉 그가 그 자체로는 칭찬
받아서는 안 될 일 중에서 어떤 것을 해야 하고, 어떻게 관계를
맺어야 하는지, 또 그가 많은 돈을 바라야 하는지 또는 적은 돈을

해부학 강의, 기독교도 지하 무덤에서 발굴된 프레스코화

바라야 하는지, 혹은 유리한 인간관계를 이용해야 하는지 또는 포기해야 하는지 등에 대한 규범을 말한다. 우리는 이전에 이 규범을 이성이라고 하였다. 하지만 이것은 예컨대 건강한 음식 섭취의 기준은 의사와 영양사가 말하는 규범이라고 말하는 것과 같다. 물론 의학적 규범은 참이기는 하지만 불분명하다. 하지만 사람들은 다른 여타의 영역에서와 마찬가지로 지금 통용되는 지배적인 원칙에 따라 살아야 하며, 자신의 행동도 이 원칙의 엄격도에 맞춰서 적응해야 한다. 이는 마치 노예가 자기 주인의 의지에 따라야 하고 각 사람은 자기의 상사에게 따라야 하는 것과 마찬가지이다.

하지만 사람은 두 부분으로 구성되어 있는데, 하나는 지배하고 다른 하나는 지배를 받는다. 그런데 모든 존재는 자기가 지배하는 원칙에 따라 살아야 한다. 이것은 이중적 측면이 있다. 즉 지배하는 원칙은 한편으로는 의학이며, 다른 한편으로는 건강이다. 하지만 첫번째 것은 두번째 것을 위해 있다. 이것은 이론과 관련해서도 마찬가지이다. 여기서는 신이 지배하는 원칙이다. 하지만 신은 자의적으로 명령하는 것이 아니라, 이성이 요청하는 것을 명령한다. 이와 같이 행동의 목적도 이중적이다. 하지만 물론 신은 무엇인가를 필요로 하는 욕구가 없다.

그러므로 사람이 육체적 능력이든, 친구이든 그 밖의 다른 무엇이든 간에 신의 관조가 가능하고 고무되는 한계 안에서 지상의 것을 이룩하고 획득하고자 한다면 이것은 가장 좋은 규범이다. 하지만 신을 향한 이런 추구가 지나치거나 일상생활에 꼭 필요한 것도 행하지 않게 되어 신의 경배와 관조에 방해가 된다면, 이는 잘못된 것이다. 사람들은 이것을 영혼 속에 잘 기억해서 간직해야 한다. 그리고 다른 것에는 주의를 기울이지 않는 것이 가장 좋은 규범이다. 이로써 이제 완전한 도덕성이 무엇이며, 지상의 재화를 사용할 때 어떤 것이 목표가 되어야 하는가에 대해 말했다."[7]

아리스토텔레스의 윤리학과 행복한 삶에 대한 철학이론은 자연과학적 발전과 그 기초가 되는 형이상학의 영향을 많이 받았다. 아리스토텔레스는 나이가 들수록 신적 규범에 관한 발언을 피했다. 인과론을 발전시키는 과정에서 인간을 가장 뛰어난 존재의 집합체로 이해하게 됨에 따라 신을 매개로 하지 않고도 규범에 대해 직접 말할 수 있는 가능성이 생겼다. 이제 윤리적 행위는 인간존재의 한 부분으로 이해되었다. 이에 따라 윤리란 인간 '본성'의 발현으로 여겨졌다. 아리스토텔레스가 아들의 이름을 따서 지은 『니코마코스 윤리학』에서 어떻게 관점이 이동하였는지를 볼 수 있다. 하지만 아리스토텔레스가 종교로부터 멀어졌다고는 볼 수 없으며, 오히려 더욱 철학에 집중하였다고 말할 수 있다.

아리스토텔레스는 자연 개념을 거의 모든 분야에 매우 폭넓게 사용하였으므로 인간의 실제적 행동을 관찰하는 데 많은 지면을 할애했다는 것은 놀라운 일이 아니다. 자연 개념이라는 틀 속에 실제 사실과 규범이 풀기 힘들게 얽혀 있는데, 이는 『니코마코스 윤리학』이 현상의 실증적 묘사로 끝나고 있지 않은가 하는 논란의 근거가 되었다. 하지만 여기서는 아무 해설도 붙이지 않고 아리스토텔레스의 윤리관을 담은 원저 『니코마코스 윤리학』을 인용하는 것이 가장 좋은 방법이 될 것이다. 문맥을 이해할 수 있도록 비교적 긴 대목을 인용하였다.

선에 대해 "모든 기술과 학문적 연구 그리고 모든 행동과 의도는 항상 선, 즉 좋고 유익한 것을 목적으로 삼는 것 같다. 그러므로 선이란, 모든 것이 목표로 삼는 것이라고 한 사람들의 말은 틀리지 않는다. 하지만 목적들간에는 명백한 차이가 있다. …… 사람들이 하는 활동과 예술, 학문은 여러 가지가 있으므로, 목적 역시 여러 가지가 존재한다. 예컨대 의학의 목적은 건강이며, 조선의 목적은 배이며, 병법의 목적은 승리이며, 경제의 목표는 부

말을 탄 아테네 청년, 접시의 내부 그림, 기원전 510년경

의 획득이다.

그런데 이런 활동영역이 단 하나의 기술에 종속되어 있을 경우에는, 가령 승마에 필요한 말굴레나 그 밖에 필요한 마구(馬具)의 제작이 '승마술'이라는 기술에 종속되어 있으며 이 승마술이 또 그 자체로 다른 전쟁 기술과 함께 '병법'에 종속되어 있고 이 병법 역시 어떤 더 높은 기술에 종속되어 있다면, 항상 상위 기술에 종속되어 있는 활동의 목적은 하위에 봉사하는 목적보다 더 중요하다. 왜냐하면 하위 기술은 상위 기술을 위해 추구되기 때문이다. ……이제 우리가 그 자체를 위해 추구하며 모든 다른 것은 단지 이것을 위한 수단에 불과한 행동의 목표가 있다면, 이것은 명백히 '선'이며 '지고선'(至高善)임에 틀림없다. 이것은 더 이상 다른 목표를 위한 수단이 되지 않는다.

만약 최고의 선이 없다면, 상위 목표의 설정은 무한히 계속될 것이며 우리의 추구는 대상을 찾지 못하여 무의미하게 될 것이다. 이러한 선에 대한 지식은 다른 어떤 것 못지않게 우리 삶을 위해 매우 중요한 것이 아닐까? 그리고 그런 지식을 가지고 있다면, 마치 표적을 보고 화살을 겨누는 궁수처럼 옳은 것을 더 잘 적중시킬 수 있지 않을까?"[8]

"분명히 목적은 하나 이상의 여러 개가 있는 바, 우리는 어떤 목적은 그 자체가 아니라 다른 어떤 것을 위해 추구한다. 다른 어떤 것이란 예컨대 재산, 피리 연주와 같은 것이 될 수 있다. 이런 것들은 어떤 목적을 위한 수단이다. 이로써 모든 목적이 다같이 궁극적인 자체 목적이 아니라는 것은 분명하다. 그러나 최고의 선은 명백히 자체로서의 목적이다. 그러므로 만일 오직 하나의 자체 목적이 있다면, 이것이야말로 우리가 찾고 있는 것이다. 만약 여러 개의 자체 목적이 있다면, 그중에서 제일 완전한 것이 우리가 찾고 있는 목적이다.

우리는 다른 것을 위해 추구하는 것보다 그 자체를 위해 추구하는 것을 더 완전하다고 말한다. 그리고 다른 어떤 것을 위해 추구하는 것이 아니라 그 자체만을 위해 추구하는 것을 그 자체를 위해서나 또는 다른 어떤 것을 위해 추구하는 것보다 더 완전하다고 생각한다. 그리고 도대체 가장 완전한 자체 목적이란, 항상 자체를 위해서일 뿐 결코 다른 어떤 것을 위해 추구되지 않는 것을 말한다. 바로 행복이 이런 것에 가장 가깝다고 생각된다."[9]

원반을 던지는 사람, 미론식의 청동상, 뮌헨 고대박물관

"대부분의 사람들은 욕망과 전쟁을 해야만 한다. 왜냐하면 처음부터 자연적으로 주어진 것들은 그들의 욕망을 채워주지 못하기 때문이다. 하지만 선을 사랑하는 이들은 자연적으로 주어진 것으로 만족을 얻는다."[10]

"만약에 사실이 위와 같다면, 도덕적으로 올바른 행위는 그 자체로 재미가 있으며 동시에 선하고 아름답다."[11]

"이제 행복도 외부의 재화를 필요로 한다는 것이 확실해졌다. 왜냐하면 재물이 없으면, 선을 행하기가 불가능하거나 어렵기 때문이다. 많은 일들이 오직 우리가 도구로 사용하는 친구나 재산이나 정치적 영향력의 도움으로 가능하다. 그러나 어떤 특정한 재물이나 조건, 예컨대 좋은 가문, 건강하고 잘 자라난 자식, 혹은 아름다움 등이 결여될 경우 행복은 지장을 받는다."[12]

"지고의 선이며 가장 고상한 것을 우연에 돌리는 것은 아마도 옳지 않을 것이다."[13]

"행복은 영혼이 완전한 도덕성에 상응할 때 주어진다."[14]

"자기 자신을 잘 다루는 사람에 대해 우리는 그의 이성과 영혼의 이성적인 부분을 칭찬한다. ……이제 이성 이외에 천부적으로 이성과 함께 다투고 이성에 거스르는 다른 무엇이 있음이 분명하

델포이의 경기장

다. ……하지만 그것도 이성과 모종의 관계를 맺고 있는 것 같다. 왜냐하면 자기 절제를 잘 하는 사람에게 다른 무엇이 있는 것은 이성의 말을 잘 듣기 때문이다. 그리고 아마도 성찰적이고 용감한 사람의 경우에는 이것이 이성의 말을 더 잘 듣는 것 같다. 이런 사람의 경우 그것은 이성과 완전한 조화를 이루고 있다. 그러므로 비이성적인 영혼의 부분도 다시 두 종류로 나누어야 한다. 즉 식물과 같이 단지 생존하는 능력은 이성과 전혀 상관이 없다. 하지만 이성의 말을 듣고 순종하는 것을 보면 욕망의 능력 혹은 충동도 이성과 관계가 있는 것 같다. 이런 비이성적 부분이 이성에 의해 규정될 수 있다는 사실은 책망과 모든 종류의 꾸중과 칭찬이 증명해 준다. 만약에 영혼의 이런 비이성적 부분에 이성을 부여하려면, 이중적 이성을 상정해야 한다. 즉 자기 자신의 주인이며 독립적으로 기능하는 이성과 마치 아이가 아버지에게 순종하는 것과 같은 이성이다."[15]

미덕에 대해 "칭찬할 만한 특성을 우리는 미덕이라고 부른다."[16]

"미덕이 하나의 특성이라고 말하는 것으로는 충분치 않다. 어떤 특성이 미덕이 되는지를 말해야 한다. 그리고 미덕의 본질이 어떤 성격인지 연구해야 한다."[17]

"모든 학문과 기술이 중용을 따르고 이를 그들 작업의 목표점으로 삼을 때 과제를 가장 잘 풀 수 있다. 그러므로 완성된 작업에 대해서는 아무것도 뺄 것이 없고, 아무것도 더할 것이 없다고 말하는 것이다. 왜냐하면 과다나 과소는 질을 떨어뜨리지만 중용은 질을 유지해 주기 때문이다. 그러므로 우수한 예술가가 이런 점을 염두에 두고 작업하면, 그리고 미덕이나 자연이 다른 모든 기술보다 더 세밀하고 일을 더 잘 하려면, 중용을 목표로 해야 한다. 물론 중용이란 도덕적 미덕을 뜻한다."[18]

"그러므로 미덕이란 의도적인 행위에서 발생하며 사람과 관련하여 중용을 지키는 특성을 말한다. 여기서 중용은 개념적으로나 특정 상황에서나 이성의 판단에 따라 정해진다. 중용이란 두 가지 실수, 즉 과다와 과소의 중간을 말한다. 과다와 과소란 감정이나 행위의 적절한 척도를 넘어서는 것을 말한다. 미덕이란 이에 반해 중간을 찾고 선택하는 것이다. 그러므로 미덕이란 실체적으로나 개념적으로나 중간의 척도이다. 그러나 중용은 완전과 선의 관점에서 보면 최상의 것이다."[19]

　"극단 중에는 오류성이 크고 작음에 따라 차이가 있다. 중용을 아주 정확히 찾아내는 것은 어려운 일이므로, 우선 차선의 것으로부터 시작해야 한다. 그리고 우리가 이야기한 방법으로 도달할 수 있는 것 중에서 더 작은 악을 선택해야 한다. 또한 우리가 어떤 방향으로 가야 가장 쉽게 흘러갈 수 있는지에 대해서도 주의해야 한다. 왜냐하면 이런 점에서 개개인의 본성은 대단히 상이하기 때문이다. 우리 마음이 어디로 기우는가는 우리가 어떤 일을 할 때 재미 혹은 싫은 마음을 느끼는가를 살펴보면 잘 알 수 있다. 그러므로 우리는 자신을 유혹하는 것과 반대 방향으로 가야 한다. 왜냐하면 우리가 이런 오류로부터 아주 멀어져야 중간에 도달할 수 있기 때문이다. 이것은 굽은 나무를 곧게 펴려는 사람들의 경우와 비슷하다. 그러나 우리는 항상 무엇보다 욕망과 욕망의 유혹을 조심해야 한다. 왜냐하면 욕망에 대해 영향을 받지 않고 올바른 판단을 내리기란 누구에게나 어렵기 때문이다. 그것은 마치 배고픈 사람이 음식을 먹지 않으려는 것과 마찬가지이다. 그러므로 이런 욕망을 멀리 밀어버리면 실수할 가능성이 적어진다. 요약해서 말하면, 이런 식으로 행하면 올바른 중용을 가장 잘 찾아낼 수 있다."[20]

강제와 무지로 인해 일어나는 것을 자발적이 아니라 다면, 행위의 원칙이 행위자 자신에게 있고 행위자가 행위가 일어나는 구체적 상황을 알고 하는 행위라면 그것은 확실히 자발적인 것이다."[21]

"선과 악을 행하고 그만두는 것이 우리 손에 달려 있다면, 우리가 도덕적이 되느냐 비도덕적이 되느냐 하는 것도 우리에게 달려 있다."[22]

"만약 우리가 구체적 상황을 알고 있다고 가정한다면, 우리 행동의 주인은 처음부터 끝까지 우리 자신이다. 하지만 인간의 특성과 관련해서 우리는 단지 처음에 대해서만 주인이다. 그러나 구체적 행동으로 인해 특성이 증가하는지는 알 수 없다. 이는 병의 경우와 마찬가지이다. 하지만 이렇게 행동하거나 또는 이와 다르게 행동할 수 있는 것이 우리 손에 달려 있으므로, 이것 역시 자유의지의 사안이다."[23]

당위와 **현실**에 대해 "자기 스스로 큰일을 할 수 있다고 믿는 사람을 위대한 영혼의 소유자라고 여기는 것은 옳다. 위대한 일을 이유 없이 하는 사람은 바보일 것이다. 자기 처지를 잘 알아서 소소한 일만을 할 수 있다고 믿는 사람은 비록 겸손하기는 하지만 위대한 영혼의 소유자라고 볼 수 없다. 마치 아름답기 위해 사람의 키가 커야 하듯이 위대한 영혼이 되기 위해서는 큰일을 해야 한

레슬링 경기, 아테네 국립박물관

다. 키가 작은 사람은 귀엽고 몸의 균형이 잡혔다고 할 수 있을 뿐, 아름답다고 할 수는 없다. 필요한 준비나 능력을 갖추지 않고 큰일을 할 수 있다고 믿는 사람은 건방지게 착각하고 있는 것이다(이에 반해 자기가 할 수 있는 것보다 조금 큰일을 할 수 있다고 믿는 사람은 반드시 건방지다고 볼 수는 없다). 하지만 자기가 할 수 있는 것보다 더 작은 것을 할 수 있다고 믿는 사람은 용기가 없는 것이다. 큰 사람이거나 중간 정도이거나 미미한 사람이든 상관없이 자기가 할 수 있다는 근거가 있는 일보다 작은 일을 하는 사람은 용기가 없는 것이다."[24]

"위대한 영혼의 또 다른 조건은 명예를 가져다 주는 일만을 하려고 하지 않는 것이며, 또한 다른 사람들이 우선적 역할을 하고 있는 일에는 나서지 않고 조용히 있는 것이다. 물론 대단히 중요한 과제나 명예가 달린 문제의 경우는 예외이다. 그리고 많은 일을 하지는 않지만 위대하고 중요한 일에만은 열심히 매진하는 것이다. 이런 특성을 가진 사람은 미움이나 사랑을 남에게 확실하게 표현한다. 왜냐하면 미움이나 사랑을 숨기는 것은 두려움이 있다는 뜻이기 때문이다. 애증을 확실하게 표현하는 사람은 가상보다 진리를 더 높게 생각하며, 말과 행동에 숨김이 없다. 그는 남보다 우월하다고 믿기 때문에 기탄없이 할 말을 다한다. 그러므로 그는 말을 비꼬지 않으며, 말에 진실성이 있다. 비꼬는 말은 오직 무지한 사람에게만 사용할 뿐이다. 그는 살아가면서 예컨대 친구 이외의 타인에게는 자신을 맞추려 하지 않는다."[25]

"삶에는 휴식도 있으며, 휴식은 즐기기 위한 놀이도 포함한다. 그런데 여기에도 적당한 교제의 형태가 있는 것 같다. 즉 무엇을 어떻게 말하고 들어야 하는지에 대한 일종의 규범 말이다. 어찌 되었든 이런 담소에서 직접 말하는 것과 듣는 것 사이에는 차이가 있다. 여기에도 올바른 중용에 반하는 과다와 과소가 있음은 틀림 없다. ……여기서 올바른 중용을 지키는 사람은 예의가 바르고 태도가 좋다고 말한다. 하지만 수다쟁이는 남을 웃기고 싶은 유혹에 빠져서 남을 웃길 수만 있다면 자기나 남의 처지를 전혀 생각하지 않는다."[26]

"만약 사람들의 인품이 서로 같지 않다면, 그들은 마찬가지로 같은 것을 가지려고 해서는 안 된다. 바로 여기에 모든 싸움과 다툼의 근원이 놓여 있다. 비슷한 사람들이 다른 것을 가지려 하거나 비슷하지 않은 사람들이 같은 것을 가지려 할 때 이런 싸움은 불이 붙는다."[27]

장기를 두고 있는 아킬레스와 아이악스, 엑세키아스의 항아리,
기원전 540년경, 로마 바티칸 박물관

"복수 내지 보상적 행위는 정의와 여러모로 모순 관계에 있다. 예컨대 국가 관직에 봉직하는 공무원이 일반인을 구타하면, 이 공무원을 다시 구타해서는 안 된다. 그 반대로 일반인이 공무원을 구타하면 그는 구타를 당할 뿐만 아니라 벌까지 받는다. 더 나아가서 행위가 고의적으로 혹은 무의식적으로 행해졌느냐에 따라 큰 차이가 있다. 물론 복수의 정의(定義)는 상호성에 기초하는 인간관계를 유지해 주는 힘을 갖고 있다. 그러나 이것은 동등비례나 평등성의 원칙에 따라 일어나지 않는다. 국가는 비례적 복수 행위를 행사함으로써 유지된다. 악을 벌하는 이유는, 벌이 없을 경우 국가 대신 노예제도만이 있을 것이기 때문이다. 그리고 선을 보상하지 않으면 민족 공동체의 기초를 이루는 선이 퍼져나가

지 못할 것이다. …… 감사의 본질은 이것이다. 즉 우리에게 호의를 베풀어준 사람에게는 그에 대한 보상으로 호의를 갚아야 하며, 우리도 다시금 먼저 호의를 베풀면서 인간관계를 엮어 나가야 한다."[28]

"교환할 수 있는 것들은 모두 서로 비교할 수 있어야 한다. 이런 비교에는 매개적 가치를 지닌 돈이 사용된다. 돈은 만물의 척도를 제공하므로 과다와 과소를 재는 척도도 된다. 예컨대 돈을 이용하면 신발 몇 켤레가 집 한 채에 해당하는지 혹은 얼마만큼의 양식에 해당하는지 환산할 수 있다. 집 한 채를 얻기 위해 얼마만큼의 구두가 필요한가 하는 것은 건축가와 구두 제조공의 관계로부터 계산해낼 수 있다. 또 양식을 받기 위해 얼마만큼의 구두가 필요한가 하는 것은 구두 제조공과 농부의 관계로부터 계산해낼 수 있다. 이런 비례적 비교가 없다면, 교환도 공동체도 불가능하다. 어떤 의미에서 공동체는 오직 평등이 도입되어야만 성립할 수 있다. 그러므로 이미 말한 바와 같이 모든 것을 잴 수 있는 단위가 필요하다. 실제로 이런 단위란 모든 것을 유지해 주는 인간의 자연적 욕구로 말미암는다. 만약 인간들이 이런 자연적 욕구를 갖고 있지 않다면, 교환은 없을 것이며, 혹시 있다 해도 아주 불공평한 교환만 있을 것이다. 이런 욕구의 표현수단이 이제 사람들간의 합의에 의해 돈이 되었다."[29]

"어떤 사람들은 모든 법이 실정법적 성격을 띠고 있다고 믿는

그리스의 동전, 기원전 5세기와 4세기, 함부르크 예술관

다. 왜냐하면 자연적인 것은 불변하며 어디나 동일한 효과를 가지고 있지만 법이란 외면상 변화 가능한 것이라고 생각하기 때문이다. 하지만 이런 의견은 옳지 않고 옳다 해도 부분적으로만 옳다. 신들에게 만물은 아마도 불변일 것이다. 하지만 우리 인간에게도 모든 구체적인 것이 변할지라도 천부적으로 주어진 변하지 않는 것이 있다. 그럼에도 불구하고 자연으로부터 나온 것이 있는가 하면 그렇지 않은 것도 있다. 변화에 종속된 법 중 어떤 법이 자연적인 것이며 어떤 것이 그렇지 않고 관습과 합의(이 둘은 변화한다)에 기초하는지는 이해할 수 있다. ……합의와 합목적성에 기초하

는 법 규정들도 측량 척도와 비슷한 점이 있다. 왜냐하면 포도주와 곡식을 재는 측량 단위는 어디나 같지는 않기 때문이다. 즉 물건을 구입하는 곳에서는 측량 척도가 크지만, 다시 이 물건을 파는 곳에서는 측량 척도가 작아지는 법이다."[30]

"사랑을 일깨우는 특성은 세 가지가 있는데, 이것은 선과 재미와 유익이다. 물론 이런 특성을 생명 없는 물건도 발휘할 수 있지만 이런 물건과의 관계에서 우정이라는 말은 하지 않는다. 왜냐하면 여기에는 사랑의 보답이 없기 때문이다. 그리고 그런 물건에게는 행운을 빌 수도 없다. 예컨대 포도주에게 만사형통을 기원한다면 아주 우스운 일일 것이다. 사람이 포도주를 보관하는 것은 단지 포도주를 마시며 즐기기 위함이다. 하지만 친구에게는 옛말에도 있듯이 친구 자신을 위해 만사형통을 빌어야 한다."[31]

"귀중하고 고상한 우정이 생겨나기 위해서는 시간이 필요하며 서로 적응이 필요하다. 속담에도 있듯이 소금 한 말을 같이 먹기 전에는 상대를 잘 알 수 없기 때문이다."[32]

"만물이 재미를 추구하는 이유는 만물이 살기를 욕망하기 때문이라고 할 수 있다. 하지만 삶이란 활동이다. 그리고 사람들은 누구든지 자기에게 잘 맞는 영역에서 활동한다. 예컨대 음악적 재능이 있는 사람은 음악 분야에서, 정신적으로 배우기를 좋아하는 사람은 학문 분야에서 활동한다. 그런데 욕망이란 활동을 완전하게

무희와 플루드 연주자, 에피크테트의 접시,
런던 대영박물관

만들고자 하며, 마찬가지로 사람들이 욕망하는 삶도 완전하게 만
들고 싶어한다. 그러므로 사람들이 재미를 추구하는 것은 당연하
다. 재미란 욕망할 만한 것이다. 왜냐하면 재미있는 삶은 완전한
삶이기 때문이다. 우리가 삶을 재미 때문에 추구하느냐, 혹은 삶
때문에 재미를 추구하느냐 하는 문제는 지금은 다루지 않기로 한
다. 이 둘은 서로 밀접하게 연결되어 있어 서로를 나눌 수 없음이
명백하기 때문이다. 하지만 어느 분야에서든 활동하지 않고서는
재미를 맛볼 수 없다. 그리고 어떤 활동이든지 재미를 느끼지 않
고서는 완전성에 이를 수 없다."33)

"확실히 정신의 관조적 활동의 특징은 진지함에 있다. 이런 정

친구 파트로클로스의 상처에 붕대를 감아주는 아킬레스,
소시아스의 접시 내부 그림, 베를린 국립박물관

신 활동은 자기 자신 밖에 있는 목적을 추구하지 않으며 자기만의
유일하고 독특한 재미를 지니고 있다. 그러므로 이런 관조적 정신
활동은 자발성과 여유가 있으며, 인간의 능력 한계 내에 있는 한
피곤하게 만들지 않는다. 그리고 이런 정신활동에는 행복한 사람
에게 있다고 생각되는 모든 좋은 점이 있다. 그러므로 이런 관조
적 정신활동이 평생토록 지속된다면, 바로 여기에 인간의 완전한
행복이 있는 것이다. 인간의 행복에는 장수도 속하니까 말이다.
그런 삶은 보통 사람에게 걸맞은 삶의 양태보다 더 높은 종류의
삶이다.

　그러므로 그냥 인간이라면 이런 삶을 살지 못할 것이며, 신적인
것을 간직하고 있을 때만 이런 삶을 살 수 있을 것이다. 이런 신

성이 인간적 본성을 뛰어넘을 때, 이런 사람의 활동 역시 다른 사람의 어떤 미덕보다 뛰어나게 된다. 그러므로 정신이 인간과의 관계에서 신적인 것이라고 한다면, 정신적 삶 역시 평범한 삶과의 관계에서 신적인 것이라고 할 수 있다. 그러므로 우리에게 인간으로서 인간적인 것을 따르고 유한자로서 유한한 것에 마음을 기울이라고 설파하는 자들의 말을 따라서는 안 된다. 오히려 가능하다면 무한하고자 노력해야 하며, 우리 속에 있는 최상의 것을 따르기 위해 최선의 노력을 기울여야 한다. 왜냐하면 인간은 외모는 작지만 힘과 가치에서는 다른 어떤 만물보다 뛰어나기 때문이다.

심지어 인간 내부에 존재하는 최상의 것을 모든 인간의 본질이라고 보아야 한다. 물론 이 최상의 것이 인간에게서 가장 주도적인 것으로 더 나은 자아로서 받아들여질 때 그렇다는 말이다. 그러므로 어떤 사람이 자신의 삶 대신에 남의 삶을 선택한다면 이는 이치를 거스르는 것이다. 그리고 우리가 이전에 한 말도 이와 조화를 이룬다. 즉 모든 사람에게 타고난 자연적 성품대로 가장 독특한 것은 그에게 가장 최선의 것이며 또 가장 재미를 많이 주는 것이다. 정신이 인간에게 본질적인 것이라면 최선과 최고의 재미는 정신적 삶일 것이며, 따라서 이런 정신 안에서의 삶이야말로 가장 행복한 삶이다."[34]

행복한 공동체 생활

아리스토텔레스는 윤리학이 가장 중요하며 모든 학문 위에 군림하는 정치학에 종속한다고 주장하였다. 이런 주장의 근거는 그의 기본적 인간관에 있다. 그에 의하면, "인간은 원래 공동체를 구성하는 정치적 동물이다".[1] 인간에 내재한 신성(神性)이 비록 아주 대단하지는 않더라도 행복 구현에 결정적인 역할을 한다는 아리스토텔레스의 발언은 때때로 파스칼의 『팡세』를 생각나게 한다. 하지만 아리스토텔레스의 정치론은 다른 차원에서 인간을 논하고 있으므로 그런 연상은 적절하지 않다. 아리스토텔레스는 인간의 정신적 본성에 못지않게 인간의 사회적·정치적 본성도 진지하게 사유한 것이다. 이런 사유 태도를 견지하는 것이 쉽지만은 않다는 것은 파스칼의 다음 글을 보면 알 수 있다. 파스칼은 정치와 철학을 동등하게 사유하지 못했다.

"한번쯤 스승으로서 품위 있는 의복을 갖춰 입고 서 있는 플라톤과 아리스토텔레스를 상상해 봅시다. 그들은 여느 사람과 마찬가지로 친구들과 기분 좋게 웃기도 하던 신사였습니다. 그들은 머리를 식히기 위해 법률을 만들고 정치를 했는데, 그들 입장에서 보면 그런 것은 한낱 유희에 지나지 않았습니다. 이는 가장 비(非) 철학적이고, 가장 진지하지 못한 삶의 일부분이었습니다. 가장 철학적인 삶이란 단순하고 고요하게 사는 것이었습니다. 그들이 정치에 대해 무엇을 썼다면, 말하자면 그것은 바보들의 집을 정돈하기 위한 것일 따름입니다. 그들이 마치 정치가 뭐 대단한 일인 것같이 말했다면, 그것은 그들의 말을 듣는 대상이 스스로 왕이요 황제라고 믿었기 때문입니다. 위의 두 철학자는 자신들이 왕이요 황제라고 믿는 바보들의 폐해를 최대한 줄이기 위해 그 바보들이 지켜야 할 원리를 다룬 것일 뿐입니다."

여기서 파스칼은 부당하게도 궁정에 대해 자신이 갖고 있던 혐오감을 두 그리스 철학자에게 전가하고 있다. 하지만 사실 아리스토텔레스는 비록 플라톤을 배척하기는 했지만 그의 관념론과 영혼론을 진지하게 사유하였을 뿐만 아니라, 플라톤의 국가 유토피아에 대한 찬반의 이유에 대해서도 집중적으로 사유하였다. 이는 다음의 글을 읽어보면 알 수 있다.

"소크라테스는 여자와 자식 그리고 재산을 공동으로 가져야 한다고 말하였다. 그런데 어떤 것이 더 좋은가? 지금의 질서인가 아니면 플라톤이 말한 국가의 법제화된 질서인가?

하지만 여자를 공동으로 소유하는 생활방식은 그 외의 다른 어려움을 동반한다. 무엇보다 소크라테스가 이런 질서 규정의 근거로 제시한 목적은 그의 설명에 의하더라도 전혀 달성될 수 없는

파스칼

것이다. 뿐만 아니라 소크라테스가 진술하는 국가의 목표도 결코
달성할 수 없는 것이다. 도대체 그 목표에 어떻게 도달할 수 있는
지를 전혀 설명하지 않았다. 여기서 말하는 도달해야 하는 목표
란, 이상적인 국가는 전체로서 가급적 하나의 통일체를 이루어야
한다는 견해를 말한다. 소크라테스 역시 이런 전제조건으로부터
출발한다. 그런데 국가가 점점 하나의 통일체로 나아간다면 결국
국가가 될 수 없음은 자명하다. 왜냐하면 국가란 본질적으로 다양
성의 집합체이기 때문이다."[2]

"아리스토텔레스에게 국가의 본질은 플라톤의 공산주의적 유
토피아와 합치될 수 없는 것이다. 또한 플라톤의 이상이 유토피
아로 머무를 수밖에 없는 까닭은, 단지 "공산주의의 결점 때문만

246

이 아니고, 인간의 악한 본성에도 그 원인이 있다. 왜냐하면 사유재산을 가지고 있는 사람들보다, 공동으로 재산을 나눠 가지며 공동으로 일에 참여하는 사람들 간에 분쟁이 더 많이 일어나기 때문이다."[3]

여기에서도 아리스토텔레스가 상아탑 속에 앉아서 철학적 사유를 전개한 것이 아니라는 사실이 드러난다. 그의 사유는 라케데몬·크레타·카르타고·아테네와 같은 도시국가의 법령과 관련되어 있다. 그의 철학적 사유는 필수 불가결한 그리스 국가체제의 당면한 개혁과 깊은 관계가 있다. 배경에 깔려 있는 이런 실제 정치 상황을 이해한다면, 플라톤의 국가론에 대한 비판은 새로운 차원에서 이해될 수 있다. 아리스토텔레스의 말을 들어보자.

"만약 그런 종류의 국가 기관이 현실적으로 견뎌내었더라면 오랜 세월이 흐른 지금 그런 이상적 국가가 생겨났으리라는 점을 고려에 넣어야 한다. 사실 사람들은 벌써 필요한 거의 모든 것을 창안해냈다. 그러나 그 중 꽤 많은 것이 사라져버렸고, 어떤 것들은 알고는 있지만 도입하지 않았다. 만약 그런 국가를 현실에서 볼 수만 있다면, 무엇이 문제가 되는지 확실히 드러날 것이다."[4]

아리스토텔레스가 현실정치에 참여하지 않은 채 그저 말하기만 쉬운 충고를 한 것이 아니라, 어떤 점에서는 오히려 정치를 윤리의 완성으로 이해하였다는 사실은 다음의 구절을 보면 확연히 드러난다.

"추운 지방과 유럽에 살고 있는 여러 민족들은 비록 용감하기는 하나, 고급문화를 소유하고 있지는 못하다. 그들은 비록 자유를 구가하고 있기는 하나, 국가를 형성할 능력을 결하고 있다. 그러므로 그들은 이웃 족속을 지배할 수 없다. 아시아의 제민족은 비록 정신과 기예는 이들보다 앞서지만 용감성이 결여되어 있으므로, 항속적으로 예속과 노예의 상태에 매어 있다. 그러나 헬라 민족은 지리적 위치와 기후가 중간 상태이듯 두 민족의 장점을 모두 소유하고 있다. 즉 헬라인은 용감할 뿐만 아니라 동시에 정신적으로도 우수하다. 그러므로 헬라인은 자유를 만끽하며 가장 우수한 국가형태를 만들었으며, 만약 헬라인이 단일국가로 통일할 수만 있다면 모든 민족을 지배할 수 있을 것이다."[5]

아리스토텔레스의 정치학은 윤리학과 마찬가지로 객관적 사실과 해석적 규범이 맞물려 있어 이 둘을 구분하기 어렵다. 왜냐하면 아리스토텔레스의 정치학적 관심은 국가의 본질 혹은 국가의 본성에 있기 때문이다. 극단의 가능성을 배제하는 중용의 이론은 정치학에서도 중요한 역할을 한다.

"모든 학문과 예술은 선을 목표로 삼는다. 그런데 학문 중에서 제일 중요한 정치학은 최고 선의 실현을 목표로 한다. 그것은 바

남편과 아내와 딸, 무덤 부조, 기원전 5세기, 베를린 국립박물관

로 정의이다. ……그러나 모든 사람에게 골고루 옳은 것은 국가 전체의 이익과 시민의 복지에 기여한다."[6]

윤리학에서와 마찬가지로 현실에서 얻은 개별적 인식과 철학체계에 의한 해석은 서로 용해되어 있다. 목적이 형식을 규정한다는 것은 다른 증명을 필요로 하지 않는다.

"정치학의 근본 물음은 국가의 목적이 무엇이며, 인간의 공동체 생활에 얼마나 많은 정부 형태가 있을 수 있느냐 하는 것이다. 처음 가족에 대해서 말한 것처럼, 인간은 본래 국가를 형성하는 정치적 존재이다. 그러므로 인간은 상호간에 도움이 필요하지 않다 해도 생명 공동체를 형성하려 한다. 물론 결국 개개인의 삶을 더 풍부하게 해주는 공동의 유익을 위해서도 공동체를 형성하려고 한다. 공동의 유익——이것이 전체와 개인을 위한 국가의 주된 목적이다. 그러나 인간은 삶을 살아나가기 위한 목적 때문에도 국가적 공동체를 유지하려고 한다. 이것은, 아마도 존재의 괴로움이 너무 지나치지만 않다면, 삶 자체에 무엇인가 아름다운 것이 내재해 있기 때문일 것이다."[7]

여러 가지 공동체 형식은 아리스토텔레스로 하여금 일종의 형이상학적 '연방주의'를 주창하도록 하였다. 즉 자연으로부터 생긴 상이한 성격들은 서로 참아가며 맞춰야 한다는 것이다. 그러므로 그는 부부, 가정, 노예제도, 다양한 국가 형태(왕정·귀족정치·독재정치·과두정치·민주정치) 등의 문제를 집중적으로 숙고하고 묘사하였다. 그뿐만 아니라 다양한 국가 형태의 생성·교체·소멸에 대한 연구도 빠뜨리지 않았다. 그 당시 마케도니아 필립포스 왕의 살해사건은 아직 전모가 밝혀지지 않은 상태여서 아리스토텔레스가 다룬 독재자 살인의 정당성 문제는 정치적인 화를 불러올 가능성도 적지 않았다.

정치학은 아리스토텔레스 철학의 다른 어떤 분야보다도 그가 얼마나 끈질기게 인과론을 실제 사실과 연결시키고자 했는지를 보여준다. 그는 유토피아에 대해 혹독한 비판을 했으나 자기 나름의 이상적 국가 형태를 그리기도 했다. 그리고 아리스토텔레스는 『정치학』에서 자신의 사고에 대해 존재론과 체계적 경험이라는 이중 시금석으로 진리를 확인하고자 하였다. 그는 윤리학을 결국 정치학에 귀결시켰지만, 결코 정치적 미덕을 윤리성과 분리시키지는 않았다. 후기에 씌어진 『정치학』의 후반부에서도 아리스토텔레스는 국가와 시민의 관계를 염려하였다. 아리스토텔레스는 국가로부터 개인에게 가해질 수 있는 위험이 무엇인지를 예감했다. 만약 국가의 통일성의 완성이 인간의 다양성을 지양한다면, 이는 국가의 자기 파괴일 것이다. 왜냐하면 국가란 본질상 다양성 속의 통일성이어야 하기 때문이다.

그 외에 국가의 논의는, 철학적 논의에서 '자연'이란 개념을 제대로 숙고하지 않고 무차별적으로 사용하는 것이 얼마나 위험한지를 경고한다. 예컨대 사르트르처럼 자연을 신성(神性)을 무너뜨리기 위해 사용하든 알렉산드로스 대왕처럼 자기에게 주어진 긴박한 질문을 회피하고 고르디우스의 매듭(그리스 신화에서 프리지아의 왕인 고르디우스가 맨 풀기 어려운 매듭. 이 매듭을 푸는 자는 아시아의 지배자가 된다는 전설이 있었다. 알렉산드로스 대왕도 이 매듭을 풀지 못하고 칼로 잘라버렸다 한다. 이 행위는 어려움을 신속하고도 단호하게 해결하는 것을 뜻하는 숙어가 되었다−옮긴이)을 한 칼에 끊기 위해 사용하든 자연 개념을 오용하는 것은 철학적으로 이롭지 못하다.

후기 『정치학』의 한 부분을 인용하여 이론과 경험 관찰의 연결에 대한 예를 들어보자.

"모든 국가에는 세 부류의 시민 계층이 있다. 아주 부유한 층, 아주 빈곤한 층, 세번째로 가운데에 있는 중간층이다. 만약 중용이 가장 좋다는 사실을 인정한다면, 재산 소유에서도 중간층이 가장 좋다는 것은 확실하다. 이럴 때 사람들은 이성의 목소리에 가장 잘 순종한다. 이에 반해 지나치게 뛰어난 미모, 힘, 좋은 가문 그리고 재산을 가지고 있거나, 반대로 지나치게 가난하거나 힘이 없고 천박하다면 이성을 따르기 힘들 것이다. 지나치게 많이 가진 사람들은 대단위 범죄자나 악당이 되기 쉽고, 지나치게 없는 사람들은 소소한 건달과 범죄자가 되기 쉽다. 교만과 악한 마음이 불의의 주요 원천이다.

이런 태도는 국가에 큰 해악을 끼친다. 그뿐만 아니라 건강·힘·재물·친구 같은 사람의 행복을 보장해 주는 조건이 지나치게 많은 사람은 남에게 복종하지 않으며, 왜 그래야 하는지 이해조차 하지 못한다. 그들은 어려서부터 집에서 이런 태도에 길들여졌기 때문이다. 학교에서부터 이미 익숙해진 사치스러운 삶의 방식 때문에 복종하기 어려워한다. 하지만 지나치게 없어서 고생하는 사람은 너무나 눌려서 지낸다. 그러므로 이들은 남을 어떻게 지배해야 하는지 모르며 노예처럼 복종할 뿐이다. 그러나 부유한 사람들은 어떠한 상부기관에도 복종할 줄 모르며 스스로 폭군처럼 지배할 줄만 안다. 이렇게 되면 노예와 폭군의 국가만 있을 뿐 자유인으로 구성된 국가는 없을 것이다. 그런 국가에서는 한쪽이 다른 한쪽을 혐오하거나 경멸하게 될 것이므로 결코 시민적 친절과 협동심이 있는 공동체라고 할 수 없다. 공동체는 서로에 대한 친절과 우의가 있어야 한다. 누가 원수하고 같은 길을 걸어가려 하겠는가."[8]

아리스토텔레스가, 실정 국가가 얼마나 국가의 본질로부터 멀어질 위험이 있다고 생각했는지는, 경찰이나 헌법이 국가의 존속을 결정적으로 보증하지 못한다고 말하는 데서 알 수 있다. "그러나 지금까지 말한 것(예컨대 관직이 재물을 모으는 수단이 아니라는 것 등)보다 국가 형태의 보존을 위해 더 중요한 것은 지금까지 별로 주목받고 있지 못한 조치인데, 그것은 헌법의 정신에 의거한 교육이다."[9]

원인과 목적을 동시에 생각하는 아리스토텔레스적 사고는 광범위하고도 잘 구성된 교육학을 발전시키도록 하였다. 아리스토텔레스는 플라톤이 말하는 이전의 더 높은 실존에 대한 재기억의 원칙을 수용하지 않으면서도 그의 생각을 많이 반영하였다. 그는 시민의 점진적 교육을 위한 음악과 체육의 기능을 자세히 서술하였으며 교육학과 정치학에 예술철학을 통합시켰다. 이런 시도가 얼마나 민감한 사안이었는지는 지나간 역사가 보여주었다. 예컨대 나치 국가가 미술을 통제할 경우 아리스토텔레스 철학이 얼마나 오해받을 수 있는지는 현대적으로 번역된 다음의 인용문에서 암시된다.

"예술이 국가에 봉사할 경우 또는 봉사하기 때문에 좋은 예술이 되는 것이 아니라, 그것이 좋은 예술일 경우 국가에 봉사하는 것이다."

비극

우리는 미술에 대해 다룬 아리스토텔레스의 문헌은 갖고 있지 못하다. 하지만 그가 융성하던 아테네의 예술을 좋아하고 이에 대해 사유했다는 것은 그의 전작에 분산되어 있는 두 종류의 문헌을 통해 알 수 있다. 우선 회화에 대해 매우 개인적으로 느껴지는 발언을 들 수 있다. "예술가는 항상 왜 이런 것을 그렸는지 그 이유를 설명할 것이다."[1] 아리스토텔레스가 이런 어조로 말할 때는 항상 경험에 바탕을 두고 있다. 그는 자주 다음과 같이 말했다.

"그것(즉 모방에 대한 인간의 독특한 기쁨)이 있다는 것은 예술 작품과 관련하여 우리 스스로 얻는 경험이 증명해 준다. 우리가 실제로는 아주 싫은 마음으로 관찰하는 물건, 예컨대 흉악한 짐승과 죽은 자의 경우에도 그것을 세밀하게 모사하여 놓은 그림을 보면서 즐거움을 느낀다. 인식 활동은 철학자에게만이 아니라 다른 사람에게도 최고의 기쁨을 주기 때문이다. 단지 일반인들은 이런 즐거움을 일시적으로만 느낄 뿐이다."[2]

우리를 즐겁게 하는 것은 모방적인 그림만은 아니다. "그 다음

254

그림의 방식, 즉 색깔이나 여타의 것도 우리에게 즐거움을 주는 원인이 된다."[3] 아리스토텔레스는 창조적 모방의 틀 안에서 예술 가에게 최대의 자유를 인정해 주려 한다. 그리하여 사슴에게 뿔을 씌워놓는 것이 사슴의 뿔을 엉터리로 그리는 것보다 더 용서받을 수 있다고 말한다. 하지만 아리스토텔레스는 예술 논쟁에도 끼어 들어 의견 표명을 하였다.

"젊은이들은 파우손(아마도 4세기 초의 화가)의 그림보다 윤리 적 성격을 지닌 폴리그노토스(Polygnotos, 고전 그리스시대 최초 의 위대한 화가로서 기원전 470~450년에 활동하였다. 전해 내려 오는 작품은 없으나 당시 문헌은 그가 예술 영역에서 대단한 영향 을 미쳤다고 증언하고 있다 — 옮긴이)나 다른 여타의 화가나 조각 가의 작품을 보는 것이 더 낫다"[4]

아리스토텔레스의 예술에 관한 두번째 종류의 문헌은 매우 많 다. 아리스토텔레스는 항상 조각가와 의사라는 두 가지 예를 즐겨 사용하였다. 그가 형식과 소재, 행위와 잠재가능성, 주도적 사고 및 동력자가 무엇을 뜻하는가를 설명하기 위해 이 두 가지 예보다 더 적당한 것이 어디 있었겠는가. 철학적으로 볼 때 예술은 형식 의 수여라고 볼 수 있으며 예술의 이상은 그 자체가 목적이다. 이 에 따르면 실질적 목적을 따르지 않는 예술은 오늘날 우리가 수공 업·기술 또는 문화산업이라고 말하는 것보다 더 고상한 가치를 지닌다. 아리스토텔레스는 데모크리토스의 영향을 받아 쓴 문화

루도비스 오과에 그려진 플루트 연주자, 아테네-이오니아식,
기원전 480년경, 로마 국립박물관

사에서 예술을 중요한 위치에 올려놓았다.

"홍수로 인한 재해 이후에(플라톤의 재해 이론에 따르면) 사람
들은 우선 생명을 유지할 수단에 대해 생각하였다. 이런 수단이
풍부해지자 그들은 음악이나 이와 유사한 여흥을 주는 예술을 만
들어내었다. 그리고 생활에 꼭 필요한 것 이상을 소유하게 되자
철학을 하기 시작하였다."[5]

예술은 그 자체가 향유하는 자유일 뿐만 아니라 정신에 의해 생
겨난다는 점에서 철학에 가깝다. 예술에 대한 형식 수여의 목적이

동으로 만든 말, 기원전 470년경, 뉴욕 메트로폴리탄
박물관예술가가 말의 다리 움직임을 '잘못' 묘사했다고 비판한 비평가들에게
아리스토텔레스는 예술은 독자적인 가치판단 기준을 갖고 있다고 가르쳐주었다.
중요한 것은 예술작품의 질이라는 것이다

정신적이므로 우리가 예술에 대해 느끼는 즐거움도 정신적 성격
을 갖는다. 아리스토텔레스에게 정신적인 것은 고도의 이성이다.
이 말은 아리스토텔레스가 감정을 무시한다는 뜻은 아니다. 하지
만 그에게 감정은 최고의 심급기관이 아니었다. 그것은 예술에서
도 마찬가지이다. 그런데 우리는 이 문제에 대해 아리스토텔레스
로부터 더 많은 것을 끌어낼 수는 없을 것이다. 열쇠공과 조각가,
건축가와 시인의 차이에 익숙한 우리가 모방과 비모방의 예술(또
는 기술)의 차이를 이해하는 것은 어려운 일이다. 그러므로 여기
서는 아리스토텔레스가 시학의 서언에서 제정한 모방적 예술의
분류 원칙만을 언급하고자 한다. 즉 수단(색깔 · 인물 · 음성 등)이

무엇이냐, 어떤 대상(동물, 영웅적 행위)을 그리느냐 그리고 묘사의 방법(예컨대 서사시에서 쓰이는 직접 또는 간접 화법 따위)은 무엇이냐가 이런 분류원칙이다.[6]

아리스토텔레스는 예술에 대해 별도의 책을 썼는데, 우리는 이 책을 다 갖고 있지는 않지만 대부분 전해 내려왔다. 이 책에서 아리스토텔레스가 자기 시대에 "아직도 통일된 명칭을 갖고 있지 않다"[7]고 말한 예술은 문학 예술이다. 아리스토텔레스의 폭넓은 문학 연구서는 다음과 같은 문장으로 시작된다. "본 연구의 대상은 문학과 그 장르 및 이에 내재한 영향력이 될 것이다. 또한 문학이 문학으로서 예술적 수준에 도달하려면 어떻게 이야기를 꾸며야 하는지가 논의될 것이다. 문학이 얼마나 많은 이야기를 포함해야 하며 어떤 부분으로 구성되어야 하는가의 문제와 또 그 밖의 문제들이 이 연구의 범위가 될 것이다."[8]

전수된 이 책, 즉 『시학』은 부분적으로 서사시와 비극도 다루고 있다. 17세기 물리학에서의 아리스토텔레스 논쟁과 마찬가지로 18세기에 독일 연극을 프랑스의 고전주의로부터 해방시키려는 노력과 관련하여 문학적 아리스토텔레스 논쟁이 있었다. 위의 두 논쟁에서는 공히 전통주의자들과 현대주의자들이 맞붙었다. 또 공통적인 점은, 어느 누구도 사려 분별 있고 현명하게 논쟁을 이끌지 못했다는 것이다. 아마 레싱(Lessing, Gotthold Ephraim, 1729~81년. 독일 드라마 작가·비평가로서 계몽주의의 대변자―옮긴이)은 예외일 것이다. 그는 1768년 1월 15일자 「함부르크 연극론」에서 다음과 같이 쓰고 있다. "본론으로 들어가자. 무엇보다 내가 시인의 설명을 요구하는 것은 리처드라는 인물의 성격에 관한 것이다(여기서 레싱은 바이세의 비극 「리처드 3세」를 논의하고 있다). 아리스토텔레스는 아마도 리처드를 부적격하다고 판단하였을 것이다. 물론 나는 아리스토텔레스의 가르침의 근원을 폐기할 수만 있다면 그의 권위를 들먹이지도 않았을 것이다."

그런데 비극에 관한 아리스토텔레스의 가르침을 가능케 한 근원은 무엇이었는가? 아리스토텔레스는 일반적인 학문의 원칙에 의거하여 먼저 근원을 묻는다. "비극은 우선 특별한 의도 없이 행한 이런저런 시도로부터 생겨났다. 여기서 축가(祝歌)의 발전이 참고가 되었을 것이다. ……이런 방식으로 우리가 지금 보고 있는 발전이 촉진되었다. 그리고 많은 변형을 거친 다음 자신의 본질을 이룬 현재의 모습을 갖게 되었다."[9] 이에 의하면 비극의 본질에 대한 질문은 근원에 대한 것과는 다른 것이다. 아리스토텔레스도 다음과 같이 강조한다. "물론 비극 또는 연극이 작품 자체나 무대 위에서 예술의 형성 원칙을 충족하는지를 고찰하는 것은 다른 질문이다."[10] 여기서 '작품 자체로' 또는 '무대 위에서'라는 것은 무슨 뜻인가? 물론 아리스토텔레스가 우리와 무관한 독립된 존재로서 연극 작품을 의미하는 것은 아니다. 그는 단지 "비극은 무대에 올려지지 않아도, 배우가 없어도 영향력을 행사할 수 있다"[11]는 것을 지적할 뿐이다. 물론 이런 영향력 행사는 작품이 전체로서 의도하는 목적이다.

오늘날 우리는 '감정의 심리적 방전(放電)'이라는 표현을 쓴다. 어떤 감정의 방출을 의미하는가? 아리스토텔레스는 동정과 이와

그리스 영웅들, 기원전 450년경, 파리 루브르 박물관

유사한 감정을 말한다. 그러나 그가 주로 언급하는 감정은 공포이다. 비극의 순기능은 불안감의 집중과 상승을 통해 어느 시점에 이르러 불안의 방전을 가능케 해서 가슴을 후련하게 해주는데 있다. 아리스토텔레스가 이런 과정을 표현하기 위해 사용하는용어가 카타르시스인데, 이는 사실 인간에게 유해한 물질을 인간의 몸밖으로 방출시키는 것을 의미하는 그리스적 의학 용어이다. 비극의 내용은 진지하고 내재적으로 완결된 사건 진행의 묘사이다. 서사시와 달리 비극은 이야기를 전달하는 것이 아니라 행동하는 인간을 보여준다. 비극의 언어는 예술적으로 다듬어져야 하며 각각의 개별 부분에 적합해야 한다. 이것은 음악 작곡에도 마찬가지로 해당된다.

그리스 비극 「오레스트와 이피게니아」의 한 장면,
아테네 화분 그림, 기원전 400년경

비극에서 보편적·윤리적 목적을 도외시한다면, 행위로 전개되는 줄거리가 비극의 최후 목적으로 보인다. 비극작가는 인간의 성격이나 신념 따위를 보여주기 위해 인간의 행동을 그려서는 안 된다. 이와 반대로 "작가가 성격을 그리는 까닭은 이로부터 행동이 시발되도록 하기 위함이어야 한다".[12] 최악의 경우에 비극작가는 '대부분의 현대 작가가 그렇듯이'[13] 심지어 성격의 묘사를 포기할 수도 있다. 비극은 만약 줄거리가 긴장감을 유발하고, 정황의 연결이 좋고, 사건의 반전과 결말이 성공적이면 다른 많은 약점을 극복할 수 있다.

비극의 일차적 통일성은 묘사된 줄거리의 완결성에 놓여 있다. 줄거리는 시작·중간 그리고 결말을 갖고 있어야 한다.

"시작이란 그 자체로 반드시 다른 어떤 것에 뒤이어서 따라와야 할 당위성이 있는 것은 아니다. 하지만 당연히 시작은 필연적으로 아니면 대부분 다른 무엇이 그 뒤를 따라와야 하는 것이다. 이에 반해 결말이란, 그 자체로서 당연히 필연적이거나 아니면 대부분 다른 무엇 뒤에 있거나 등장하는 것을 말한다. 하지만 이 뒤에는 더 이상 다른 것이 등장하면 안 된다. 마지막으로 중간이란, 다른 것 뒤에 따라오며 또한 그 뒤에 또다른 것이 따라오고 있는 것을 말한다."[14)

예술을 만들기 위해 요청되는 여러 가지 기술적 필연성에 대해서 아리스토텔레스는 나름의 견해를 갖고 있었는데, 이는 예술가들에게 고도의 예술성을 요청한다. "작품의 연관관계는 완결되어야 하는데, 만약 이중 한 부분을 옮기거나 빼내면 작품 전체가 무너지거나 훼손될 정도로 완결성을 지녀야 한다."[15) 그러므로 줄거리의 통일성을 얻기 위해 동일한 인물의 행동을 사용하는 것만으로는 충분치 않다. 또 반드시 전수된 소재를 사용해야 한다. "왜냐하면 사실로 일어난 것 중에 어느 것들은 혹시(마치 문학 이야기와 같이) 일어날 수 있을 법한 방식으로 진행된 것이 적지 않기 때문이다."[16)

아리스토텔레스는 필연성과 자연성의 조합을 이상적으로 보았다. 여기서 자연성이란 '아마도'라는 말로 표현될 수 있는 사건의 발생을 말하는데, 이런 '자연성'과 '개연성'은 사건이 진행된 후에는 '필연성'으로 인정받는다. 이런 논거에 의해 아리스토텔레스는 재인식을 장면(anagnorisis, 주인공이 그때까지 모르고 있던 어떤 사실을 인식하는 장면. 예컨대 자신이 어린 시절 산에 버려졌던 왕의 아들임을 알게 된다―옮긴이)의 위계를 설정하였다. 그는 재인식인 수단에 따라 다섯 가지로 분류하였다. ① 외적 표지(예: 배꼽) 또는 ② 사물(보물), ③ 이유를 언급하지 않아도 되는 작가의 순수한 상상에 의한 재인식, ④ 추론을 통한 인식(추론이 잘못 되었어도 상관없다), ⑤ 아마도 갑작스러운 발견을 가능케 하는 사건의 발전 등.

아리스토텔레스는 이것을 설명하기 위해 구체적 사례와 예문을 풍부하게 인용하였다. 그 당시 아테네에서는 비극 쓰기가 오늘날 영화대본을 쓰는 것보다 더 유행하였다. 이렇게 대량생산된 작품들이 모두 우수하지는 못했음은 전혀 놀라운 일이 아니다. 질이 형편없는 작품에 대해서 아리스토텔레스는 말하였다. "그런 형편없는 작품은 질 낮은 작가가 자기를 위해 쓰는 것이지만, 우수한 작가는 배우나 혹은 상을 결정하는 심판관을 위해 쓴다."[17] 작가는 특별히 뛰어나지 않은 주인공을 행복에서 불행으로 빠지게 해서는 안 된다. "왜냐하면 그것은 공포나 동정을 일으키지 못하고 그저 아연실색하게 만들 뿐이기 때문이다." 또는 건달 같은 자를 불행에서 행복으로 들어가게 해서도 안 된다. "왜냐하면 이것은 정말 가장 견딜 수 없는 부조리이기 때문이다."[18] 심지어 무대 도구를 사용하여 공포심을 자극하는 것도 그다지 큰 가치가 없다.

물론 아리스토텔레스는 작가가 관객이 원하는 것에 맞춰 글을

에피다우로스에 위치한 원형극장

쓴다는 것을 인정한다. 하지만 청중의 판단력에 대해 아리스토텔레스는 그다지 높이 평가하지 않았다. 그렇다고 해서 아리스토텔레스가 작가와 비평가에게 날카롭고 근거 있는 조언을 하지 않은 것은 아니었다. 예컨대 그는 작가가 극의 갈등을 잘 엮어나가거나 혹은 이를 잘 풀어나가거나 하는 것 중 하나만을 잘 해서는 좋은 작품을 만들 수 없다고 조언하였다. 이 둘이 모두 잘 되어야 비극 작품의 질이 높아진다는 것이다. 아리스토텔레스는 극작가에게 "등장인물의 몸짓을 가능한 한 직접 해보아야 한다"[19]는 등 아주 세부 사항에 이르기까지 충고를 하였지만, 비극이란 결국 자연과 운명에 대한 진술이라는 사실을 잊어버리지 않는다.

『시학』의 독자는 아리스토텔레스가 결코 사람들이 그의 자연개념과 관련하여 비난한 맹목적 낙관주의에 빠져 있지 않음을 어렵지 않게 알아차릴 수 있을 것이다. 사실 비극이란 바로 자연으로부터 생성된다. 즉 위에서 설명한 일련의 존재 집합체 또는 인과론적 중심들이 서로 투쟁할 때, 혹은 예기치 못하거나 원치 않음에도 불구하고 서로 독립적으로 존재할 때, 비극은 자연으로부터 발생하는 것이다.

기도

『시학』에서 아주 특이한 문장이 하나 발견된다. 그 문장은 서사시에 묘사되어 있는 신들의 이야기와 관련된다. "그러나 아마도 신들을 그와 같이(즉 일반적으로 생각하고 전설에 상응하듯이) 묘사하는 것은 좋지도 않을 뿐만 아니라 진리에도 맞지 않는다. 사실은 크세노파네스가 말한 것과 같다."[1] 기원전 6세기에 살았던 크세노파네스는 호메로스의 문학세계에 사용된 신에 관한 의인법에 대해 격분하였다. 그가 남긴 글 중에 다음과 같은 단상이 기록되어 있다.

신에 대해서 그리고 내가 말하는 것에 대해 확실한 것을
아는 사람은 산 적도 없었고 앞으로도 없으리라.
심지어 누가 그런 것에 대해 완벽하게 옳은 말을 한다 해도
그 자신도 정말 알고 있지는 못하리라. 그저 추측이요 의견일 뿐.

아리스토텔레스가 신에 관한 논의를 자제한 것이 신을 의심했기 때문이라고는 볼 수 없다. 그는 문학 역시 신성에 대한 참되고 올바른 묘사를 할 장소는 아니라고 지적했다. 이미 그는 철학적 기본 구상을 천명한 『철학에 대해서』라는 책에서 다음과 같이 쓴

적이 있다. "신에 대해 이야기할 때보다 더 경건한 마음을 가져야 할 때는 결코 없다."[2] 물론 그가 말하는 경건한 마음이, 우리로 하여금 "근원도 모르면서, 생각 없이, 또는 무지하게 아무것도 주장하지 않도록 하는"[3] 이성을 의미하는 한편 특별한 종교적 경험을 뜻한다는 것은 여러 글에서 드러난다. 예컨대 그는 "우리가 신전에 들어갈 때는 정숙하게 마음을 가다듬어야 한다"[4]고 말한다.

아리스토텔레스는 노년에 동방종교의 영향을 받아들였던 플라톤과 마찬가지로 방법론적 합리주의를 저버린 반종교적이며 계몽주의적이었던 소피스테스들의 입장을 수용하지 않았다. 후세에 큰 영향력을 행사하여, 예컨대 파스칼의 변호론을 가능케 하고 클로델(Claudel, Paul, 1868~1955년. 프랑스 작가이며 외교관. 그의 문학은 가톨릭 신앙심에 의해 쓰여졌다-옮긴이)의 종교적 연극 정신을 가능케 한 법칙을 만들어낸 사람은, 플라톤 밑에서 열정적으로 철학의 길에 들어섰던 학술원 소속의 학자들이 아니라 공식적 후계자 지명에서는 밀렸으나 실제적 후계자였던 아리스토텔레스였다.

"신비의 세계에 들어가려는 자는 무엇을 배우는 것이 아니라 체험해야 하며, 신비한 세계를 받아들일 수 있는 감정을 만들 수 있어야 한다. 물론 그런 사람은 처음부터 이런 감정을 만들어낼 능력이 있어야 한다."[5]

아리스토텔레스가 이 글을 썼을 때, 그는 거의 40세가 되어가고 있었다. 하지만 그의 나이는 중요하지 않다. 아리스토텔레스 연구가들은 관습적으로 아리스토텔레스 형이상학이 그가 나이가 들었을 때 완숙해졌다고 본다. 그리고 아리스토텔레스의 개인적 완숙과 그가 만든 철학 체계의 완숙도를 동일시한다. 물론 40세의 발언은 젊은이의 꿈 같은 이야기는 아니다. 그리고 그런 발언은 이 사람이 앞으로도 20년 또는 40년을 더 살아서 수정할지도 모른다고 해서 더 젊은 발언이 되는 것도 아니다.

"더 자주 더 끊임없이 생각해 볼수록, 늘 마음을 새로운 찬탄과 경외로 채워주는 두 가지 사물이 있다. 즉 내 위에 별이 빛나는 밤하늘과 내 속에 있는 도덕적 법칙이다." 물론 이 말은 칸트의 『실천이성비판』에서 따온 구절이다. 하지만 이와 비슷한 구절이 아리스토텔레스에게도 있다는 사실을 누가 알고 있을까? "신에 대한 인간의 상념은 이중적 근원에서 유래한다. 즉 영혼의 내적 경험과 천체의 관조가 그것이다."[6] 아리스토텔레스는 이런 영혼의 내적 경험을 예언하는 무아경의 상태, 즉 일종의 종교적 경험으로 이해하고 있다. 그러므로 아리스토텔레스의 신학에 '구체적 종교성'이나 '종교적 감수성'이 없다고 비난하는 것은 그의 발언을 제대로 이해하지 못한 무지의 소치라고 보아야 한다.

물론 아리스토텔레스는 그리스 종교 의식에 대해 다소 거리를 두고 냉정하게 바라보면서 그저 관습으로 지켰을 뿐이다. 그러나 종교를 배척하는 프로타고라스의 모방자로 치부되는 것은 용납할 수 없었다. 그래서 그는 다음과 같이 종교의 중요성을 강조한다.

"(무엇보다도 다섯번째로) 국가는 국민들이 신들을 경외하도록 해야 한다."[7] 또한 그는 제단과 신상도 만들도록 하였다. 즉 그는 사람들이 자기 말에 귀를 기울이도록 니체처럼 신의 죽음을 충격적으로 설파할 필요는 없었던 것이다. 종교 의식과 경건성은 별개의 것이다. 아리스토텔레스의 경건성은 이미 인용한 글의 행간에서도 읽어낼 수 있지만 직접적인 표현도 있다. 그렇다고 해도 아리스토텔레스는 창조론자가 아니며 오히려 창조 옹호론자들을 다음과 같이 비난한다.

"세상이란 생성된 것도 아니며 무상하게 사라지는 것도 아니다. 그런데 누가 이런 사실을 부인하면서 일월성신같이 뚜렷하게 눈에 보이는 신성이 마치 우리가 직접 만든 물건처럼 생겨났다고 한다면, 이는 끔찍한 신성모독이다."[8]

혹은 다음과 같이 더 날카로운 어조로 비판하고 있다.

"그러므로 일월성신의 운행은 그들 자신의 의지로 이루어진다고 볼 수밖에 없을 것이다. 이렇게 생각하면서도 신들의 존재까지 부인한다면, 이것은 비학문적일 뿐만 아니라 또한 신성모독이다."[9]

물론 이런 논증의 모호성은 후일 70세가 된 갈릴레이의 운명에서 다시 나타났으며, 근자에도 종교적인 비밀재판에서 다시 등장하였다. 하지만 우리가 알고자 하는 것은, 아리스토텔레스가 종교성을 제대로 이해했다는 사실을 확증하려는 것뿐이다. 그러므로 아리스토텔레스의 무미건조한 신학을 감상적으로 평가하여 아리스토텔레스의 개인성을 나타내려는 시도는 좋지 못하다. 아리스토텔레스 신학을 기독교적으로 해석하는 것은 전혀 다른 맥락이다.

아리스토텔레스는 신에 대해 숙고하였으며, 심지어 신학을 철학의 중요한 부분으로 인정하였다. 하지만 중세와는 달리 아직 아리스토텔레스에게서는 철학이 신학으로 귀결되어야 한다는 근거를 찾아볼 수 없다. 신은 완성된 존재이므로 만물의 최후 척도이며 완성된 철학의 대상이다. 아르키메데스가 지구를 들어올릴 수 있는 지렛대를 요구한 것처럼, 아리스토텔레스에게 유추는 우주를 들어올릴 수 있는 철학적 지렛대였다. 물론 아리스토텔레스가 유추적 분석을 통해 철학적 차원에서 우주 만물을 갈기갈기 찢어놓으려 한 것은 아니었다. 하지만 이런 철학적 실행에서 지렛대를 받치는 것은 바로 신의 개념이었다.

아리스토텔레스 철학에서 신성에 대한 성찰은 세 가지 중요한 기능을 갖고 있다. 첫째, 자연 만물 혹은 존재 단계의 질서를 정초한다. "기존의 것보다 더 나은 것이 생기는 곳에는 가장 완전하게 된 것도 있게 마련이다. 존재하는 만물 중에서 다른 하나보다 더 나은 것이 있으므로, 이로부터 가장 완전한 것이 존재한다고 도출할 수 있다. 그런데 가장 완전한 것은 신적인 것이다."[10] 둘째, 원초적 운동의 출발점으로서 '원래부터 움직이지 않았고 영원한 실체'가 전제된다. 마지막으로 신성의 세번째 기능은, 자연의 질적 상승운동을 정당화해 주는 것이다. 자연 상승의 목적은 인간에게서 이루어

기도하는 소년, 리지프 학교의 동상,
베를린 국립박물관

진다. 왜냐하면 인간은 '신을 경배하고 고찰할 수 있고'[11] 바로 이로써 자신의 행복을 찾기 때문이다.

아리스토텔레스의 신적 존재에 대한 명상은 포괄적 인과론을 정초하는 것으로 끝나지 않는다. 신성에 대해 말할 때 오류를 범하지 않으려고 무척이나 신경을 썼던 아리스토텔레스는 다음과 같은 정의를 내렸다. "신은 정신이거나, 또는 아직 정신의 피안에 서 있는 존재이다."[12] 신은 절대적 에네르기이며 그의 완성은 그가 스스로 자기 자신을 생각한다는 사실에 있다. 특히 이것은 신에게 최상의 행위와 행복의 근원은 다름 아닌 자기 자신의 존재와 연결되어 있다는 뜻이다. 인간 안에서 살고 있는 무한한 정신이 신성이라면, 인간은 유일무이한 방법으로 신성에 참여하고 있는 셈이다.

평소에는 그토록 차분한 철학자 아리스토텔레스가 신에 대해 이렇게 대담한 정의를 내렸다는 것은 그의 신학이 신에 대한 확실한 정의를 피하는 비교(秘敎)로 들어가는 입문이 아니었음을 보여

제우스와 헤라, 셀리누스에서 출토된 부조, 기원전 460년경, 팔레르모 박물관

준다. 아리스토텔레스는 오히려 그가 인과론과 자연 만물에 관한 이론 틀에서 파악한, 인간이 살고 있는 세상을 해체하지 않는 신학을 발전시키려고 했던 것 같다. 그는 신성의 막강한 위세에 대해 인간의 자유를 보장하려고 하였다. 그러므로 제일 동력자와 자연의 최후 목적에 대한 아리스토텔레스 신학은 신의 존재에게 창조와 섭리의 능력을 부여한 기독교적 신학의 전 단계가 아니었다. 그러므로 신구교를 막론하고 기독교 신학에서 아리스토텔레스 철학의 수용이 두 사상 사이의 연계성에 기초하는 것인지 아니면 개방성에 기초하는 것인지는 모두 확실하지 않다.

토마스 아퀴나스와 아랍 아리스토텔레스 학파 간의 논쟁 및 아퀴나스의 응용 방법론에서 볼 수 있는 권위맹종과 규칙의 방만한

아리스토텔레스, 이탈리아 청동 부조, 1480년경

사용에 관한 최근의 연구는 아리스토텔레스 철학을 기독교적 신학의 테두리로 해석하는 것이 온당치 못함을 보여주고 있다. 파스칼이 철학자의 신과 성경적 예언자의 하느님을 구분한 것이나 루터가 이방인 그리스 철학자 아리스토텔레스에 대해 분개한 것은 모두 기독교적 관점에서 아리스토텔레스 신학에 대해 나타날 수 있는 당연한 반응이었다. 왜냐하면 아리스토텔레스 신학은 의도적으로 배타적인 체계를 갖고 있기 때문이다. 기독교 신학과 관련된 문제는 아리스토텔레스 연구 전통에서 제기된 가장 어려운 질문이다. 그러므로 이에 대해 성급하게 의견을 말하는 것은 조심하는 것이 좋다. 다음에 진술하는 필자의 의견 역시 문제를 해결하려는 것이 아니라, 단지 문제를 일으키지 않는 태도가 무엇인지를 지적하고자 할 뿐이다.

오늘날 아리스토텔레스 연구에서 중세 교부철학의 아리스토텔레스 해석을 참조하는 것은 거의 반강제적 관습이 되었다. 이 경우 교부철학이 저지른 해석상의 오류가 종종 발견되는데, 그것은 하나도 놀라운 일이 아니다. 만약 그런 오류를 변호하고자 하는 사람이 있다면 그것이야말로 진기한 일이다. 13세기 중세에 과연 아리스토텔레스를 그 자체로 이해하려 한 사람이 누가 있을까! 만약 언제나 철학을 특징지워왔던 진리에의 사랑이 여전히 현대 철학사의 양심 속에 살아 있다면, 현대 아리스토텔레스 연구가의 진리 사랑 역시 철학적 진리 사랑에 속하지 못할 리는 없다. 그러나 필자의 이런 말을 아리스토텔레스에 대한 모호하고 부정확한 교부철학의 태도를 옹호하는 것이라고 보면 안 된다. 내 말을 궤변이라고 하는 것도 옳지 않다. 오히려 현대인은 진리를 알 수 없으며 모든 일, 특히 철학에서 진리 대신 '틀림'과 '맞음'의 기준만을 사용해야 한다는 비(非)아리스토텔레스적 주장이야말로 도움이 되지 않는다고 말하고 싶다.

아리스토텔레스 철학을 결과적으로 건전한 상식으로 깨달을 수 있는 당연한 지식을 모아놓은 큰 통 같은 것이라고 생각한다면, 독자적인 아리스토텔레스 신학을 언급한 필자의 목적은 빗나가는 것이다. 그럼에도 불구하고 아리스토텔레스 철학은 당연한 것을 다루고 있다고 말할 수 있다. 그리고 아리스토텔레스의 기본철학은 다른 어떤 것보다 건전한 철학 정신에 바탕을 두고 있다.

5 철학의 목적

철학이 사용가치가 없다거나 쓸모가 없어 보인다고 말하는 것은
문제가 되지 않는다. 왜냐하면 우리도 철학이 유용하다고 말하지는
않기 때문이다. 그러나 철학은 좋은 것이다. 그러므로 다른 목적을 위해
철학에 전념해서는 안 되며, 그 자체를 위해 전념하는 것이 마땅하다.
왜냐하면 우리가 올림피아로 체전 구경을 가는 것은 다른 무엇이 아니라
오직 관람 자체 때문에 가는 것이기 때문이다.

• 아리스토텔레스

철학하는 행위가 진리에 대한 애착에서 출발하며 가능한 한 완전한 행복의 추구에 뿌리를 두고 있다는 사실은 지금까지 논의된 바와 같다. 아리스토텔레스의 생각을 이해하려고 노력한 독자라면 아리스토텔레스에게서 자체 목적으로서의 철학 행위와 생존을 위해 필요한 재화 획득과의 갈등은 진부한 조화로 끝나지 않고, 오히려 여기서 많은 철학적 문제점이 등장한다는 것을 깨달았을 것이다. 아리스토텔레스는 이런 문제들 중 몇 개는 아주 매끄럽게 해결했다. 예를 들면, 철학자는 소위 '회색의 고관'으로서의 위치를 주장할 수 있다는 것이다. 즉, 비록 철학은 여왕이지만 유감스럽게도 철학자는 왕이 아니다. 하지만 왕은 철학자의 충고를 따라야 하는 법이다.

아리스토텔레스의 다양한 증언을 인용하면서 그의 모습을 그려보고자 한 본 이 책의 마지막 장에서 이제 이론가로서보다 인간으로서의 아리스토텔레스에 대해 생각해 보는 것도 의의가 있을 것이다. 그러므로 아리스토텔레스가 자신의 경험과 느낌에 의지해서 철학자의 삶에 대해 말한 부분을 인용해 보기로 한다. 왜냐하면 그의 철학은 바로 철학적 삶을 행동으로 완성하기 위한 것이었기 때문이다.

"철학이란 반드시 해야 하는 것이다. 왜냐하면 철학이란 지혜를 얻고 사용하는 것이기 때문이다. 지고의 가치가 있는 재화는 지혜인 것이다. 사람들이 돈을 위해서는 위험을 무릅쓰고라도 헤라클레스의 기둥(지브롤터를 말함)까지 가면서도, 이성을 위해서는 어떤 노력이나 고생도 감수하지 않으려는 것은 말이 되지 않는다."[1]

"철학이 사용가치가 없다거나 쓸모가 없어 보인다고 말하는 것은 문제가 되지 않는다. 왜냐하면 우리도 철학이 유용하다고 말하지는 않기 때문이다. 그러나 철학은 좋은 것이다. 그러므로 다른 목적을 위해 철학에 전념해서는 안 되며, 그 자체를 위해 전념하는 것이 마땅하다. 왜냐하면 우리가 올림피아로 체전 구경을 가는 것은 다른 무엇 때문이 아니라 오직 관람 자체 때문에 가는 것이기 때문이다(관람 그 자체가 비싼 입장료보다 더 가치가 있다). 또 디오니소스 연극 축제를 관람하는 것도 연극배우들에게 무엇인가를 받아내기 위해서가 아니라 오히려 돈을 써가면서 한다면, 천체 (天體)의 관찰은 유익하다고 생각되는 그 어떤 활동보다도 앞서 해야 할 것이다. 그러므로 여자와 노예 역을 맡은 연극배우를 구경하고 레슬링과 달리기 같은 경기를 열광적으로 관람하면서도, 돈이 들지 않는 존재의 본질과 진리의 관조를 포기해도 좋다고 믿는 것은 곤란하다."[2]

"오직 철학자들만이 행복한 삶에 도달할 수 있다."[3]

"일반적으로 다른 예술이나 학문에 종사하면 존경을 받고 보수를 받는 등 격려를 받지만, 철학에 종사하면 격려는커녕 오히려 훼방을 받는다."[4]

"일반적으로 지식을 가진 자는 지식을 전수할 능력도 지니고 있다."[5]

"철학이 학문적으로 인식하려는 원인과 원리가 어떤 성격을 가지고 있는지를 알려면, 사람들이 철학자에 대해 어떻게 생각하는지를 살펴보아야 할지도 모른다.

우리는 우선 철학자란 개별 사항은 전혀 알지 못하면서도 거의 모든 것을 아는 사람이라고 생각한다. 또한 보통 인간이 쉽게 인식할 수 없는 것을 인식할 수 있는 사람이라고 생각한다(단순한 감각적 인지는 일반적 능력이므로 쉬운 것이며 따라서 철학과는 상관이 없다). 더 날카롭게 생각하고 더 잘 가르치는 학자가 철학적 능력이 더 많다고 생각한다. 더 나아가 우리는 학문 중에서도 그 자체를 위해서, 그리고 인식 그 자체를 위한 학문이 실제적 응용 가능성을 위한 학문보다 더 철학적이라고 주장한다. 마찬가지로 주도적 위치를 차지하는 사람이 단지 도와주는 역할을 하는 사람보다 더 철학적이라고 말한다.

철학자란 남이 만든 규정을 따르는 사람이 아니라 스스로 규정을 제정하여 남에게 주는 사람이며, 철학자는 다른 사람에게 종속하는 것이 아니라 오히려 인식력이 떨어진 사람이 철학자에게 복종해야 하는 것이다."[6]

아리스토텔레스에게 철학하는 행위란 세상과 존재에 대해 활짝 열린 태도를 견지하는 것을 의미하였다. 동시에 이로 인해 나타나는 긴장을 지칠 줄 모르고 참아내는 것이 그가 뜻한 철학 행위의 이면(裏面)이었던 것이다. 실제로 아리스토텔레스 철학에는 긴장 구도가 적지 않다. 예컨대 존재와 이성, 역사와 영원, 지식과 관조, 개별자와 일반자, 의도(意圖)와 언표(言表), 개인적 행복과 공동선, 자연과 자유 그리고 심지어 자연과 자연도 이런 긴장의 구도를 이루고 있다.

열린 세계로서의 철학 세계에서 접하는 첫 손님은 우선 기원 혹은 시작의 문제점이다. 어떤 독자들은 체계가 그렇지 않나 생각할 수도 있을 것이다. 이에 대해 필자는, 체계로서의 아리스토텔레스 철학이란 여러 시작의 끊임없는 연결체라고 대답한다. 물론 아리스토텔레스 철학이 이런 시작의 확실한 연결을 이루기는 하지만, 이것 역시 다시금 시작일 뿐이다. 단지 이 시작은 경이와 의문에서 비롯하여 증명과 논증에까지 이르는 철학 전체를 끌어오는 시발점이긴 하지만. 아리스토텔레스의 철학 원리는 바로 현실을 적절히 파악하는 철학적 인식을 통해 인간 속에 내재한 신적(神的) 정신과 실제 세계가 하나가 될 수 있다는 확신이다. 왜냐하면 인간 정신은 지배하라는 소명을 받았으며, 세상이란 인간이 즐겁게 활동을 펼치며 자신의 본질에 형식을 부여함으로써 이를 확장하고 완성시킬 수 있는 공간이기 때문이다. 물론 그렇다고 인간이 영원성에 도달하여 생성하고 소멸하는 과정을 벗어나는 것은 아니지만.

주(註)

A=De Anima『영혼론』 **I A**=Analytica priori『분석론 전서』 **II A**=Analytica posteriora『분석론 후서』 **C**=De coelo『천체론』 **EE**=Ethica Eudemia『오이데모스 윤리학』 **EN**=Ethica Nicomachia『니코마코스 윤리학』 **F**=Fragmentum『단편』 **GA**=De generatione animalium『동물 발생론』 **GC**=De generatione et corruptione『생성과 소멸』 **HA**=Historia animalium『동물사』 **M**=Metaphysica『형이상학』 **Ml**=Meteorologica『기상학』 **P**=Poetica『시학』 **PA**=De partibus animalium『동물의 신체부위에 대하여』 **Ph**=Physica『자연학』 **Pol**=Politica『정치학』 **T**=Topica『변증법적 추리이론』

1 연기된 소송 사건

아테네로부터의 도주

1) F 675
2) F 667

유언장

1) Dialog. Laert. V, 11

야누스적 이중 얼굴

1) F 55
2) I A I, 1
3) Werner Jaeger, *Aristoteles*, Berlin 1955, 34쪽

2 철학의 기초

철학에 사용된 신화 · 전설 · 문학

1) M XII, 8
2) F 13
3) M I, 2
4) F 12
5) P 4
6) C II, 1
7) Pol I, 9
8) F 37
9) P 9
10) F 10
11) EN I, 11
12) VIII, 12와 Pol I, 1
13) EN II, 9

이전의 철학자들

1) P 1.
2) M I, 2
3) 3
4) VI, 4
5) I, 3
6) C II, 13.
7) Ph III, 8
8) Ml II, 7
9) I, 3
10) I, 3
11) M I, 5
12) M I, 5
13) Ph III, 5
14) EN II, 2
15) VIII, 2
16) Ph IV, 3

17) 1
18) VI, 9
19) VIII, 1
20) M I, 4
21) S 2
22) GC I, 1
23) Ph VIII, 1
24) S 4
25) A II, 7
26) GC I, 2
27) M I, 1
28) F 6
29) F 7
30) SE 1
31) M III, 4
32) F 5
33) F 34

플라톤

1) F 673
2) EN I, 4
3) M I, 9
4) F 187

알렉산드로스 대왕

1) F 674
2) F 647
3) Pol VII, 14
4) 15
5) VIII, 4
6) EN I, 10
7) II, 2
8) Pol V, 9

9) VIII, 5
10) EE I, 5
11) Pol VII, 16

오감

1) Pol VII, 16
2) M I, 1

경험

1) M I, 1
2) M I, 1
3) A III, 3
4) M I, 1
5) M I, 1

사고

1) PA IV, 10
2) A III, 4
3) 8
4) 8
5) 8
6) 5

개념

1) 4
2) M VII, 8
3) II A II, 19
4) II A II, 19

판단

1) Int 4
2) M VI, 4

3) F 18
4) Int 4
5) Int 4
6) A III, 3

모순의 공리

1) M IV, 3
2) 6
3) 6
4) 3
5) 3
6) 8
7) Int 9
8) M IV, 3

3 철학의 방법

범주

1) I A I, 37
2) T I, 9
3) T I, 9
4) 5
5) 5
6) Isagoge 1
7) T I, 9
8) M III, 3

공리

1) I, 2
2) T I, 4
3) I A I, 1
4) II, 15
5) Int 7

6) 13

삼단논법

1) I A I, 2
2) I A I, 2
3) 4
4) 4
5) 4
6) 4
7) 4
8) 4
9) 23

언어

1) Int 1
2) Categ. 1
3) EE I, 8
4) M IX, 1
5) A II, 5
6) SE 1
7) SE 1
8) I A I, 39
9) 40
10) M VII, 9
11) EN II, 1

아리스토텔레스의 오류

1) 『격언과 성찰』, 1828.
   10. 1의 엑커만과의
   대화
2) HA IX, 1
3) 44
4) PA II, 10

5) 14
6) MA 8
7) M1 I, 13
8) II, 9
9) GC II, 4
10) C II, 8
11) HA V, 19
12) X, 5
13) C II, 13

연구

1) M I, 9
2) M I, 9
3) M1, IV, 5
4) 6
5) PA I, 5

경험론자

1) M1 I, 5
2) 10
3) 13
4) II, 9
5) IV, 3
6) M IV, 6
7) HA IV, 5
8) II, 4
9) VI, 3
10) VII, 1
11) 4
12) VIII, 9
13) GA IV, 6
14) Pol I, 9
15) Physiognomica 4

16) 2
17) De divin. in somno
18) De somne
19) A II, 9
20) Rhetor.
21) Probl. XX, 1

4 철학의 내용

인과론

1) M V, 2
2) II A II, 3
3) Ph VII, 1
4) III, 3
5) PA I, 1
6) PA I, 1
7) M XII, 7
8) PA IV, 10
9) GA V, 1

다양한 자연 연구

1) HA IX, 1

올바른 행위

1) F 59
2) F 61
3) EE I, 1
4) 4
5) 5
6) 5
7) VIII, 3
8) EN I, 1
9) 5

10) 9

11) 9

12) 9

13) 10

14) 10

15) 13

16) 13

17) II, 5

18) II, 5

19) 6

20) 9

21) III, 1

22) 4

23) IV, 7

24) IV, 7

25) IV, 7

26) 14

27) V, 6

28) 8

29) 8

30) 10

31) VIII, 2

32) 4

33) X, 4

34) 7

행복한 공동체 생활

1) Pol I, 2.

2) II, 2

3) 5

4) 5

5) VII, 7

6) III, 12

7) 6

8) IV, 11

9) V, 9

비극

1) Jambl. Protr.

2) P 4

3) P 4

4) Pol VIII, 5

5) F 53

6) P 1

7) P 1

8) P 1

9) 4

10) 4

11) 6

12) 6

13) 6

14) 7

15) 8

16) 9

17) 9

18) 13

19) 17

기도

1) 25

2) F 14

3) F 14

4) F 14

5) F 15

6) F 10

7) Pol VII, 8

8) F 18

9) F 24

10) F 16

11) EE VIII, 3

12) F 15

5 철학의 목적

1) F 52

2) F 58

3) Jambl. Protr.

4) F 53

5) M I, 1

6) 2

아리스토텔레스 연보

기원전 399   소크라테스 독배를 마시다.

384   아리스토텔레스가 스타기라에서 탄생하다.

367   아리스토텔레스가 학술원에 입학하다.

356   알렉산드로스 대왕이 탄생하다.

347   아리스토텔레스가 주인 잃은 학술원 대신 소아시아 연안에 위치한 아소스 지방의 내시관 헤르미아스의 초청을 받아들이다.

345   갓 결혼한 아리스토텔레스가 자신의 연구소를 후일 자신의 후계자가 될 테오프라스토스의 고향인 레스보스 섬으로 이주시키다.

342   알렉산드로스 대왕에게 그리스어를 교육하라는 초청을 받고 이를 수락하여 펠라에 있는 마케도니아 궁전으로 이사하다.

338   마케도니아의 기병대장인 18세의 알렉산드로스 대왕이 카이로네이아의 전투를 명하다. 페르시아 제국 연합전선에 대한 그리스 도시국가의 저항이 실패하다.

336   마케도니아의 필립포스 왕이 참석한 결혼식에서 살해당하다. 알렉산드로스 대왕이 왕위를 이어받다.

335   알렉산드로스 대왕이 테베 시에 대해 본보기 응징을 함으로써 자신의 권좌를 강화하다.

334   알렉산드로스 대왕이 다르다넬스를 횡단하여 호메로스가 노래한 아킬레스의 무덤에 제사를 지내고, 소아시아의 그라니코스에 있는 페르시아의 사트라펜을 정복함으로써 승승장구의 행진을 시작하다.

333   이소스 전투에서 그리스 군대에게 승운이 찾아왔다. 다레이오스의 전성기가 지나가다.

330   다레이소스가 알렉산드로스 대왕의 침공 때 베소스 사트라펜에 의해 살해되다.

327   알렉산드로스 대왕이 인더스 강에 도착하다.

324   알렉산드로스 대왕이 유럽에서 징발된 군대의 반란을 무자비하게 평정한 후, 수사에서 전대미문의 성대한 결혼식 피로연을 베풀다.

323   알렉산드로스 대왕이 바빌로니아에서 과로로 요절하다. 아리스토텔레스가 아테네에서 오이보이아 섬의 칼키스로 도피하다. 이곳

에서 위병으로 사망하다.

322 　마케도니아 권력에 대한 그리스의 복수전이 실패하다. 데모스테네스가 박
　　　해를 피해 독약을 마시다.

287 　테오프라스토스가 죽다. 그의 후계자 스트라톤은 소요학파의 관심을 물리
　　　학에 집중시키다.

272 　이후 44년 동안 트로아스 출신의 리콘이 쇠약해 가는 소요학파를 지도하다.

70 　아리스토텔레스의 제10대 후계자인 로도스의 안드로니코스가 재발견된 아
　　　리스토텔레스의 문헌을 정리하고 주석을 달다. 이로부터 5세대 후 겔레누
　　　스가 스토아 학파에 의해 윤색된 아리스토텔레스주의를 주창하는 반면, 후
　　　일의 학장인 아프로디지아스의 알렉산드로스가 아리스토텔레스의 철학을
　　　설명하고 변호하다.

기원후 525 　아리스토텔레스의 글을 라틴어로 번역한 보에티우스가 죽다.

749 　그리스 교부 요하네스 다마스제누스가 죽다. 그는 다마스쿠스의 모슬렘 지
　　　도자의 관방장이었으며, 저서 『인식의 원천』에서 아리스토텔레스의 논리학
　　　과 존재론을 논술하였는 데, 이는 아랍권의 아리스토텔레스 철학 수용과정
　　　에 중요한 역할을 하였다.

950 　바그다드에서 플라톤과 아리스토텔레스의 전통을 화해시키려 노력하였던
　　　알 파라비(Al Farabi)가 다마스쿠스에서 사망하다.

1037 　85세의 나이로 아부 알리 알 호사인 이븐 압달라 이븐 시나가 사망하다. 그는 라
　　　틴 세계에 아비세나(Avicenna)로 알려졌다. 그는 알 파라비의 주석을 통해 존재
　　　론의 의미를 체득하기 전에 이미 아리스토텔레스의 『형이상학』을 40번이나 읽
　　　었다. 그리고 뜻을 이해하기도 전에 완전히 암기하였다. 이후 그는 가장 많이 읽
　　　힌 아리스토텔레스의 주해가 되었다. 말하자면 '새로운 아리스토텔레스'였다.

1126 　코르도바에 이븐 로시드(Ibn Roschd)가 탄생하다. 라틴어 명은 아웨로에
　　　스(Averroes)였다. 그는 '순수한' 아리스토텔레스를 복구하는 것을 인생
　　　과제로 삼았다. 위협을 느낀 이슬람교가 이븐 로시드를 추방함으로써 철학
　　　도 이슬람 문화권에서 추방된 것이다. 기독교가 지배하는 유럽의 중세에서
　　　아웨로에스는 이단의 대명사가 되었다.

1135 　코르도바에 마이모니데스가 탄생하다. 그는 저서 『회의자의 지침서』에서
　　　아리스토텔레스의 철학과 실제 종교를 연결시키려 시도하였다. 그는 정통
　　　유대교와 이슬람에 의해 무신론자라는 비난을 받았다.

1187 　크레모나의 게르하르트(Gerhard von Cremona)가 사망하다. 그는 요하네

스 히스파누스와 도미니쿠스 군디살리누스와 같이 아리스토텔레스 서적의
아랍어판을 라틴어로 번역하였다.

1215   이노센시우스 3세 총독인 쿠르송의 로베르트(Robert de Courçon)는 파리
대학에 대해 아리스토텔레스의 물리학과 형이상학의 교수를 금지하다.

1260   빌헬름 폰 뫼르베케(Wilhelm von Moerbecke)가 토마스 아퀴나스를 위해
아리스토텔레스의 『정치학』을 그리스 원어로부터 번역하다.

1277   파리의 주교 스테판 템피에가 주로 아웨로스의 경향을 띤 219개의 아리스
토텔레스 테제를 반대하다.

1464   게오르기우스 트라테즈운티우스가 『플라톤과 아리스토텔레스의 비교』라는
강령적 저서를 발표하다.

1524   이탈리아 르네상스의 가장 대담한 아리스토텔레스 연구가인 만투아너 페
트루스 폼파나티우스가 볼로냐에서 사망하다.

1560   루터의 친구인 멜란히톤이 비텐베르크에서 사망하다. '독일의 선생'으로
명명된 그는 아리스토텔레스와의 결별을 포기하고, 아리스토텔레스적 기
반 위에 개신교의 강단철학을 정립하였다.

1577   페드로 데 폰세카(Pedro de Fonseca)가 『형이상학』을 저술함으로써 코임
브리켄스의 가장 위대한 주석서를 도입하다. 이 주석서는 그후 약 200년
동안 유럽 강단철학의 방향을 주도한다.

1619   아리스토텔레스 학인인 율리우스 카이사르 와니니(Julius Caesar Vanini)
가 37세에 툴루즈에서 이단자로 화형되다.

1637   데카르트가 『방법론 서설』(Discours de la Méthode)을 출간함으로써 강
단 아리스토텔레스 학파와 논쟁을 시작하다.

1655   "철학자 중 가장 위대한 학자이며, 학자 중 가장 위대한 철학자"(바일)라고
칭송된 가센디(Gassendi)가 파리에서 사망하다. 그는 데카르트뿐만 아니
라 아리스토텔레스에 대해서도 반대했다.

1716   자신을 아리스토텔레스 철학의 개혁자로 이해했던 라이프니츠가 사망하다.

1872   트렌델렌부르크가 사망하다. 그의 저서 『아리스토텔레스로의 귀환』은 브렌
타노에게 매우 큰 영향을 미쳤다.

1879   교황 레오 13세가 교서 『영원한 교부』에서 가톨릭 학자들에게 신 토마스적
으로 재해석된 아리스토텔레스 철학을 수용할 것을 권면하다.

1923   베르너 예거의 저서 『아리스토텔레스. 그의 발전사에 대한 기초』가 발간
되다.

우리 곁의 친근한 스승

• 옮긴이의 말

아리스토텔레스는 플라톤과 함께 고대 그리스 철학의 양대 산맥을 이루는 철학자로서 2천 년 이상 인류의 스승 역할을 해왔다. 플라톤이 천상적 이념을 중심으로 철학을 전개한 반면, 아리스토텔레스는 현실과 경험의 영역을 강조하였다. 아리스토텔레스의 철학은 오늘날에도 여전히 읽고 생각할 가치가 있으나, 단지 시간적으로 멀리 떨어져 있다는 이유만으로 어쩐지 어렵고 접근하기가 힘들게 느껴질 수 있다. 그리고 많은 사람들이 그의 철학이 너무나 어렵고 완벽해서 이해하기 힘들 것이라는 선입관을 갖고 지레 겁을 먹고 있는지 모른다.

하지만 장브 교수의 입문서는 우리의 망설임이 단지 공연한 두려움이었음을 깨닫게 해준다. 그는 아리스토텔레스가 어떻게 인간으로서 생활하고 고민했으며 현실과의 대결 속에서 어떻게 철학 체계를 완성해 갔는지를 보여준다. 이미 완성된 대가로서의 아리스토텔레스가 아니라, 우리 곁에 친근한 인간으로서, 그도 아직은 모르는 진리를 탐구하는 진지한 구도자로서의 모습을 그려주고 있다. 여기서 아리스토텔레스는 우리에게 말을 하기 시작하며 우리는 그의 말을 조금씩 알아들을 수 있게 된다. 그리하여 우리는 시간과 공간의 단절을 뛰어넘어 친근한 스승으로서의 아리스토텔레스를 만날 수 있다.

번역을 하면서 장브 교수가 보여주고자 한 이런 면모를 살리고자 애를 썼다. 비록 번역은 까다로운 일이었지만 지적 즐거움은 컸다. 마찬가지로 독서의 노고와 이에 따르는 지적 즐거움 역시 독자 여러분의 몫이 되기를 바란다. 번역 원고를 세세히 읽고 다듬는 데 많은 기여를 한 김문화 님과 한길사 편집부 여러분께 감사드린다. 독서하면서 번역의 개선에 대한 제안이 떠오른다면, 옮긴이에게 알려주시기를 감사의 마음으로 미리 청하는 바이다.

2004년 1월 관악산 연구실에서
김임구

참고문헌

Bei der vorliegenden Bibliographie gilt, noch mehr als bei andern in ⟨rowohlts monographien⟩, äußerste Beschränkung auf die wichtigsten Titel als oberstes Gehot. Die zahlreichen kleineren Untersuchungen, die der Forscher erwarten köonte, müssen in den angegebenen Bibliographien und Hilfsmitteln nachgeschlagen werden. Der Bibliograph will auch in diesem Anhang nur erste Hinweise bieten.

1. 문헌목록과 보조자료

Teichmüller, Gustav: *Aristotelische Forschungen.* Bd. 1-3. Halle 1867~1873. Nachdr. Aalen 1964

Bonitz, Hermann: *Index Aristotelicus.* Berlin 1870. Nachdr. Berlin 1955

Schwab, Moise: *Bibliographie d'Aristote.* Paris 1886

Ueberweg-Praechter: *Grunddrib der Geschichte der Philosophie.* 12. Aufl. Berlin 1926. S. 347~401; 101~122

Philippe, M.-D.: *Aristoteles.* Bern 1948 (Bibliographische Einführungen in das Studium der Philosophie. 8)

Cooper, Lane und Alfred Gudeman: *A bibliography of the poetics of Aristotle.* New Haven 1928

Wilpert, Paul: Die Lage der Aristoteles-Forschung. In: *Zeitschrift für philosophische Forschung* 1 (1946), S. 123~140

Wartelle, André: *Inventaire des manuscrits d'Aristote et de ses commentateurs.* Paris 1963

Rhode, Gisela: *Bibliographie der deutschen Aristoteles-Übersetzungen.* Vom Beginn des Buchdrucks bis 1964. Frankfurt a. M. 1967 (Bibliographische Beiträge. 1)

Aristoteles in der neueren Forschung. Hg. von Paul Moraux. Darmstadt 1968

290

(Wege der Forschung. 61)

Dirlmeier, F: Zum gegenwärtigen Stand der Aristoteles-Forschung. In: *Wiener Studien* 76 (1963), S. 54~67

Cranz, Ferdinand Edward: *A bibliography of Aristotle* editions 1501~1600. With an introd. und indexes. Baden-Baden 1971 (Bibliotheca bibliographica aureliana. 38). 2. Aufl. Hg. von Charles B. Schmitt. 1984

Schneider, Bernd: *Die mittelalterlichen, griechisch-lateinischen Übersetzungen der aristotelischen Rhetorik.* Berlin 1971 (Peripatoi. 2)

Zimmermann, Albert: *Verzeichnis ungedruckter Kommentare zur Metaphysik und Physik des Aristoteles aus der Zeit von etwa* 1250~1350. Bd. 1 ff Berlin 1971 ff (Studien und Texte zur Geistesgeschichte des Mittelalters. 9)

2. 전집과 번역서

Aristotelis Opera. Edidit Academia regia borussica. Vol. 1~5. Berlin 1831 bis 1870 T. 1 und 2. *Aristoteles graece.* 1831; T. 3. *Aristoteles latine*; T. 4. *Scholia in Ar.* 1836; T. 5. *Fragmenta.* 1870. - Nach dieser Gesamtausgabe von Immanuel Bekker wird in der Forschung zitiert.

Philosophische Werke. Hg. von Eugen Rolfes. Bd. 1~13. Leipzig 1920 bis 1924 (Philosophische Bibliothek. Bd. 1~13)

1. *Über die Dichtkunst.* Nen übers. und mit Einl. und erkl. Register von Alfred Gudeman 1921

2. /3. *Metaphysik.* Übers. und erl. von Eugen Rolfes. 2. Aufl. 1. und 2. Hälfte. 1920-1922-3. Aufl. 1928

4. *Über die Seele.* Neu übers. und erl. von Adolf Busse, 2. Aufl. 1922 - Neue Aufl. 1937
   Nikomachische Ethik. Übers. und mit einer Einl. und erkl. Anm. vers. von Eugen Rolfes. 2. Aufl. 1921 - 3. Aufl. 1933

6. *Kleine naturwissenschaftliche Schriften.* Übers. und mit einer Einl. und erkl. Anm. von Eugen Rolfes. 1924

7. *Politik.* Übers. und mit erkl. Anm. und Reg. vers. von Eugen Rolfes. 3. Aufl. 1922 - Unveränderter Abdr. 1948

8. -13. *Organon.* Neu übers. und mit einer Einl. und erkl. Anm. vers.

von Eugen Rolfes. T. 1-6. 1920-1922-Unveränderter Abdruck. 1948

Hauptwerke. Ausgew., übers. und eingel. von Wilhelm Nestle. Leipzig 1934 (Kröners Taschenbuchausgabe. 129) - 5. Aufl. Stuttgart 1958

Die Lehrschriften. Hg., übertr. und in ihrer Entstehung erl. von Paul Gohlke. Bd. 1 ff. Paderborn (Schöningh) 1947 ff

Sämtliche Werke in deutscher Übersetzung. Im Auftrag der Deutschen Akademie der Wissenschaften zu Berlin. Hg. von Ernst Gumbach. Bd. 1 ff. Berlin 1956 ff

1. T. 1. *Kategorien.* Übers. u. erl. von Klaus Oehler. 1984

6. *Nikomachische Ethik.* Hg. und übers. von Franz Dirlmeier. 6. durchges. Aufl. 1974

7. *Eudemische Ethik.* Übers. und komm. von Franz Dirlmeier. 4. gegenüber der 3. durchges. unveränd. Aufl. 1984

8. *Magna moralia.* Übers. und komm. von Franz Dirlmeier. 5. gegenüber der 3. durchges. unveränd. Aufl. 1983

11. *Physikvorlesung.* Übers. von Hans Wagner. 4. unveränd. Aufl. 1983

12. T. 1. Meteorologie. T. Über die Welt. Übers. von Hans Strohm. 3. gegenüber der 2. berichtigten unveränd. Aufl. 1984

13. *Über die Seele.* Übers. von Willy Theiler. 6. gegenüber der 3. durchges. unveränd. Aufl. 1983

18. *Opuscula.* T. 1. Über die Tugend. Übers. und erl. von Ernst A. Schmidt. 2. bearb. Aufl. 1980. T. 2. *Mirabilia.* Übers. von Hellmuth Flashar. T. 3. *De audibilibus.* Übers. von Ulrich Klein. 2. berichtigte Aufl. 1981

19. *Problemata physica.* Übers. von Hellmuth Flashar. 3. gegenüber der 2. durchges. unveränd. Aufl. 1983

Politik. Übers. und erl. von Carl Adolf Stahr. Stuttgart 1861

Politik. Nach der Übers. von Franz Susemihl... von Nelly Tsouyopoulos und Ernesto Grassi. 2. Aufl. Reinbek 1968 (Rowohlts Klassiker der Literatur und der Wissenschaft. 171~173: Griech. Phil. 8)

Naturgeschichte der Tiere. 10 Bücher. Deutsch von Anton Karsch. Bd. 1-3. Stuttgart 1866

Metaphysik. Übertr. von Adolf Lasson. Jena 1907-3. Aufl. 1924

Metaphysik. Übers. von Hermann Bonitz. Mit Gliederong, Reg. und Bibliographie von Hector Carvallo und Ernesto Grassi. 2. Aufl. Reinbek 1968 (Rowohlts Klassiker der Literatur und der Wissenschaft. 205~208: Griech. Lit. 9)

Nikomachische Ethik. Ins Deutsche übertr. von Adolf Lasson. Jena 1909

Nikomachische Ethik. Übers. und hg. von Olof Gigon. 2. Aufl. München 1975 (dtv 6011. Text-bibliothek)

Organon. Übers. und erl. von Eugen Rolfes, Bd. 1-6. 2. Aufl. Leipzig 1922-1925. Nachdr. 1977

Über die Seele. Ins Deutsche übertr. von Adolf Lasson. Jena 1924

Über die Seele. Übers. und mit Erl., Gliederung und Literaturhinw. hg. von Willy Theiler. Reinbek 1968 (Rowohlts Klassiker der Literatur und der Wissenschaft. 226/227: Griech. Phil. 12)

Die Poetik. Übers. und erl. von Hans Stich. Leipzig 1927 (Reclams Universalbibliothek. 2337)

Poetik. Eingel. und übers. von Manfred Fuhrmann. München 1976 (Dialoge der Antike. 7)

Biologische Schriften. Griechisch und deutsch hg. von Heinrich Balls. München 1943

Frühschriften. Hg. von Paul Moraux. Darmstadt 1975 (Wege der Forschung. 224)

3. 주석서

Commentaria in Aristotelem Graeca. Editio consilio et auctoritate Academiae lit. Regiae Borussicae. Vol. 1-23. Berlin 1882~1903

Die zahllosen Kommentare der Araber, Scholastiker und Humanisten vgl. bei M.-D. Philippe, Aristoteles. Berlin 1948. S. 18~26

Ebbesen, Sten: *Commentators und commentaries on Aristotle's sophistici elenchi: a study of post-Aristotelian ancient und medieval writings on fallacies*. Bd. 1-3. Leiden 1981

Lohr, Charles H.: *Latin Aristotle commentaries*. T. 1 - Firenze 1988 ff

Aristotle transformed: *the ancient commentators und their influence*. Rd.

Richard Sorabji, London 1990

4. 입문서

Stahr, Adolf: *Aristotelia*. T. 1 und 2. Halle 1830~1832

Biese, Franz: *Die Philosophie des Aristoteles*, Bd. I und 2. Berlin 1835 bis 1842

Lewes, G. H.: Aristotle. A chapter from the history of science. London 1864- Deutsch: Aristoteles. Leipzig 1865

Gercke, Alfred: Aristoteles. In: *Pauly-Wissowas Real-Encyclopädie der classischen Altertumswissenschaft*. Bd. 2. Stuttgart 1896. Sp. 1012 bis 1054

Siebeck, Hermann: *Aristoteles*. Stuttgart 1899-3. Aufl. 1910

Alfaric, P.: Aristote. Paris 1905

Gomperz, Theodor: *Griechische Denker*. Bd. 3. Leipzig 1909

Brentano, Franz: *Aristoteles und seine Weltanschauung*. Leipzig 1911 2. Aufl. Hamburg 1977

Piat, C. : *Aristote*. Paris 1912

Hamelin, O. : *Le Systèms d'Aristote*. Paris 1920; 2. éd. 1931

Goedeckemeyer, Albert: *Aristoteles*. München 1922

Kafka, Gustav: *Aristoteles*. München 1922

Lalo, Charles: *Aristote*. Paris 1922

Jaeger, Werner: *Aristoteles. Grundlegung einer Geschichte seiner Entwicklung*. Berlin 1923 - 2. Aufl. 1955

Ross, William David: *Aristotle*. London 1964

Roland-Gosselin, M. D.: *Aristote*. Paris 1928

Mure, G. R. G. : *Aristotle*. London 1932

Pauler, Akos von: *Aristoteles*. Paderborn 1933

Bröcker, Walter: *Aristoteles*, Frankfurt a. M. 1935 - 4. um einen 2. Teil erw. Aufl. 1974

Taylor, A. E.: *Aristotle*. London 1943

Robin, Léon: *Aristote*. Paris 1944

Gohlke, Paul: *Aristoteles und sein Werk*. Paderborn 1948 (Aristoteles, Die Prosaschriften. Bd. 1)-2. Aufl. 1952

294

Meulen, Jan van der: *Aristoteles. Die Mitte in seinem Denken.* Meisenheim 1951 - 2. verb. Aufl. 1968

Allan, Donald James: *The philosophy of Aristotle.* Oxford 1952 - Deutsch: *Die Philosophie des Aristoteles* (Übers. und hg. von Paul Wilpert.) Hamburg 1955

Züricher, Joseph: *Aristoteles' Werk und Geist untersucht und dargestellt.* Paderborn 1952

Moreau, Joseph: *Aristote et son école.* Paris 1962

Grene, Marjorie: *A portrait of Aristotle.* London 1963

Chroust, Anton Hermann: *Aristotle.* Bd. 1-2. London 1973

Ackrill, John L.: *Aristotle the philosopher.* Oxford 1981

Jürss, Fritz, und Dietrich Ehlers: *Aristoteles.* Leipzig 1982

Aristoteles-Werk und Wirkung: Paul Moraux gewidmet. Hg. von Jürgen Wiesner. Bd. 1 ff. Berlin u. a. 1985 ff

찾아보기

지은이 **장 마리 장브**(Jean-Marie Zemb)는
1928년 알자스에서 출생하였으며, 프랑스와 독일에서
철학과 언어학을 공부했다. 1984년부터 프랑스 대학에서
독일 문법과 사상사를 가르쳤으며, 지금은 같은 대학 명예교수로서
도덕 · 정치 학술원 회원으로 활동하고 있다.
그는 전공 분야인 독일어 · 프랑스어 비교문법학과 언어와
사고의 관계에 대한 연구뿐만 아니라 인간의 인식과정에서 일어나는
생화학적 · 생체학적 반응에 대한 뇌연구에도 깊은 관심을 가지고 있다.
지은 책으로는 언어 문법의 철학적 비교에 관한 『두 언어체계의 비교』,
『롱그의 경제성과 파롤의 유희』, 『예술과 언어』 등이 있다.

옮긴이 **김임구**(金林球)는 1956년 서울에서 출생하였으며
연세대학교 독문과를 졸업하였다.
1983년부터 1996년까지 독일 프라이부르크 대학에서
독문학과 철학을 비롯해, 사회학 · 신학 · 영문학 등 폭넓은 분야의
공부로 석사학위를 받았으며, 유럽의 잠재정신사와 동독문학에 관한
논문으로 박사학위를 받았다. 지금은 서울대학교 독문과 교수이다.
그의 학문적 관심 영역은 유럽 근 · 현대사를 잠재정신사적 관점에서
재해석하는 것과 이를 한국의 정신사와 비교 연구하는 데 있다.
지은 책으로는 『'생명'의 시인으로서의 프란츠 퓨만—그의 작품에
나타난 잠재정신사적 변모에 관한 연구』 등이 있다.
주요 논문으로는 「자아의 상승과 타아에의 헌신」,
「문화원칙으로서의 노동개념」, 「문명의 자기파괴와 극복시도」,
「서양근세문화의 주도적 의미방향성」 등이 있다.

로마인 이야기 12

시오노 나나미 · 김석희 옮김
왜 로마는 위기를 극복하는 힘을 잃어가는가

융성의 시대는 어느 민족이나 비슷하지만
쇠퇴기에는 저마다 다른 양상을 띠게 된
다. 로마도 위기를 극복하는 힘을 상실하
고 마침내 '3세기의 위기'로 돌입한다.

· 신국판 | 반양장 | 464쪽 | 값 13,000원

잊을 수 없는 밥 한 그릇

박완서 외 12명 지음
나는 먹는다, 그리고 추억한다

"땀 흘려 한 그릇씩 먹고 나면 기쁨인지
감사인지 모를 충만감. 칼싹두기의 소박한
맛에는 이렇듯 각기 외로움 타는 식구들을
한식구로 어우르는 신기한 힘이 있었다."

· 신국판 변형 | 양장본 | 224쪽 | 값 10,000원

눈의 역사 눈의 미학

임철규 지음
인간의 눈, 그 사랑과 폭력의 역사에 대한 성찰

"눈이 있다는 것은 본다는 것이며, 본다
는 것은 인식한다는 것이며, 인식한다는
것은 전체 중의 부분만을 파악한다는 것
이기에 눈이란 진정한 감옥이다."

· 신국판 | 양장본 | 440쪽 | 22,000원

은밀한 몸

한스 페터 뒤르 지음 · 박계수 옮김
여성의 몸, 수치의 역사

'은밀한 그곳'에 대한 여성의 수치심과
그 본능의 역사. 시대와 지역, 민족을 초
월하여 나타나는 여성들의 성기에 관한
수치심의 역사.

· 46판 | 양장본 | 672쪽 | 값 22,000원

음란과 폭력

한스 페터 뒤르 지음 · 최상안 옮김
성을 통해 본 인간 본능과 충동의 역사

쾌락과 공격의 두 얼굴로 사용된 '성' 그
폭력의 역사. 시대와 지역, 민족을 초월
하여 나타나는 인류 공동의 잔혹한 성 형
태를 통해 본 음란과 폭력의 역사.

· 46판 | 양장본 | 864쪽 | 값 24,000원

위대한 항해자 마젤란 1 · 2

베른하르트 카이 지음 · 박계수 옮김
나는 미지의 세계, 불가능의 세계를 항해한다

발견과 모험으로 가득한 마젤란의 극적인
일생과 근세 초 인간의 세계관과 항해자
의 일상에 대한 통찰을 제공하는 흥미진
진한 1123일의 항해 드라마.

· 신국판 | 반양장 | 각권 값 12,000원

흑사병 *The Black Death*

필립 지글러 지음 · 한은경 옮김
14세기 전유럽을 강타한 '죽음의 병'의 실체

흑사병의 이름에서 시작하여 그것이 미친
영향까지 한 시대를 휩쓴 병과 고통받은
사람들의 이야기를 누구나 읽기 쉽게 풀
어쓴 흑사병 리포트.

· 신국판 | 양장본 | 400쪽 | 값 18,000원

과학의 시대!

제라드 피엘 · 전대호 옮김
과학자들은 비밀과 원리를 어떻게 알아냈는가

이 책은 극미의 원자세계에서 광활한 우
주까지, 인류 과학발전의 위대한 성과와
인간 지식의 찬란한 진보의 기록을 담은,
한마디로 '괴물 같은 책'이다.

· 신국판 | 반양장 | 508쪽 | 17,000원

지식의 최전선

김호기 · 임경순 · 최혜실 외 52인 공동집필
세상을 변화시키는 더 새롭고 창조적인 발상들

시사저널 2002 올해의 책/조선일보 2002
올해의 책/제43회 한국백상출판문화상/한
국출판인회의 9월의 책/문화관광부 2002
우수학술도서

· 신국판 | 양장본 | 712쪽 | 값 30,000원

월경越境하는 지식의 모험자들

강봉균 · 박여성 · 이진우 외 53명 공동집필
혁명적 발상으로 세상을 바꾸는 프런티어들

지식의 모험자들은 창조적 발상과 능동적
인 실천력으로 미래의 시간을 앞당긴다.
그들이 보여주는 미래의 그림을 엿보면서
세계를 향해 지적 모험을 감행한다.

· 신국판 | 양장본 | 888쪽 | 값 35,000원

뜻으로 본 한국역사

함석헌 지음
살아 있는 역사정신 함석헌을 만난다

"역사를 아는 것은 지나간 날의 천만 가
지 일을 뜻도 없이 그저 머릿 속에 기억
하는 것이 아니다. 값어치가 있는 일을 뜻
이 있게 붙잡아내는 것이다."

· 신국판 | 반양장 | 504쪽 | 값 15,000원

대서양 문명사

김명섭 지음
거친 바다를 건너 세계를 지배한 열강의 실체

광대한 대서양을 배경으로 벌어진 제국들
간의 치열한 경주. 팽창 · 침탈 · 헤게모니
의 역사로 물든 문명의 빛과 어둠을 파헤
친다.

· 신국판 | 양장본 | 760쪽 | 값 35,000원

간디 자서전

함석헌 옮김
영원한 고전, 간디의 진리실험 이야기

"당신도 나의 진리실험에 참여하기 바랍
니다. 나에게 가능한 것이면 어린아이들
에게도 가능하다는 확신이 날마다 당신의
마음속에 자라날 것입니다."

· 46판 | 양장본 | 648쪽 | 값 13,000원

서양의 관상학 그 긴 그림자

설혜심 지음
고대부터 20세기까지 서구 관상학의 역사

"나와 타자를 이분법적으로 나누었던 관
상학의 긴 역사. 관상학이란 그 시대에
잘 풀릴 수 있는 사람과 아닌 사람을 구
별짓는 코드였다."

· 신국판 | 양장본 | 372쪽 | 값 22,000원

세계와 미국

이삼성 지음
20세기를 반성하고 21세기를 전망한다

"미국과 세계에 관한 연구는 단순히 정치
사나 외교사적 서술로 끝날 수 없다. 그
것은 우리의 존재양식, 우리의 사유양식,
우리 자신의 연구일 수밖에 없다."

· 신국판 | 양장본 | 836쪽 | 값 30,000원

자기의식과 존재사유

김상봉 지음
칸트철학과 근대적 주체성의 존재론

"모든 나는 비어 있는 가난함 속에서 하
나의 우리가 된다. 참된 존재사유는 모든
나를 없음의 어둠 속으로 불러모음으로써
하나의 우리로 만드는 실천이다."

· 신국판 | 양장본 | 392쪽 | 값 18,000원

그리스 비극에 대한 편지
김상봉 지음
슬픔의 미학을 통해 인간의 고귀함을 사유한다

"내가 타인의 고통으로 눈물 흘리고 우주적 비극성 앞에서 전율할 때 나의 사사로운 고통과 번민은 가벼워지고 나의 정신은 무한히 넓어집니다."
· 신국판 | 반양장 | 400쪽 | 값 15,000원

나르시스의 꿈
김상봉 지음
자기애에 빠진 서양정신을 넘어 우리의 철학으로

"자기도취에 뿌리박고 있는 서양정신은 영원한 처녀신 아테나처럼 품위와 단정함을 지킬 수는 있겠지만 아무것도 잉태할 수 없는 불임의 지혜다."
· 신국판 | 양장본 | 396쪽 | 값 20,000원

호모 에티쿠스
김상봉 지음
윤리적 인간의 탄생을 위하여

"참으로 선하게 살기 위해 우리는 희망 없이 인간을 사랑하는 법을, 보상에 대한 기대 없이 우리의 의무를 다하는 법을 배우지 않으면 안 됩니다."
· 신국판 | 반양장 | 356쪽 | 값 10,000원

중국인의 상술
강효백 지음
상상을 초월하는 중국상인들의 장사비법

"개방적인 자세로 상술을 펼쳐나가는 광둥사람, 신용 하나로 우직하게 밀고나가는 산둥사람. 이들이 바로 오늘의 중국을 움직이는 중국상인들이다."
· 신국판 | 반양장 | 360쪽 | 값 12,000원

그림자
이부영 · 분석심리학 탐구 제1부
우리 마음속의 어두운 반려자

"인간의 내면, 그 어두운 측면을 성찰하는 시간을 갖는다는 것은 하나의 축복이다. 나는 융의 그림자 개념을 통해 우리의 마음과 사회현실을 비추어 본다."
· 신국판 | 반양장 | 336쪽 | 값 10,000원

아니마와 아니무스
이부영 · 분석심리학 탐구 제2부
남성 속의 여성, 여성 속의 남성

"당신은 첫눈에 반한 이성이 있는가. 가까워지고 싶은 조바심, 그리움과 안타까움. 이때 두 남녀는 상대방을 통해 자신의 아니마와 아니무스를 경험한다."
· 신국판 | 반양장 | 368쪽 | 값 12,000원

자기와 자기실현
이부영 · 분석심리학 탐구 제3부
하나의 경지, 하나가 되는 길

"자기실현은 삶의 본연의 목표이며 값진 열매와 같다. 우리는 인간의 본성을 좀더 이해할 필요가 있다. 모든 재앙의 근원은 바로 우리 자신이기 때문이다."
· 신국판 | 반양장 | 356쪽 | 값 15,000원

사랑의 풍경
시오노 나나미 · 백은실 옮김
지중해를 물들이는 아홉 가지 러브스토리

"인간의 사랑과 드라마에는 역사가 없다. 르네상스 시대 사람들도 사랑에 속아 슬피 울기도 하고, 질투에 눈이 멀어 자신의 삶을 파멸로 몰아넣기도 한다."
· 46판 | 양장본 | 260쪽 | 값 12,000원

로마인 이야기 11

시오노 나나미 · 김석희 옮김

시오노 나나미판 로마제국 쇠망사

"강력한 권력을 부여받은 지도자의 존재 이유는 언젠가 찾아올 비에 대비하여 사람들이 쓸 수 있는 우산을 미리 준비하는 데 있다."

· 신국판 | 반양장 | 440쪽 | 값 12,000원

나의 인생은 영화관에서 시작되었다

시오노 나나미 · 양억관 옮김

시오노가 들려주는 고품격 영화에세이

"정의 · 관능 · 사랑 · 전쟁 · 죽음 · 품격 · 아름다움, 그리고 영원히 해결되지 않는 문제에 대하여 나는 말한다. 내가 사랑하는 모든 영화로."

· 46판 | 양장본 | 350쪽 | 값 12,000원

바다의 도시 이야기 상 · 하

시오노 나나미 · 정도영 옮김

베네치아 공화국, 그 1천년의 메시지는 무엇인가

"천혜의 자원이라고는 아무것도 없었던 바다의 도시가, 어떻게 국체를 한 번도 바꾼 일 없이 그토록 오랫동안 나라를 이끌어갔는가."

· 신국판 | 양장본 | 584쪽 이내 | 각권 값 15,000원

비평의 해부

노스럽 프라이 · 임철규 옮김

비평 문학의 살아 있는 고전

"비평은 과학적 객관성을 바탕으로 하는 독립된 학문이 되어야 한다. 재능 없는 문학도가 감탄과 질투를 배설하는 기생적인 문학 장르에서 벗어나야 한다."

· 신국판 | 양장본 | 706쪽 | 값 25,000원

낭만적 거짓과 소설적 진실

르네 지라르 · 김치수 송의경 옮김

문학 지망생의 필독서이자 문학 이론의 고전

"이 책은 오늘날 우리의 욕망체계를 소설 주인공의 욕망체계에서 발견하여 우리가 살고 있는 사회적 특성을 제시한 탁월한 고전이다."

· 신국판 | 양장본 | 430쪽 | 값 20,000원

한비자 Ⅰ · Ⅱ

한비 · 이운구 옮김

동양의 마키아벨리 한비자의 국가경영의 법

"인간의 애정이나 의리 자체를 경솔하게 부정하려는 것이 결코 아니다. 현실적으로 사랑보다는 힘(권력)의 논리가, 의(義)보다는 이(利)가 앞선다는 것이다."

· 신국판 | 양장본 | 968쪽 | 각권 값 25,000원

증여론

마르셀 모스 · 이상률 옮김 류정아 해제

선물주기와 답례로 풀어낸 인간사회의 실체

"주기와 받기, 답례로 이루어진 선물의 삼각구조가 총체적인 사회적 사실이 되어 사회구조를 작동시킨다."

2003 문광부 우수학술도서 선정

· 신국판 | 양장본 | 308쪽 | 값 20,000원

춤추는 상고마

장용규 지음

한국인이 쓴 아프리카 민족지 1호

주술사인 '상고마'를 통해 아프리카 문화 읽기를 시도한 책. "아프리카는 화석으로 굳어버린 과거가 아니라 펄펄 살아 움직이는 역동적인 땅이었다."

· 국판 | 반양장 | 356쪽 | 값 12,000원